福斯特文学作品创作思想及写作技巧研究

徐翔 梁海晶 石姝慧 著

九 州 出 版 社
JIUZHOUPRESS

图书在版编目（CIP）数据

福斯特文学作品创作思想及写作技巧研究／徐翔，
梁海晶，石姝慧著．－－北京：九州出版社，2021.5
　　ISBN 978-7-5225-0035-5

　　Ⅰ．①福… Ⅱ．①徐… ②梁… ③石… Ⅲ．①福斯特
(Forster, Edward Morgan 1879-1970) －文学研究 Ⅳ.
① I561.06

中国版本图书馆 CIP 数据核字（2021）第 098873 号

福斯特文学作品创作思想及写作技巧研究

作　　者　　徐翔 梁海晶 石姝慧 著
责任编辑　　陈春玲
出版发行　　九州出版社
地　　址　　北京市西城区阜外大街甲 35 号　（100037）
发行电话　　（010）68992190/3/5/6
网　　址　　www.jiuzhoupress.com
印　　刷　　武汉市籍缘印刷厂
开　　本　　880 毫米 ×1230 毫米　32 开
印　　张　　10.25
字　　数　　212 千字
版　　次　　2021 年 5 月第 1 版
印　　次　　2021 年 5 月第 1 次印刷
书　　号　　ISBN 978-7-5225-0035-5
定　　价　　68.00 元

前　言

　　爱德华·摩根·福斯特诞生于 1879 年的英国伦敦。作为
20 世纪初英国著名的小说家与文学批评家，他在当时的英国
社会极负盛名，与很多知名的作家，如劳伦斯、康拉德、伍
尔夫等齐名。福斯特一生创作出版的作品虽然不多，但都是
以当时英国特殊的历史时期为背景而撰写的人物特点鲜明、
富有一定内涵的优秀小说。他的每一部作品都富有相当高的
文学价值和艺术美学价值，受到文学界的追捧和广大读者的
喜爱。

　　福斯特曾荣获过詹姆斯·泰特·布莱克纪念奖，这是英国
最古老的文学奖，每一届评选的都是上一年度在英国出版的优
秀英语作品。1920 年该奖项颁布时对福斯特的作品给予了高
度评价。他曾就读过的英国剑桥大学国王学院也授予他"荣誉
研究员"的称号。虽然荣誉加身，福斯特依然生活低调，对于
英式的传统乡村生活有着很深的依恋，甚至有一段时期，盛名
之下的他与友人隐居在英国的乡村。福斯特辞世以后，美国艺
术文学院为了纪念他曾对现代文学做出的伟大贡献，特设立了
E.M. 福斯特奖来纪念这位文豪。

　　有人说福斯特是英国文坛的"沧海遗珠"，也有人说福

斯特怀疑传统、反对定规，是时代的反抗者，是时下社会本质的揭秘者。他反对的传统，并非传统本身，而是在传统思想下人们的盲目依从，他希望借这种有着强大冲击力的视角，来让世人清醒，最终获得思想上的自由与社会形态的开明。还有人认为福斯特是非常有见地的现代英文小说家，他以自己对自由和传统禁锢的理解创作出了属于英国的现代文学，因而被公认为是从传统走向现代这一特殊过渡时期的代表人物。甚至还有人评价，福斯特在以古怪张扬为傲的20世纪英国作家圈中，不参与炒作，只潜心于创作，是一个低调、安静的异类，用现在的话来讲，福斯特很"佛系"。福斯特还是一位具有广泛影响的文学艺术批评家，对艾略特、叶芝等人的诗歌和易卜生、萧伯纳等人的戏剧都作过评论，不过他的文艺批评以小说评论居多。当然，福斯特在哲学、社会、宗教等领域也有造诣。

无论如何评价，人们都不否认他的才华、都不掩饰对其作品的赞扬。他的作品就像他的为人一样 —— 温润但带有一定的棱角。他从英国浪漫主义艺术观、法国象征主义艺术观等很多方面吸取养分，他的艺术观点深受诸如弗洛伊德、荣格和伯格森等大师的影响。他的作品反映着20世纪英国中上层阶级群体的贫瘠的精神世界，通过故事的辗转、起伏来描绘命运的不可预判，用温柔的语言、轻快的文风来诉说对当时英国社会现状的看法以及对人性的关怀。因此，他的作品在充满着温情的同时，又发人深思。

英国女作家家罗斯·麦考莱在对福斯特的作品作出评价时

指出，福斯特的小说通常会栩栩如生地描写一些精致而优雅的中年淑女，他描写的年轻人则是无忧无虑、不循规蹈矩的男子或多愁善感的少妇。这些人也是当时那个时代和阶级的代表人物，但是在福斯特笔下，他们却成了彬彬有礼却又滑稽可笑的典型。①由此可见，福斯特对当时的英国贵族并无好感。他觉得他们缺少幻想、虚假伪善、冷漠顽固，甚至认为英国人在传统礼法的教育下生长了一颗"发育不良的心"。

福斯特是一位勤于思考并且观察视角独特的作家。随着现代文明的不断发展，他开始意识到英式传统的一成不变的思维模式已无法适应当下的生活需要，也无法满足人们对自由的渴求。同时，他的人生经历和求学经历使他对于每一个"人"充满着关怀，他的高学历以及文学素养使他的思想和文化达到了相当的高度。即便如此，他在与人沟通时，依然保持着谦和的姿态。福斯特思想的形成，与他一生所经历的英国社会、文化中的变迁有很大的关系。他的作品批判当时"冷漠"的资产阶级，批判"功利"的公学制度，批判着整个社会中不健康的价值观念和思想观念，大胆宣泄对时代的不满和对宗教的不满，怀疑宗教的拯救作用，揭露主流社会对同性恋群体的无情压迫。

福斯特的文学作品中存在着很多与牧师等神职形象相反的人物，他们往往有与牧师相似的外表，但内心深处充满着肮脏

---

① Rose Macaulay, *The Towers of Trebizond* [M], London: Farrar Straus Giroux, 2012: 30.

的私欲。他的小说《最漫长的旅程》中的教师彭布罗克先生，虽然看起来很像牧师，但没有给世人带来希望与美好的能力，相反，他还会加剧主人公的痛苦。同时，福斯特对英国社会中派头十足的英国绅士和女士也毫不留情，在他的笔下，他们平庸且虚伪。这样的反讽描写是出于他对当时整个英国社会中的宗教体系和英国中上层社会的强烈鄙夷。

福斯特的很多作品都创作于第一次世界大战之前，这其中包含五部长篇作品。一战后福斯特仅发表了长篇小说《印度之行》和短篇集《永恒的时刻》，而且《永恒的时刻》中的很多篇章亦是在一战爆发之前创作完成的①。虽然后来他不再创作小说，但是爱德华·摩根·福斯特的盛名却长盛不衰，他的作品仍然在英国文学界，甚至在现代文学史中产生着巨大的影响。

福斯特的很多作品曾被陆续拍摄成电影，这些影片用电影镜头表达着福斯特对于当时英国社会现状的反思和对人性的关怀。虽然他本人并不提倡将自己的小说做影视化的改编和放映，但不得不承认，这一做法使更多的人了解了福斯特和他的文学作品。相信对于很多中国读者来说，最初了解福斯特还是通过其小说改编而成的电影，比如20世纪80年代在中国公映的那部著名电影——由大卫·里恩执导并获得多项奥斯卡提名的英国影片《印度之行》。

---

①叶君健.一位长期盛名不衰的小说家 [J].外国文学，1989（04）：48—54.

福斯特一生经历了英国从强盛走向衰落的过程，经历了两次世界大战。他选择了世俗不能理解的爱情，失去过自己的挚爱，甚至还出庭为劳伦斯的《查泰莱夫人的情人》作证。他出身于基督教国家，但不信仰基督教；出身于英国社会的中上层家庭，接受了当时英国最好的教育，但对上流社会嗤之以鼻。他行走于异国他乡，领略过异域的多种宗教与文化，并在不同文化、不同阶层间，努力寻求人类的共同之处。在创作过程中，福斯特对情节的设计十分贴近英国当时的社会现状。小说中人与人之间的情感羁绊，也如现实生活中那样充满着矛盾。正是这种充满不可调和的矛盾的情感羁绊，才使得他的作品中的情感更加丰富，才让每一个挣脱世俗眼光与传统旧习约束下的故事显得格外令人动容，人物塑造也变得更加立体丰满，充满"人"的情怀。

福斯特是一个向往自由的人，他为人谦和，广交好友，对阶级观念十分厌烦。这种想法也受到了英国和美国文学界的关注。凡是他的作品，一经出版，总能引发文学界的强烈反响。各国批评家们会对其从不同角度进行鉴赏和评论。与福斯特过从甚密的劳伦斯坚决反对《霍华德庄园》中福斯特对生意人的美化；利维斯甚至质疑福斯特的联结观，并提升到认为他"丑化知识分子"的高度。毕竟在那个年代，福斯特作为高级知识分子，不应该与不属于中上层社会的人往来。然而，福斯特所关注的焦点就在于此。他不仅通过人与人之间的矛盾来表现人物的情感，也通过采用对比、讽刺、象征、节奏等写作手法来描写文化与阶级之间的冲突，构建整个小说情节，突出小说中的"联结"思想，以及表达对当时英国社会的种种反思。就像很多福斯特的研究者说过的，福斯特是极少数的可以反复阅读其作品的伟大作家。每一次阅读时，他的作品都能给我们一种"学到东西"的感觉。这也是本书研究福斯特的创作思想与写作技巧的原因所在。

目 录

第三章 时代背景对福斯特思想的影响

第四章 西方现代思想对福斯特创作的影响

第一章

波折与成长，都是为了更好地认识这个世界

一

福斯特的童年

（一）波折的童年生活

　　福斯特幼年时，他的曾祖父与当时村子里的知名人士组成了一个宗教小集团。虽然他们所属的政党不同，但共同点是家境富有而且颇具声望。他们在政治和社会行动上，也坚守一个共同的准则，那就是坚决反对白人在非洲贩卖黑奴，并积极救济、支援国内的穷人。这是在旧时代宗教背景下的一种人道主义慈善精神。福斯特从小在无形中受到了这种家庭气氛的影响，也让他对奴隶、平民这些当时社会中所谓的"底层人民"抱有同情。这一情怀，读者可以在福斯特的长篇小说《印度之行》中隐隐地感受到。

　　福斯特的家庭背景较好，家境殷实，但父亲早亡，整个成长过程中又极少有其他男性长辈的陪伴，这对他性格的养成产生了重大影响。当然，这种情况相应地也使福斯特的性格中没有英国中产阶级男性的缺点，这从某种程度上来说不失为一件好事。而母亲和外祖母的抚育、教养让福斯特对女性有着别样的情感，这种情感也体现在他的作品中。

　　福斯特的母亲爱丽丝出生于一个普通的西班牙家庭，比福斯特的父亲小八岁。由于父亲去世很早，福斯特一直受到来自母亲家人和父亲家人的疼爱。福斯特幼年时和他的祖母住在一起，她就是《看得见风景的房间》中的霍尼丘奇太太的创作灵感来源。当时，福斯特和母亲受到有钱的阿姨玛丽安·桑顿的帮助。玛丽安去世时，通过遗嘱为福斯特存了8000英镑，利息用于福斯特的生活和教育来源，等他成长到二十一岁时就会得到本金。这些遗产保证了福斯特的物质生活。

直到1945年他母亲去世，福斯特的大部分时间都和母亲一起生活。母亲在生下福斯特之前有过多次流产，所以她对福斯特非常珍爱。为了抚养儿子，她一辈子都没有再婚，把毕生的爱都给了福斯特。与母亲的关系是他一生中最重要的感情关系，母亲的生活方式和人生态度影响了他的一生。福斯特的童年行为就很有"联结观"的特征。他很听话，不敢表达真实的感受，总是压抑自己，怕让妈妈伤心。这种母子关系使他产生了一种不正常的俄狄浦斯情结，这也影响了他的个性和小说创作。可以说，福斯特一生都处于性心理发展阶段中的恋母情结的时期。弗洛伊德认为，童年是俄狄浦斯情结的生成阶段，如果孩子在这个阶段没有可以认同的形象，他们就可能成为同性恋者。福斯特在写作方面的突出成就，说明了他母亲的教育是成功的，她培养了一名优秀作家。然而，在小说中，他又不自觉地责备母亲使他成了一个同性恋者，责怪母亲把他的女性气质潜移默化了。当然他的指责对他母亲是不公平的，福斯特自己也有同感，但是这种愤怒和不满还是会经常出现在他的小说中。后来，随着母亲的年纪越来越大，她的性格也变得愈发古怪和暴躁。

福斯特与母亲之间的关系出现了从未有过的紧张局面。福斯特对此十分痛苦。他感到家庭已不再让他感到幸福，他的唯一选择只能是离家出走。他意识到母亲既是给他温暖和爱的人，也是约束他成长、影响他审美、限制他自由选择职业的人。他将他的痛苦的根源归结于母亲，但实际上他不可能当面指责母亲的种种做法，只能将这种无法摆脱的困境诉诸小说中。

在英国的乡村中，福斯特度过了童年的时光，虽然童年生活对于福斯特来说有些波折，但至少英国的乡村风光秀美、景色宜人。成年后的福斯特成了当时英国社会中的高级知识分子、英国文坛的风流雅士，但他仍然深深怀恋那段在英国乡村生活的日子，怀恋优美的景色，也怀念质朴的人际关系。因此他笔下的英国乡村生活几乎都被描写成极度美好的生活场景。福斯特人生的后期在乡村中过着隐居生活，他与好友们在那里自娱自乐直至晚年。因此，无论从哪个角度来看，福斯特的童年生活对他之后的创作和生活都有着较为重要的影响。

（二）母亲的爱

早年的经历让福斯特有着异于常人的敏感神经，他比一般人更能捕捉到人与人之间关系的些微变化。对养育他的母亲，福斯特又爱又恨。福斯特一岁的时候，父亲因为肺炎去世，此后福斯特就与母亲、祖母生活在一起，直到1945年母亲去世。虽然他深爱着母亲，但对于母亲给他的爱略有排斥，福斯特几次出国游历也有这方面的原因。在福斯特的小说中，我们可以发现他对中老年女性的那种又爱又恨的情感。福斯特的母亲担心失去丈夫后会再失去儿子，因此对福斯特百般呵护。这种心情的表现就是对福斯特的过分关心，甚至可以说是十分惶恐地担心着福斯特的身体健康，尽管福斯特并非体弱多病。母亲的态度深深地影响着福斯特，他对母亲向来言听计从，既不敢有自己的想法，也不会做出忤逆的行为让母亲伤心。他逐渐养成了怯懦、胆小、敏感的性格。

幼年时期的经历让福斯特极度缺乏安全感。虽然幼年时没有察觉，但随着他的成长，福斯特渐渐认识到了这一问题的严重性。福斯特在与 J. R. 阿克利的信件来往中谈及了他与母亲的关系，从中我们能感受到他对母亲的感激，同时也有对这种处境的无奈。虽然在过去的三十年里，福斯特的母亲有时会让他讨厌，她可能压制了他的智慧，阻碍了他的事业，影响了他的审美观和择偶观，但他也承认，是母亲给了他最好的成长的土壤和栖息的环境。福斯特和母亲之间的思想意识和思想观念有所不同，对于爱和关怀也有不一样的理解。他有不满，但他知道这对于母亲而言是非常不公平的，所以他的情绪并没有对母亲表露出来，只是体现在了作品当中。

福斯特把对母亲的不满情绪，集中体现在小说《天使不敢涉足的地方》中的赫林顿夫人身上。赫林顿夫人是一个严厉、刻薄又孤僻的英国中产阶级女性，经常用自己的想法约束他人，用自己的标准衡量别人，即便是面对自己的儿女。这种对子女的控制欲，像极了福斯特的母亲，就像福斯特自己说过的，他只是母亲的宠物，既不能反抗也不能叛逆。很明显，福斯特把对于母亲的一些看法映射到了赫林顿夫人的身上。他将小说中的悲剧的产生原因归结于赫林顿夫人，就如同他在现实生活中将自己的性格等方面的不足归结于母亲不恰当的养育一样。不过，从总体上来说，福斯特塑造的众多女性形象更多的是具有聪慧、善良的特点。不可否认，福斯特对于女性所怀有的天生好感，也是由于他对母亲的爱所导致。

二

令人厌烦的公学制，不愉快的唐布利奇

　　也许在别人眼中，唐布利奇中学师资雄厚，校内设施完善，学术气息浓郁，既有着英国民族文化中的低调，也有着先进的现代思想，总体来看是一所非常不错的中学。这所学校平均每年有将近四分之一的学生考入牛津大学，这足以使无数家长趋之若鹜。在唐布利奇中学学习会让人很羡慕，但福斯特在这里收获了一段不愉快的求学经历，这段经历甚至使福斯特对英国的公学制度产生了厌烦情绪。他厌恶这种寄宿学校的生活，怀念自己的故乡。

　　少年时代的福斯特是一个安静的"美男子"，他沉浸在自己的小世界中。然而，唐布利奇中学中却经常有校园霸凌的事件发生，这些霸凌事件的受害者之一，便是安静、文弱的少年福斯特。正如很多受害者一样，福斯特的内心受到了前所未有的伤害，并且在成年后，他依然对此事难以忘怀。他在唐布利奇公学学校里所受的屈辱总是铭刻在他的记忆中，也反映在他后来的作品中。他认为，英国"心灵不发达的人"就是由这个腐朽的公学制度造成的。他的小说《最漫长的旅程》中索斯顿学校的原型便是唐布利奇中学。小说中，英国社会的人性堕落

以及传统观念的式微等社会问题暴露无遗。福斯特通过这部小说对英国的公学制度进行了无情批判。

个体的内在焦虑反映了时代的矛盾，也是社会焦虑的表现。这篇小说中多次提到"学校是一个缩小的世界"。索斯顿学校反映了爱德华时代的社会状况和人们的思想危机。虽然学校的规模逐步扩大，设施更加完备，师资队伍翻了一倍，办学经费更加充裕，但学校永恒、稳定、最宝贵的"传统"丧失了，成了"庸人追逐利益的地方"，这与当时英国社会的情况完全一致。

《最漫长的旅程》中索斯顿学校的建筑物，不同于以往典雅、恢宏的古典主义建筑，福斯特选择了集宗教意味与美学价值于一体的哥特式风格的建筑物作为描写对象。尖尖的塔顶、色彩斑斓的玫瑰琉璃花窗都与学校的氛围毫不相符，这更加凸显了校园内缺乏安宁与温暖，完全失去了厚重、正统的"学校"之功用。当然，在这样背景下的学院也满是死气沉沉，充满了具有绝望气息的"心灵完全不发达的人"。卡莱尔曾经说的"现金联系"在索斯顿学校中被淋漓尽致地表现出来。对物质利益最大化的追求，使生活在那里的人们都具有了"无生命的绝望的面孔"。小说中的老师彭布罗克先生看起来像个牧师。牧师的职责是精神指导和心理治疗，牧师的基本特征应该是温柔善良。但彭布罗克的行动依据却远远没有这些品质。彭布罗克对等级制度也有根深蒂固的看法。他根据家庭背景对学生进行分类，对不同年级的学生采取不同的惩罚方法。这种做法更违背了教师的本质含义①。他谈到生活中"理想"的缺失，就像"天上没有太阳"，但他的理想没有任何精神内涵。他一生唯一的理想就是追求利润。这样略显幽暗的描绘与唐布利奇中学逐利的环境有很大关系。作为培养社会中流砥柱的公立学校，它应该给人们一种温暖、公正和安宁的感觉。然而，在小说中，索斯顿学校完全是一个泡沫飞溅的海洋。正如著名的英国文化评论家罗斯金在《野橄榄花冠》中指出的，英国人的第一个游戏就是赚钱②。

福斯特本性善良，对生活抱有积极的心态，但是少年期的内心较成年人更加脆弱，同时比成年人需要更多的爱和关怀。而在唐布利奇中学，处于少年时期的福斯特不仅没有得到爱与关怀，反而变得更加脆弱。如果说罗基就读的剑桥大学代表着"年轻人的纯朴"，那么索斯顿学校则充分体现了"成年后的成熟和谨慎"。福斯特对"人性的堕落""道德观的衰落"等社会问题的批判在索斯顿学校中得到了充分的展现。在唐布利奇中学的遭遇给福斯特带来一种观察社会的别样视角，尽管如此，这种成年后也无法自愈的伤痕，使他对当时英国社会的中上层阶级和传统宗教持批判态度。

福斯特的小说中有很多宗教意味的隐喻，意在指明本应是纯洁、美好，带给人温暖和希望的信仰，却与欲望、自私、贪

---

① E.M.Forster, *The Longest Journey* [M], London: Bantom Books, 1997: 35.

② John Ruskin, *The Crown Of Wild Olive And The Queen Of The Air* [M], New York: The Macmillan Company, 1915: 10.

婪纠缠在一起，一步步引领人们走向深渊。彭布罗克兄妹犹如灰暗的幽灵一样，追求利润已成为他们生活的唯一目的，不计任何代价赚钱是他们的原则。任何传统、道德都可以退到最边缘。为了让自己成为邓伍德大厦的经理以追求更多利润，彭布罗克催促罗基尽快嫁给艾格尼斯，以此作为自己事业发展的筹码，这让罗基的内心充满了忧伤。这样的描写不仅是对当时英国贵族阶级的控诉，更是对那个时代的控诉。福斯特的很多作品都对基督教文化和等级阶级之间的这种冲突、对比关系进行了深入探讨。

三

剑桥大学与师友间的情谊

福斯特1897年考入剑桥大学的国王学院，主修文学和历史。这是一个有着古老历史，却在思想上敢于不断创新的学院。他喜欢这里自由的氛围，找到了一个适合自己成长的世界，并"找到了自己"。精英文化的滋养使福斯特的精英文化意识日益成熟。在之后的日子里，他曾到希腊的乡下小住，所以，福斯特对希腊文学以及人们日常生活中的人本主义思想非常熟悉。

如果说童年和少年时期的福斯特都在与传统的旧观念进行抗争，那么来到剑桥大学的福斯特则开始接触到新鲜的思想与新鲜的朋友，剑桥大学的学习与生活经历，可以说是福斯特人生中的一个很重要的转折点。剑桥大学旖旎的校园风光、朝气蓬勃的大学生独立自由思想以及不懈追求真理的脚步，都让刚刚步入剑桥大学的福斯特无比激动。求学期间，福斯特和很多未来文学界、艺术界，甚至是政治界、经济界的知名人士建立了深厚的友谊，这对福斯特思想的转变有着很大的意义。

同时，剑桥内浓郁的学术氛围以及让人感觉温暖的人际交往关系，与社会上复杂、冷漠的人际关系产生了鲜明的对比，福斯特之后的作品也时刻体现着这种矛盾和对比，并不断寻求解决这一现状的办法。他的作品或谴责冷漠的人际关系，或讴歌纯粹的、真诚的情感，让我们看到了 20 世纪英国社会中的不公与丑恶，同时也让我们深刻体会到了人性的美好。面对社会中的各方冲突，福斯特主张"调和"与"平衡"。对此，福斯特抱有极大信心，他像一盏微弱的灯，将漆黑的人世间，硬是撕出一片光明来。

在剑桥大学的求学生活中，知己、好友的陪伴让福斯特倍感温暖。而与门徒社（The Apostle）成员的相遇和相知，也对福斯特推崇个性、自由的人文理念起了重要的作用。这段时期的哲学探讨，使本就不信仰基督教的福斯特更是将基督教中的腐朽思想和当时英国传统体制下的种种禁锢通通摒弃，确立了新伦理思想。

剑桥大学的历史教师奥·布朗宁（O. Browning）和哲学教师纳·韦德（N. Wade）以及高·洛·狄金森（G. L. Dickinson）对福斯特的影响更为深远，这有助于福斯特形成一种政治和社会观，尤其是他对权威的不信任，对下层阶级的同情，以及他对英国所谓良好规范的憎恨。他们将自由思想和无神论观点传达给福斯特，这些观点为福斯特的小说创作提供了很大的帮助。作为自由人文主义思想的摇篮和熔炉，剑桥大学培养了福斯特，并成为他一生的精神堡垒。

四
"布鲁姆斯伯里"与"阿巴斯沙龙"

福斯特来自代表伦敦克拉彭文化的领袖桑顿家族，这个家族的许多后代都是布卢姆斯伯里团体（the Bloomsbury Group）的成员。他们抵制宗教仪式，憎恶各种乱神邪说。布卢姆斯伯里团体对此曾批评过他们，但总体来说，他们对该团体的影响还是很深远的。布卢姆斯伯里团体更像福斯特和伙伴们组建的思想文化交流圈，他们强调爱与友谊，思想敏感，追求真实和美，反对旧的传统习俗，强调人与人之间的联系以及人的价值的完整性。①团队成员经常组织聚会，进行各种文化之间的交流。团队人数虽然不多，但其中的主要人物都是英国剑桥大学国王学院的毕业生，或是在行业内、学术内相互交往颇深的知己和好友。大家的专业领域、研究对象虽不相同，但文化程度和思想境界很相投，这些成员也都在本行业内有着赫赫的声誉和优异的成果，是各自行业内的佼佼者。他们之间的交流是真正属于"高级知识分子"的交流。他们有着相似的信念，

---

① E. M. Forster, *Aspect of the Novel* [M], London: Edward Arnold, 1974: 35.

即"人生活的主要目的是爱，是创造和欣赏美学的经验，是不断追求知识"。这三条信念在福斯特的小说中都有所体现。"布鲁姆斯伯里团体"对福斯特的影响很大。在福斯特的早期写作中，布卢姆斯伯里的朋友们经常质疑福斯特小说中使用主题升华的手段或对性的描写方式，这有助于福斯特不断地对小说进行修改。当他在写作上遇到困难时，他也是布鲁姆斯伯里的朋友，帮助他走出困境。从印度回来以后，福斯特给伦纳德看了尚未完稿的《印度之行》。此前，他已打算放弃继续完成这部作品了。但通过伦纳德的鼓励，福斯特得以顺利完成这部鸿篇巨制。"布鲁姆斯伯里团体"对英国社会和文学界的影响逐渐引起了当时中国文人学者的关注。以徐志摩、陈源、凌叔华等为代表的"新月社"，就是以布卢姆斯伯里团体为原型成立的。中、西方的这两个思想文化交流圈，在当时的社会背景下和文学学者的笔下，也成为一桩美谈。当进入 20 世纪后期，布卢姆斯伯里的成员大都离世，但他们仍然是时代的佼佼者，他们的精神依然在延续。

剑桥时期的福斯特也是"阿巴斯沙龙"（The Abbas Salon）社团的主要成员之一。这是一群具有人文主义思想的英国上层知识分子。他们强调爱情和友情，思维敏感，追求美好事物，反对陈规陋习。"阿巴斯沙龙"奉行"亲密友谊、真诚奉献"的原则，这后来成为福斯特的人生信条。这一信条与福斯特关注人间的友谊，人的价值和人性的整体思想极其吻合，社团经历也使他的文学作品饱含人文主义思想。在剑桥大学读书的那段青葱时光里，在"布卢姆斯伯里团体"价值观的影响下，在"阿巴斯沙龙"原则的奉行过程中，在人生后期的漫漫旅途中，影响福斯特一生的世界观逐渐形成。

托马斯·摩尔的人人平等、人人幸福的"天堂"理想削弱了福斯特的基督教信仰，并深刻影响了他后期的文学创作，使他的作品充满了理想主义色彩。《霍华德庄园》出版于1910年，被誉为福斯特一战前最成熟的作品。小说中福斯特倡导建立一种真诚友好的人际关系，通过灵魂与身体、物质与精神、城市与乡村等一系列矛盾的接触与沟通，从而达到社会的终极和谐。在这个文学创作阶段，福斯特的作品具有典型的布卢姆斯伯里特征。"只有联结"的观点表达了他对人与社会、宇宙之间沟通的希望。

五
友人情谊，如火炙热，也如清泉润人心田

福斯特一生的创作，不是关注国家或政治、经济，而是关注人与人之间的友谊、人的价值与人性的完善、不同文化之间的交流。这种执着而强烈的追求使他的小说充满了丰富的人文思想。福斯特有很多知心好友，他们来自英国的各个行业，虽然身份高贵，但都没有高高在上的架子，他们对于自由与开放的社会环境是那么向往，经常抨击当时英国社会中的很多不良现象。他们用独有的方式来争取自由，福斯特史是如此。当时的英国社会所不允许的，正是人们选择的自由；而英国社会"歧视"的和需要"矫正"的，正是人们选择的生活方式；世俗不断加以审视的，也正是人生来就可以拥有的东西。福斯特从来就不是一个妥协者，也不会因为当时英国社会的不公对待而选择沉默。社会主流思想的谴责又能如何？既然是人生来就有的权利，就该努力争取。福斯特用自己的文字将这些思想与情感书写下来、表达出来。现在看来，这些行为有些像"抬杠"，但至少这种"抬杠"很酷，也很潇洒。人生很短也很长，福斯特选择去过属于他的人生，而不是人云亦云、按部就班，这本身就是一种不俗的选择。福斯特认为，这种选择很正常，因为

这是身为一个"人"应有的选择。

面对福斯特的这种"杠"劲，他的好友们虽然也很担心，但仍毫无保留地支持他。他们在自家的花园与露台饮酒高歌，也在乡下的农舍里对当时的英国社会嗤之以鼻。这些知己好友陪伴了福斯特一生，在很长的一段时间里为福斯特的创作提供了丰富的灵感。与友人之间的思想交流，让福斯特一直保持着引领潮流的先进思想，这对于一个文学创作者来说是非常重要的。

随着历史的不断前进，人们的思想也逐渐得到解放。19世纪末，由于城市化进程的加快，人们开始意识到"人"的种种需求，对于各种人的各种选择，也不再抱有歧视和审视的眼光。这是全社会的进步，当然也离不开福斯特和他的友人们的奋力抗争。他们的精英圈子在逐步扩大，很多类似的圈子也在逐步兴起。之后几年，随着人们的思想逐步得到解放，英国社会还出现过几次思想运动。这些社会思潮在打破传统旧制的同时，也将开放、自由的思想逐渐渗透和传播给了普通民众。福斯特在与友人的交往过程中，始终秉承着真诚、真心的原则。他们秉烛夜谈，也相携相伴，因此，这样的友情更加具有温暖人心的力量。友谊的存在使福斯特的一生增加了很多令人感动的回忆。尤其是与一位印度朋友的长期相处，使他体验了异域民族的思想文化，这种不同于英国本土的文化，被福斯特写在了他的小说《印度之行》中。

六
反抗！反抗到底的决心

　　福斯特平易近人的外表下，有着一颗不甘于平凡、不屈于世俗的心。他通过独具一格的反抗精神，反对当时英国社会存在的不公，反对旧的习俗和礼节。他是温文尔雅的读书人，也是逆势而行的侠客。福斯特创作生涯的高峰时期持续了从1905年到1924年的二十年左右的时间。他的六部小说大多表现了爱德华时代上流社会的情感、思想和生活态度。他试图表现出处于边缘化的主人公挣脱社会和不良风俗的束缚、寻求个人解放的愿望,这反映了英国上层社会贵族的贫瘠思想和沟通障碍。《看得见风景的房间》表面借用传统旅行文学和成长小说的叙事模式,实质探讨的是旅行途中暴露出的英国社会内部的阶级、性别、文化身份等问题，即在旅行地不同种族的民族身份特质差异下凸显出的英国性问题。旅行叙事和旅行隐喻是福斯特小说的重要组成部分，其成长小说和场所精神两大主题一直是学界探讨的重点。19世纪后期大众旅行的兴起稀释了英国传统的教育旅行，并与之并存对立，这导致了福斯特对文化、身份和道德问题的反思，如旅游的教育功效、旅游主体的多样化、观光与反观光思想的并存等方面的问题。

1901 年维多利亚女王的去世，标志着英国资本主义从繁荣走向衰落。英国的繁荣逐渐衰退，但社会根本变革的意识增强。进入新世纪，维多利亚时代的各种传统观念和信仰遭到质疑，僵化和势利的阶级结构、虚伪和做作的公共道德等是当时英国社会存在的主要问题。表面上看，英国是富强的，但实际充斥着内忧外患。20 世纪 20 年代的经济危机和第一次世界大战的爆发严重削弱了英国的国力。国际工人大罢工、妇女选举权运动和爱尔兰自治运动等备受关注，在这些运动的冲击下，英国陷入了瘫痪。

从 20 世纪 20 年代末到 30 年代初，一场史无前例的经济危机席卷了资本主义世界。工厂倒闭，企业萧条，人们挣扎在贫困线上，法西斯势力在德国、意大利和日本迅速崛起，1939 年第二次世界大战顺势爆发。在五十年里，人类经历了两次世界大战。战争中的互相残杀，人性罪恶暴露无遗，这些给人们带来了前所未有的思想混乱和强烈的时代动荡感。同时，人们普遍感到爱德华国王的短暂统治已成绝唱。工业文明的发展扰乱了传统的生活方式，宁静的乡村世界被嘈杂的机器工厂所取代。因此，福斯特认为英国的一部分已经灭亡。

福斯特指出，中产阶级是英国社会的主力军，但他们的"商业精神""冷漠"是主要性格缺陷。这种民族性格缺陷形成了当时"混沌"的社会语境特征。《天使不敢涉足的地方》中中产阶级出身的罗基注定摆脱不了这些缺陷，在索斯顿那些逐利人的影响下，罗基的性格缺陷愈演愈烈，最终陷入病态。福斯特对罗基安排了死亡，这是一个极具象征意义的故事。死亡不仅意味着生命的终结，而且象征着完全消除了中产阶级的思想弊病和精神枷锁。罗基的死赋予了其他人灵魂的救赎。他将唤醒未出生的人，引导人类的未来。他认为，只有英国中产阶级的思想得以发展，英国这个商业大国才能开始新的征程。

七
异域旅行中的见闻

（一）意大利、希腊之行

教育旅游作为英国旅游史上的一种重要方式，始于 1600 年，结束于 1837 年维多利亚女王登基。之后大众旅游逐渐取代了教育旅游，成为现代社会一种主要的旅游方式。教育旅游不同于大众旅游，它是一种自始至终具有鲜明意识形态倾向的社会实践活动。教育旅行的主要目的是通过欧洲之行，使英国贵族阶层的男性青年能够接受古典文明的洗礼和欧洲思想的熏陶，为已经为他们设定的社会角色做好准备。自 19 世纪六七十年代以来，随着英国游客数量的增加和不同社会阶层的参与，虽然传统的教育旅游形式得到了保留和继承，但旅游者的身份、旅游的目的和功效以及社会对教育旅游的态度和看法都发生了很大的变化。

福斯特也是通过这样的旅行，体会到了其他民族的文化，再加上在剑桥大学的学习经历，让他把三种主要的文化体现在自己的作品中。其中一种是纯英式的、福斯特本人传承下来的传统文化，其他两种就是通过旅行而获得的欧洲文化（以意大利文化为代表）以及亚洲文化（以印度文化为代表）。福斯特的一生处于多种文化冲突的漩涡当中。例如，英格兰本土的乡村文化与随着工业革命快速发展而形成的城市文化之间的冲突，英国传统的本土文化与欧洲大陆开放的意大利文化之间的冲突，欧洲传统文化与神秘、热情的印度文化之间的冲突，等等。这些文化所带来的冲击，对福斯特的文学创作产生了深刻的影响。这些文化一部分源于福斯特在剑桥大学时的积累，但更多的是源于在意大利、希腊、印度等国家的游学经历。

作为福斯特的老师，纳森尔·威德（Nasener Weide）也向福斯特传达着自己的看法，这些观点引起了福斯特的好奇。1901 年，福斯特从剑桥大学的国王学院毕业。离开剑桥后，福斯特到希腊旅行，并在意大利逗留了一段时间。福斯特在学校中曾专攻希腊文学专业，对希腊文化中的人文情怀和宗教文化具备了一定的理解能力。在游历期间的见闻，又使福斯特加深了对古典文化的崇拜。他陶醉在欧洲大陆山水的秀美与柔媚之中，并在意大利农民身上看到了延续至今的古典文化中的自发意识，但这种生动活泼的精神在当时等级森严的英国社会中早已绝迹。

福斯特在希腊、意大利游历时，除了感受到希腊与意大利的古典风情和自然风光外，还认识到艺术是通向人类最高精神境界的重要学科。地中海的壮美景色也让福斯特深深感受到了他所熟悉的以英国中产阶级为主导的传统社会里充斥着的功利、欲望与无尽的冷漠。此种落差感被福斯特写进了两部描写意大利文化的小说《天使不敢涉足的地方》和《看得见风景的房间》中。

尽管这次旅游存在一些不尽如人意之处，但意大利开明、自由的社会环境和美丽的风光、浓郁的人文风情确实让福斯特流连忘返，福斯特因此在意大利停留了近一年的时间。同时意大利历史悠久的艺术也激发了福斯特的创作灵感。这次意大利之行，为福斯特提供了第一部长篇小说的创作素材。《天使不敢涉足的地方》一经发表，便引起轰动，并获得了很多评论家的赞誉。

作为一名人道主义者，福斯特像很多19世纪的知识分子一样，认识到了人类无法离开公众生活而独自享有私人生活。而作为一名怀疑主义者，福斯特又看到了公众生活与私人生活之间的隔膜。那时，"发育不良的心"是爱德华时代人们公共生活与私人生活隔绝的重要原因之一。因此，福斯特才会在作品中孜孜不倦地探索一种新的文化将这两种生活"联结"。怎样寻找这样的文化？怎么才能通过公众生活和私人生活之间的良好沟通将对新文化的探索落到实处？这些问题的答案被福斯特在小说中通过旅程中的见闻表达出来。最终，福斯特的小说一举获得了广泛认可，受到了读者以及文学界的喜爱。

在当时的社会背景下，福斯特不仅关注中产阶级内部不同类型的旅游者以及他们各自的传统和反观光立场，同时也关注了不同社会阶层的英国游客在旅途中交流的广度和深度，以及跨文化和跨阶层交流可能产生的强化或转化效应。与福斯特的其他旅游题材小说相比，《看得见风景的房间》展示了多种类型的旅行者，讨论了广泛而深刻的旅行模式和隐喻主题。在这部小说中，教育旅行不仅涉及文化与生活的关系，还涉及20世纪初的阶级、性别和性。旅游叙事的重心也从不同种族的文化差异和民族认同转向英国社会内部的各种冲突和矛盾。

从旅行者与古典教育的关系及相应的结果来看,《看得见风景的房间》大致包括三种类型的旅行者:英国中产阶级的单身女性和从事新兴服务业或劳务业的年轻男性是现代教育旅行的主力军,这些都是小说情节描写和讨论的重点;而传统教育中的贵族或中产阶级游客只出现在小说的英国情节部分中,与前两类人物的背景、经历和教育旅行效应在形式上有着巨大的反差。

福斯特喜欢在作品中将英国中产阶级的生活方式与意大利人的生活方式做比较。这主要表现在《天使不敢涉足的地方》和《看得见风景的房间》,以及一些同样讨论欧洲和英国问题的小说中。这并不是为了让两者之间互相攀比,他只是想了解英国文化与意大利文化之间本质的差别。他认为意大利的风景、人物是很宝贵的,特别是意大利中下层人民所拥有的优良品质更是非常美好。这种品质有助于英国人减少民族偏见,认识到自身的不足,最终治愈英国社会中广泛存在的"发育不良的心"的问题。福斯特创作的《天使不敢涉足的地方》和《看得见风景的房间》这两部有关意大利的小说,都是通过意大利人的美好品质,来反衬英国中产阶级的傲慢和偏见的。在小说中,开放的意大利文化对两位主角的自我意识的觉醒起到了至关重要的推动作用,而反观传统的英国文化,则死气沉沉。

福斯特从小就受到英国中产阶级的价值观的影响。但在接受了自由、开放的现代文化的熏陶后,他转而向往更加自由、宽松的意大利文化。《福斯特传》通过福斯特和弗班克的书信来往透露，《看得见风景的房间》是 1901 年福斯特和他的母亲第一次意大利之行后的创作成果。这次出游主要有两个目的：一方面，他想要通过旅行来研究意大利的艺术和建筑，因为他即将到夜大讲授欧洲建筑课程；另一方面，他打算尝试一下旅途写作的经验。因此，在意大利游历期间，福斯特对意大利的民族文化、宗教信仰、生活方式等进行了全方位的了解，这些都为福斯特的小说创作增加了很多新鲜的元素，使读者更能从小说中感受人物的生活、心理及情感的状态。福斯特小说中的主人公，大都怀着接受传统教育洗礼的初衷进行旅游，途中尽力遵守社会道德规范，努力寻求与古典精神的交流与融合。

（二）三次印度之行

1906 年，福斯特结交了一位名叫沙义德·罗斯·马苏德（Sayide Rose Masude）的印度青年。这位自小便生活在印度的马苏德带领福斯特跳出了爱德华时代的视野，去关注多民族文化交融下的印度。与此同时，福斯特在剑桥求学时期的好友马尔科姆·达林（Malcolm Darin）也在印度做了政府官员。福斯特在他们的影响下，开始对印度文化进行了解，并着手创作以印度文化及现状为题材的文学作品。直至 1912 年，福斯特开始了在印度的第一次游历，《印度之行》的写作也正式开始了。

第一次世界大战时，福斯特在埃及的红十字会工作，目睹了英国官兵对当地人毫无人性的行为，对英帝国的殖民政策有了进一步的认识。他开始对这一制度进行反思。随后，福斯特回到国内继续创作，并在 1921 年完成了《印度之行》这部长篇小说。印度之行不仅加深了福斯特对于英国殖民制度的进一步认识，也让他在更深刻的反思之后，逐渐对殖民帝国主义产生了强烈的厌恶之情。

《印度之行》着重刻画了印度殖民地中的印度人和英国殖民者之间的关系。在福斯特看来，印度人是感性的，对待生活和宗教有一定的敬畏心。印度人拥有更多的自由，与在印度境内挥舞权力而展示"实际"的英国人相比，是那样的充满生机。这也是真实的"人"和虚伪冷漠社会中的"人"之间存在的差异。小说突出体现了不同环境、宗教、文化和心态上的"人"的差异性，以及彼此在社会生活之间的微妙联系。

福斯特不像其他的文人、学者有着高高在上的姿态，仿佛居高临下般观察印度人民的生活。他真真正正参与其中，并未带一丝一毫的西方主义偏见，这种态度也体现了他对印度宗教文化的思考。首先，他没有把印度宗教视为一种怪异文化，他始终是以好奇和尊重的态度在印度游历。一个很典型的例子就是在 1921 年，福斯特亲自参加了印度宗教的公共节日和家庭庆典，并把自己打扮成印度人穿街走巷①。人类学认为，叙事文学作品中少不了对衣服、饰物、生活方式以及生活场景的描述，而代表不同地域文化的衣服、饰物、生活方式会体现不同文化

---

① E. M. Forster, *The Hill of Devil and Other Writings* [M], ed. Elizabeth Heine, . London: Edward Arnold (Publishers) Ltd. , 1983: 156.

内涵的行动礼仪，常常出自截然不同的生活场景。通常一个人来到异国他乡，随之感受到的会是这里不同于故乡的生活场景，会以一个游历者的角度来看待异乡，未免和当地的实际生活有些格格不入。唯有真正放下心中的防备与偏见，才能够感受到真实的风土人情；也只有站在与当地群众同样的视角上，才能对当地的文化和生活方式有更深入的了解。了解宗教文化时亦是如此。福斯特正是将自己文人、学者的身份放在一边，尽情在印度玩乐，参与当地群众的生活，度过当地的每一个节日，体会印度自然、淳朴的精神生活，并在自己的作品中将这种精神生活真实表现出来。

福斯特十分欣赏印度诗歌、神话、音乐、舞蹈等艺术。这些独到的艺术元素构成了《印度之行》中独属于印度文化的描述。读者除了赏析福斯特本人的文学素养以及设计的故事走向外，也更加深入地了解了印度文化。福斯特是这样描述印度的传统民族服装的："他腿上穿着精致的白色棉质马裤，挂着一件漂亮的白衬衫，半塞在红、白、绿三色的背心里，身上套着一件红葡萄色、镶着金边的华丽丝绸外套，头上还俏皮地戴着一顶深红色和金色的三角帽。左手上有一块金面包状的手帕，额上有一个红印，说明我是西瓦教派弟子。"[2]我们可以感受到印度人服饰的浓郁色彩，更能体会到印度服装所体现的文化与

---

② E.M.Forster, *The Hill of Devi and Other Writings* [M], ed. Elizabeth Heine, . London: Edward Arnold (Publishers) Ltd. , 1983: 167.

热情、民族性格的率真以及印度宗教文化的特征。印度人保留并穿戴自己绚丽多彩的民族服装，被认为是争取民族独立斗争的一种表现。宗教是印度文化中相当重要的一部分，各个教派共同构成了印度人民精神生活的主脉。福斯特在印度游历期间，感受到了宗教对印度文化的影响无处不在。每年的四月至十月间，几乎每个月都有节日，宗教节日庆典、红白喜事和小儿满月，甚至是田里的收获，印度人生活的方方面面，无不囊括在节日之中。

正因为对印度宗教节日庆典和民众生活如此了解，福斯特才能在他的长篇小说《印度之行》中尽情描写印度伊斯兰斋戒节和印度教佛圣节这两大宗教盛事的真实情况。在福斯特的眼中，在印度宗教文化的指引下，印度的服饰、生活、节日都像一场多姿多彩的狂欢盛宴，张扬、热闹，又有人民之间的情感流动，这在英国社会中是很少见的。这样的狂欢盛宴，抛弃了基督教繁重的礼仪，远离了英国社会冷漠的眼光，对福斯特来说，何尝不是一种新鲜的体验呢？在度过了一次又一次的宗教节日之后，福斯特深刻认识到了印度宗教文化的丰富内涵。

印度宗教并不是学究眼中充满神秘和恐怖气息的异端邪教，而是充满欢快生活气息的人民日常生活。在印度或许没有基督教教堂那样气势恢宏的建筑物，也没有教皇、牧师们那宛若神祇般高高在上，受万人敬仰。但这里的一切与印度人民息息相关，是印度人民生活的全貌，这让福斯特有一种远离世俗喧嚣的隔世之感。这里没有传统宗教礼法的压迫，他可以放下一切束缚，做回自我。这些游历的经历，对《印度之行》的创作，甚至福斯特的思想演变及文学创作的进程都起到了至关重要的作用。福斯特在他的日记、信件以及散文中，都详尽地记载了第三次游历印度时的情景，也记下了印度当地的风土人情、天文地理、时政要闻，尤其记下了殖民统治的社会形态下印度人民的心理历程。从这一点来看，对于印度的观察和了解，很多学者无法与福斯特相提并论，因为这样细致的研究工作和直接体验，是学者无法从粗略的调查工作中获取的，因此，福斯特对印度的了解远胜于一般人类学家。这也使《印度之行》成了承载丰富文学与文化内涵的佳作。

《印度之行》中丰富多彩的印度文化和别具一格的风光景致，以及丰富的宗教活动，使作品展现了十分完整的印度文化体系。小说中关于印度文化的情节设计，既是英国与印度的文化相遇，也涉及英国与殖民地冲突中的民族关系问题。作品诞生于英国殖民时代的后期，对于形成帝国主义态度、参照系的生活经验极其重要③，因此文化展现与冲突也成为小说的一个很重要的组成部分。

福斯特成名后倍感功成名就的压力，甚至对自己当下的成功产生了怀疑和愧疚心态，他开始担心自己的创作灵感和文学思想会就此干枯。同时，母亲年纪越来越大，出现了性格古怪、脾气暴躁等一系列心理变化，这使福斯特与母亲产生了情感危机。福斯特一度陷入自责与矛盾的痛苦之中。这是他开始印度

---

③ Edward W. Said, *Orientalism* [M], London: Knopf Group, 1979: 102.

之行的另一个主要原因。不仅是为了寻找人生方向，也是为了追求更加和谐而安宁的幸福生活。在印度游历期间的所见所闻，使福斯特感受到了英国和印度在文化和精神上的巨大隔膜，他在旅程中的感受和对人生的严肃思考，最终凝结成一本经典著作——《印度之行》。

传统教育旅游的变质、反观光观念的颠覆、各种凝视方式的对立等因素，都促成了小说中的旅游活动从社会仪式般的朝圣变成一种怀疑与探索的旅程。小说中人物的身份也受到不同文化、阶级和观念的影响。旅游作为一种诱发因素，为小说中人物的个人成长创造了环境。当小说中的人物回到比旅游地更保守、更压抑、更充满隔阂的英国本土时，旅行所激起的反叛、勇气、希望或厌恶被发酵和强化，从而导致思想冲突、人际关系的变化与人物性格的重塑。因此，尽管从表面上看，福斯特借用了传统旅游文学和成长小说的叙事模式，揭示了其旅游活动中的种种反差和矛盾，但实际上他关注和探索了通过旅行暴露出来的英国社会中的阶级、性别、身份等问题，这也是他的作品讨论最多的英国的基本问题。

青年时期的福斯特

第二章

信仰、传统、制度

一

旧制度下的陈规旧俗

（一）保持质疑，就是保持清醒

英国是一个受基督教影响很深的国家，这里的大部分人都信奉基督教，福斯特有一个同样信奉基督教的姑姑，这是一件极为正常的事。受家庭的信仰影响，福斯特有一段时间虔诚地信奉着基督教。然而到十九岁时，他放弃了这种虚无缥缈的宗教信仰，开始提出当时的宗教道德准则是否正确、宗教是否具有拯救能力等一系列的问题。随着时间的推移，福斯特逐渐形成了自己独具特色的宗教观点。二十几岁的福斯特有一种天不怕地不怕的巍峨硬气。在《我的信仰》中，福斯特曾指出他的信仰就是没有信仰。[①]他通过反传统的方式，旨在驳倒以宗教神学为基础的西方传统宗教观念，同时表达他对宗教的否定态度。

福斯特对宗教的怀疑在他的众多作品中都有所涉及。《安

---

① E.M. 福斯特. 现代的挑战 [M]. 李向东译，广州：花城出版社，1991：67.

德鲁斯先生》中，他把宗教比作人的幻想；①《莫瑞斯》中，他认为宗教只不过是无用的神经。②这样嘲讽"神职人员"确实别具特色，同时明显体现出福斯特对宗教不屑一顾的态度。这类描述也能体现福斯特对于真实的爱与自由的关注远胜于那些不切实际的宗教信仰。

小说《莫瑞斯》中的主人公德拉姆在少年时是基督教虔诚的信奉者，但由于自身的同性恋倾向，内心遭受着宗教文化道德的折磨。他很奇怪，这么多虔诚的教徒中为何偏偏是他成为这个众人口中的"异类"，偏偏是他遭受着非比寻常的待遇。起初他以为可能是神在考验他，但最终他信奉的神并没有解救他，于是他最终放弃了基督教信仰。

福斯特对牧师的神职形象进行了很大程度的颠覆。以往的牧师是神圣的、充满光辉的，但在福斯特作品中，他们大多数是丑陋而自私的。如小说《莫瑞斯》中的伯雷尼乌斯先生，是一名教区长。他虽然有着高尚的职业，但是长得奇丑无比，他经常带着偏见的笑容、自私的神态，这更让他丑陋不堪。在《看得见风景的房间》中，"异教徒"艾默森先生待人真诚、热情，而伊格牧师则异常冷漠。两个人的性格形成了非常鲜明的对比。伊格牧师的所作所为更是辱没了牧师的名声。在福斯特的笔下，这些丑恶的牧师不仅面丑，内心更是腐烂不堪，他们自诩神圣，

---

① E.M. 福斯特. 福斯特短篇小说集 [M]. 上海：上海译文出版社，2016：45.

② E.M. Forster, *Maurice: A Novel*. [M], W. Norton & Company; Reissue. 1995: 34.

实际上是十足的势利小人。

福斯特的人生观向来就与以基督教为基础的伦理道德没有任何关联。上帝与他无关，也与他的生活无关。当从宗教文化下的道德标准中剥离出来，被基督教文化惯性支配已久的人们又该如何面对自己的精神世界？这是福斯特所要了解的。这远远比探讨虚无的来生要来得实在，也许会有些俗气，但这是生活的本质。

（二）揭露丑陋，就是揭露现实

作为爱德华时代的小说家的代表，福斯特的小说突出地反映了英国人民在爱德华时代的思考与担忧。爱德华时代处在世纪之交，这个时期的人们非常容易产生变革的愿望。一些关心国家大事的作家增强了审视意识，宣泄不满、抨击时政、批判宗教信仰、声讨扩张政策。在这种国内国际氛围影响下，福斯特将创作的眼光扩展到整个西方世界。为顺应国内批判维多利亚文化的潮流，他开始着手写作关注国际文化题材的小说。①他对维多利亚时代家庭桎梏的不满情绪，也在"意大利小说"《天使不敢涉足的地方》和《看得见风景的房间》中得以体现。这两部小说都以意大利文化为正面形象，对维多利亚时代中的家庭桎梏、文化信仰、行为准则，以及所谓的道德规范进行了

---

① 罗玲娟. 福斯特小说的文化解读 [J]. 辽宁行政学院学报, 2006 (09): 36.

深刻批判。

福斯特对意大利文化有所向往是有原因的。当时的英国，由于资本主义经济的快速发展，人性中的善念与温情早已被贪婪的欲望泯灭。人们在意的不再是人与人之间的情感，而是那些可以炫耀的权势与金钱。在利益的熏染下，英国人的内心早已变得麻木不仁。福斯特通过对小说中人物形象的刻画，将英国中产阶级陈旧的思想观念、趋利避害的伪善面孔暴露出来，同时将被禁锢住的一代青年人从传统思想中解救出来。虽然福斯特出身于英国资产阶级，但是他没有沾染到英国中产阶级那些不好的习性。这或许与他的个人经历有关，或许也与他敢于反抗传统、质疑传统有关，但不管怎样，抨击传统习俗下人们的虚伪、固步自封、市侩，好像已经成了福斯特小说的一大特点。

《天使不敢涉足的地方》与《看得见风景的房间》的创作方式都是将意大利文化与英国传统文化进行对比，将意大利文化中的人性关怀与英国人的那颗"麻木不仁""发育不良"的心对比，既是为英国社会"看诊号脉"，也是希望通过两国文化的碰撞，找到文化之间的差别，更好地诊治当时英国社会中毫无人性的道德现状。福斯特的其他小说也或多或少地将英国文化与其他民族或国家的文化进行对比，质疑着英国的传统文化，质疑着英国的传统信仰。福斯特通过创作，传达着自己对于现代思想的理解与认识，呼吁人们摒弃英国传统中产阶级对种族和阶级的偏见，让英国新一代的青年人摆脱被禁锢住的人性和命运，遵循自己的内心，走向真正自由与开放的现代社会。

二

人性的光辉远胜于宗教文化

福斯特不信奉基督教，他在著名的论文《两呼民主》中声称，宽容、涵养、同情，高度的敏感、体贴和勇气，都是"人"所具备的优良品质①。福斯特的作品集人道主义和怀疑主义于一身，是中西方文化交融之所在。他让读者在作品中感受到了属于"人"的美好。福斯特作品的一个重要主题是揭露英国中产阶级腐朽虚伪的道德观念和社会规范，以及禁锢人们思想的社会习俗和传统偏见。虽然福斯特出生在中产阶级家庭，但他痛恨中产阶级的道德观念和社会习俗。他认为英国许多中产阶级已经失去了作为个人的权利。他们盲目地遵循本阶级的道德规范和规范，把自己和他人束缚在令人窒息的社会习俗和传统中。福斯特通过他的作品告诉读者，英国中产阶级的伦理道德和社会传统只能使人变得虚伪、保守和庸俗。他几乎所有的作品都把英国文化与另一个国家的文化相比较。他的作品旨在提醒读者，外国文化传统的优势正是英国文化和现代英国生活所缺乏

---

① E.M.Forster, *Two Cheers for Democracy* [M].Mariner Books, 1962: 2.

的。福斯特以资产阶级自由和民主的立场为出发点，提醒人们摒弃对英国中产阶级道德观念和社会传统的盲目服从，从而消除个人、阶级和种族的偏见和隔阂，寻找人类的共同之处。事实上，英国资本主义社会发展到"全盛"时期后，已逐渐暴露出很多宗教方面的弊端，并在知识分子的心中产生了连锁反应。福斯特对基督教及其相关的伦理观念、文化内涵深感厌恶，对宗教始终持反对态度。但福斯特不是马克思主义者，并不信奉社会主义，反而希腊的人文主义和印度的宗教很对福斯特的胃口。这两种文化有一个共同点，那就是将人性的光辉发挥到最大，突出"人"的内在品质和重要性。福斯特的观点对整个英国社会而言，甚至对整个西方资本主义社会来讲都是对立的。

福斯特认为人性有三个永恒的特征，即"恐惧、爱以及渴望获得个人自由"。人不是天生就有自由的。相反，人天生就有恐惧感。人类害怕外面的世界，害怕来自大自然的危险和孤独。因此，人类选择了群居的方式，建立社区甚至国家作为自己的保护屏障。然而，人性的内在本能又驱使他摆脱群体、社会和国家的各种限制，追求人身自由。这种矛盾的心理促使人类一直生活在痛苦之中。人性的恐惧感在小说《看得见风景的房间》和《最漫长的旅程》中体现得尤其明显。对于一个小说家而言，如果想要在作品中表现"人"的本质，尤其是在宗教思想盛行的英国社会的大环境下，那就要将基督教的虚伪通通揭露。很显然，福斯特做到了。在小说《天使不敢涉足的地方》中，声名狼藉又可悲的纪诺所具有的那种强大的生命力与英国客人所表现出的狭隘性以及死气沉沉的呆滞状态，在小说《最漫长的旅程》中，带有"异教徒"色彩的威尔特郡和苏斯顿那个寂静的村子，都形成了最鲜明的对比。这种"人"与其所生存的外部环境之间的联系，是真正的"人"与社会的关系，而不是虚伪的、形式的社会关系。通过象征主义的创作手法，福斯特将这种关系描绘得非常细致，让人身临其境。

《最长的旅程》比较了人文主义的剑桥大学与令人窒息的索斯顿学校，描述了主人公里奇在两种不同文化环境中的经历。而《天使不敢涉足的地方》比较了沉闷、保守的英国社会和浪漫的意大利社会，突出表现了作为意大利文化代表的基诺。主人公里奇从小生活在一个畸形的家庭里。父亲身体残疾，性情古怪。他不仅背叛了爱情，还经常嘲笑富人。他母亲与丈夫不和，没有时间关心他。父亲去世后，里奇和他的母亲相互依赖。这种生活环境和体验，使里奇内心充满孤独和恐惧。他害怕失去母亲和外界的保护。母亲去世后，剑桥大学成了他新的避难所。虽然这在一定程度上使他有了安全感，但仍然无法取代母亲在他心中的地位。这种极端的恐惧促使他毫不犹豫地选择了艾格妮丝小姐，因为他认为艾格妮丝是他母亲的化身。然而艾格尼斯并不爱他。他只能生活在想象中，因为他害怕现实世界。里奇的困境是他自己造成的。他的失败或衰落主要源于他对现实的恐惧和对同父异母兄弟斯蒂芬真实情感的压抑。好在里奇最终清醒了。他听从内心的呼唤，接受了斯蒂芬，离开了艾格妮丝和索斯顿，回到大自然的怀抱。虽然他是为了救他哥哥而牺牲的，但他同时获得了重生，因为他的生命在斯蒂芬身上得到了延续。

在《看得见风景的房间》中，女主人公露西一直隐藏着内心的恐惧。当她来到意大利时，自由开放的文化感染了她，她开始意识到自己一直处于混乱之中。然而，当她面对乔治真挚的爱时，人性中固有的恐惧驱使她再次关上心灵的大门。这就是为什么当乔治吻她时，她选择离开意大利去罗马。当露西回到英国后，她很快就和塞西尔订婚了。塞西尔来自一个虚伪的家庭，这种所谓的联姻正好符合英国社会的风俗习惯。尽管露西不再是以前的露西，意大利之行改变了她，但她仍然害怕家庭的反对，也害怕违反英国社会的风俗习惯，所以她不敢放弃塞西尔去追求真爱。幸运的是，在爱默生老先生的劝导下，露西终于鼓起勇气面对真实的自己，挣脱了旧的道德枷锁，勇敢地接受了乔治的爱，同时获得了自由和幸福。

《霍华德庄园》展示了威尔科克斯家族和施莱格尔家族之间的对立。两大家族之间的冲突，是商业与文化、商人与文化人、物质与精神、唯物主义与唯心主义的矛盾。亨利·威尔科克斯和玛格丽特·施莱格尔的婚姻是企业家和商人的结合，他们崇尚经济效率，有进取心，却不在乎人情。这也是他们与重视精神文明和人文精神的文人知识分子的共同联手。这种合作让许多比商人更注重精神文明的知识分子感到很不自在。可见，即使是在同一个民族和国家，要联结不同的社会阶层也并非易事。玛格丽特·施莱格尔提倡人与人之间的"联系"，用真诚的心去爱别人。无论是贫穷的帕斯特，还是富有的、不讲理的亨利·威尔科克斯，她都用一颗宽容的心与他们沟通。她能看到每个人的价值，所以每个人都值得被爱。因为她的努力沟通和真挚的爱,来自不同阶层、充满隔阂和矛盾的人们最终能够和谐相处。他们找到了迷失了很久的真实自我。

《印度之行》展示了英国人和印度人之间的矛盾。这是一个探索精神交流和友好交流的旅程,并不存在平等、友谊和和谐。泰顿先生、罗尼·希思罗普法官、摩尔夫人、菲尔丁校长和阿德拉·奎斯塔德小姐在各自的立场上进行了不同程度的探索,得到了不同的答案。泰顿先生和罗尼·希思罗普法官发现的是,他们来印度是为了统治印度,并教导他们要公正。摩尔夫人试图通过伊斯兰教和印度教使自己融入印度文化,但她在精神上和身体上都遭到拒绝。菲尔丁校长试图抛开一切社会文化差异和殖民当局的禁令,与印第安人建立一种纯粹的个人关系。但最终,他无法克服文化和殖民政治这一无形但根深蒂固的障碍。阿德拉·奎斯塔德小姐探索的结果是,印度的生活似乎是一种心理幻觉。她不想有一个没有爱情的婚姻。她只能以英国中产阶级知识分子的诚实品质和殖民主义带来的心理障碍和人生挫折来面对自己的人生。罗斯·麦考利认为,小说的悲剧是行为方式的悲剧和灵魂的缺陷。英国人的粗鲁行为编织了故事情节,英国统治者也被自己内在的庸俗所背叛。①

福斯特主张每个人都应该爱别人,这是解放那些被压迫的人的最好方式。他认为爱是人性的本能和冲动。爱与被爱的欲望是维系人性的两个锚。当然,福斯特所指的爱不是狭义的爱,

---

① Rose Macaulay, *The Towers of Trebizond* [M], London: Farrar Straus Giroux, 2012: 38.

43

而是博爱。这种爱不带任何自私的欲望，也不寻求任何回报。只要付出，就永远不会失去。福斯特对博爱的高度关注，可以从他的以下表述中得到印证："如果我必须在背叛我的国家和背叛我的朋友之间做出选择，我会放弃国家。"①他之所以强调爱的重要性，是因为他相信爱不仅能帮助自己把握真正的自我，而且能帮助人类完善人性。不过，爱只能通过人际交往来实现。

① E.M.Forster, *Two Cheers for Democracy* [M], Mariner Books,1962:4.

三

当时的哲学，当时的英国社会

　　当时的英格兰，丰富的社会物质带来的是道德的低下。中产阶级开始大肆宣传福音派，而英国福音派教义所宣扬的道德体系中自然而然地有迎合中产阶级需求的成分，其宣扬"人"可以通过个人努力获得精神再生，甚至灵魂可以得到救赎，这些言论在当时的英国社会盛极一时。英国福音派的这种世俗化，非常符合英国资本主义社会发展经济的需求，从某种程度上为英国资本主义社会的经济活动提供了相应的服务，也为世俗功利主义价值观提供了强大的宗教论据。

　　功利主义哲学借用了法国哲学家和英国哲学家的许多观点，认为个人利益是人类行为的唯一基本动力，但个人利益的获取常常伴随着乐趣与痛苦，因而人们要留下乐趣，避开痛苦，用最少的劳动、最少的自我克制换取更多的必需品和奢侈品。因此有人说功利主义属于享乐主义的一种，它排斥博爱、同情、怜悯、慷慨等一系列传统上认为好的、良善的价值观念，与基督教的道德标准格格不入。英国福音派的教义与功利主义观念相结合，形成了当时英国社会的基本价值观念。从二者之间的关系可以看出，英国福音派教义和功利主义价值观在本质上并无交集，二者混淆只是为了表面的融合。英国福音派教义的世俗化解释，只是在满足功利主义价值观的私欲，以求掩盖那些毫无人性的资本家们榨取工人血汗而发家致富的真相。这种尴尬的结合，形成了极其虚伪的特征，这一特征为当时的明眼人捕捉到，并被第一时间公之于众，因此人们渐渐对当时社会中充斥的价值观念有了基本的评价，那就是虚伪。

在当时的英国社会，虽然这种价值观念极为盛行，但知识分子与文人对此进行了前所未有的抨击：所谓的勤奋工作换取财富，不过是打着励志的幌子，心甘情愿地被资产阶级无情压榨，至于什么灵魂的救赎更是荒诞无稽的无耻言论。凡此种种皆是资本家们为牟取更多利益而欺骗世人的下作手段。阿瑟•休•克洛夫（Arthur Hugh Croft）通过作品《十诫》将这些资产阶级真实而丑陋的想法统统揭露。人们惊讶于伪装在神圣信仰之下人性的贪婪，也就自然而然地对当时的信仰失去了信心，而所谓的灵魂救赎言论也开始引起了更多人的怀疑，因此在随后的几年中，英国福音派教义与世俗功利主义的观念也开始走上末路。

随着其他现代社会思想的逐渐介入，人们开始对曾经的生活进行反思。自然科学的不断发展，也使过去的很多不解之谜有了答案，更重要的是工业革命以来，各种机械的发明创造使人们的生活水平和生活质量不断攀升，这可是那些所谓的神，所谓的神圣信仰没能带来的实惠与好处。那时的英国人不再需要这些所谓的指引，人们开始不相信英国传统文化下的传统信仰，也开始不在意每周到教堂做礼拜的重要性，不在意人生的大事是否会有神的参与和支持。因而，信仰成了个人的私事。在不再被传统信仰束缚的同时，人与人之间也没有了相同的信仰作为联系。人们获得了对这个世界更多的认识，也越来越相信，更多的选择就意味着更多的自由。

四
福斯特对英国中产阶级的诊断

　　福斯特对维多利亚时代社会道德的不满表现出反传统的特征，但这并不是对传统的全盘否定。福斯特的作品反映了他对20世纪英国和英国中产阶级生活的深入观察。因此，他的小说被视为当代英国显赫阶层的社会学主题和与维多利亚时代的精神联系。那么，在英国文学的转折期，福斯特对传统的态度是什么？在他的身上，是传统色彩更浓烈，还是创新因素更突出？在这方面，不同时期的批评家们的评论是不一样的。20世纪初，英国批评家普遍认为福斯特拥有最好的写作技巧。自20世纪50年代以来，批评家们开始关注福斯特的现代主义倾向，试图证明福斯特创作手法的复杂性和其中的创新因素。其实，福斯特在创作中没有固守旧的传统技法，也没有追求极端的新潮技巧。他发展现实主义，同时吸收现代主义的营养。因此，在他的作品中，传统与创新交替并存，现实主义与现代主义有机结合。

　　福斯特文学作品中相互交融的现实主义与现代主义思想，源于当时英国特殊的社会现状，这也导致了20世纪英国文学的巨大转折。这段时期诞生的许多文学作品，都深受工业社会、自然科学，以及欧洲大陆其他国家的文学、艺术以及新思潮的巨大影响。不仅福斯特对英国人的那颗"发育不良的心"做出了诊断,达达主义也发起了誓将一切传统文化废除的抗议活动。

很多超现实主义的追随者打破规则、传统思想的束缚,力求建造自由自在的精神世界。传统思想下的规则与旧制在文学、艺术、新思潮的蓬勃发展下显露了存在已久的弊端。尽管如此,福斯特也没有将传统思想和传统文化全部抛弃。在继承英国传统文学作品特点的同时,他吸纳了新兴文学和艺术流派带来的新思想、新文化以及新的文学创作形式。在吸纳新鲜事物方面,福斯特始终保持着他的热情,即便在人生最后的光景,他也对新鲜的事物保持着好奇心。这使得福斯特能够对当时的英国社会做出相对公正的诊断。

福斯特认为,英国中产阶级是坚实、谨慎和有能力的,然而,他们缺乏想象力,行为也很虚伪。在他看来,这两个品质危及社会交往的和谐,会使英国人在国际交往中歧视别国,也会使其他民族误解英国人民。他在文学作品中写出的犀利的批判性语言,也是为了警醒世人。

福斯特的大部分作品都是在第一次世界大战前出版的。小说试图表现主人公摆脱社会和不良风俗的束缚,实现人格解放,反映了英国上层社会贵族精神的贫乏和交往的障碍。他的作品大部分表现了爱德华时代中上阶层的感悟。他独特的语言极具表现力,再现了中产阶级的社会生活。他的作品关注的不是国家、政治、经济,而是人与人之间的友谊、人的价值、人性的完善以及不同文化之间的交流。因此,福斯特善于用英国小说中传统的故事形式,配合对比、反讽、象征主义等或传统或新颖的艺术手法进行叙事。比如在《看得见风景的房间》中，英国姑娘露西受传统思想文化的压迫，同时承担着来自母亲的压力，一度在选择传统的生活方式和追逐自由的爱情之间徘徊不前。通过叙事，福斯特不仅批判了传统世俗的偏见，同时也讴歌了年轻情侣追求爱情的勇气。《天使不敢涉足的地方》集中体现了福斯特对意大利文化的向往，他将意大利之行描绘为可以拯救思想的精神之旅，而与之相对的是沉闷、压抑又势利虚伪的英国小镇的日常家庭生活，作者将处在英国社会变迁时期的英国民众思想和精神上的贫瘠表现得淋漓尽致。人性的冷酷与温情也在这部小说中形成了鲜明的对比。冷酷的是，赫林顿夫人竟然为了家族荣誉牺牲儿媳的幸福。温情的是，卡洛琳和菲利普为了拯救孩子，选择将孩子留在意大利。

在小说中，福斯特用犀利的语言、象征主义的写作手法，将复杂的社会关系以及冷漠的人际关系披露出来，展现了当时英国社会冷酷无情的一面，更展现了那些"冷漠顽固，缩手缩脚，求全苛刻，功利实际，缺乏想象，表里不一"的人以及他们的"发育不良的心"。而在《印度之行》中，福斯特突出批判了英国殖民地官员的傲慢与无礼，这激化了英国与印度两个民族之间的矛盾，同时这样的态度也有悖英国传统文化体制下的礼仪，伤害了印度人民的民族自尊。

福斯特的创作主要集中在维多利亚晚期和爱德华时代，这两个时期见证了社会的迅速发展和变化。福斯特继承了奥斯汀、狄更斯等世界现实主义作家的社会道德主题。《印度之行》无情地揭露了英国的殖民统治，抨击了"白人至上"的种族主义。

《看得见风景的房间》批判了以财产为重的婚姻，从人性的角度赞扬了择偶之爱和男女之爱。《天使不敢涉足的地方》通过对英意文化的比较，批判了保守、封闭、自私的英国文化，赞扬了开放热情的意大利文化。读福斯特的小说，我们可以感受到作者对人的深切关怀。福斯特作品的一个重要主题是揭露英国中产阶级腐朽虚伪的道德观念和社会规范，以及禁锢人们思想的社会习俗和传统偏见。

欧美学术界认为，福斯特的作品生动地展现了维多利亚时代和爱德华时代的精神状态和社会变迁，其中关于战争、社会、人性和道德的思想使其作品成为反映当时英国民族心理的永久性杰作。与福斯特关系密切的弗吉尼亚·伍尔夫曾声称福斯特是她一生中最重要的六个人之一，她说："爱德华时代和乔治亚时代应该分为两个阵营：威尔斯先生、贝内特先生和高尔斯华绥先生为爱德华时代；福斯特先生、劳伦斯先生、斯塔尔先生、韦斯特先生、乔伊斯先生、艾略特先生为乔治时代。"①

（一）有矛盾也有冲突的社会关系

《看得见风景的房间》所批判的塞西尔是一个虚伪、善于隐藏感情的人，与之相对的是能够将感情外放的乔治。塞西尔与乔治最大的不同就是两个人所接触的文化的不同。相对于浸

---

① Andrew McNeille, *The Essays of Virginia Woolf. Volume 4: 1925 to 1928* [M], London: The Hogarth Press, 1984: 22.

淫于传统英国文化的塞西尔，乔治在当时的英国中产阶级当中是那样的"奇怪"，他表达出的火热的感情也被当时的英国社会所压制，但正是这样火热的感情、"奇怪"的意大利文化，才使得露西一见倾心。虽然乔治也是一个地地道道的英国人，但意大利文化的注入使他拥有了独特的魅力。这样矛盾的个体，体现了当时社会变迁背景下的英国复杂的社会关系。

福斯特通过两个青年人对待爱情的不同方式，将这两种文化之间的冲突关系表现了出来。当然，美好自由的爱情总是会受到现实的阻碍，福斯特通过象征主义的手法，用场景、季节的变化与人物之间感情的变化相对应。秋天的萧瑟景象使人们感到压抑，露西为了遵循传统礼法而克制对乔治的爱，与盛夏时节的甜蜜相拥产生了鲜明的对比，让读者切身感受到那加诸主人公精神上的压力。

英国传统文学的讽刺写作手法也在这部作品中得以应用："在这十分美妙的时刻，他只感到一切都很荒谬可笑。她的回答不够令人满意。她朝上揭开她的面纱。他一面迎上去，一面希望能后撤。当接触她的面颊时，他的眼镜从鼻梁上滑下来，被压在两人之间。"①本应是浪漫的时刻，由于英国中产阶级的保守而变成了一幕闹剧，好在露西及时醒悟，最终才让整个故事有了一个美好的结局。露西在爱情与传统礼法之间徘徊的矛盾心态，也是英国社会中普遍存在的心态。因为在当时的英

---

① E.M.Forster, *A Room with a View* [M], New York: Random House, 1988: 46.

国社会中，一部分人已经有了对自由思想的认识，开始期望从传统思想的旧制中挣脱出来，而另一部分人却在这样的传统思想中迷失了自我，充满希望的背后满是绝望。

而闯进《天使不敢涉足的地方》的"蠢人"，以及公学制度培育出来的"发育不良的心"，都是"日不落帝国"光芒下产生出来的"荣誉感"，这些高高在上、自以为是的英国人，总是以"推动世界历史进步的角色"标榜着自己，甚至对所殖民的印度产生了统治的想法，尽管这样的想法有些可笑，但对于当时的社会来讲，这无疑是正常的。"这块地方只有风景是美丽的。与城区除了共有头顶上那个圆拱天空外，再无共同之处"①尽管印度环境恶劣，殖民者们却贪婪地在这里获取财富，压榨这里的居民，他们同时用谎言欺骗着印度居民，也用上位者的眼光审视着印度居民。类似这样的冲突在《印度之行》中屡屡出现。印度人的住宅就像是肮脏、破败的垃圾堆，没有艺术，没有生机，但即使身处这样的环境，人们依旧是那样的热情，面对生活他们总是充满着希望。而与之相对的是气派恢宏的英国行政官署，它是华贵的，但也是冷漠的。

正是因为这种对立的关系，"居住在丑陋地区"的印度人与"美化着这座小城"的英国人之间的矛盾愈演愈烈。这是一种偏见，是文化背景不同而引起的偏见。想要消除这种偏见并不难，难的是英国人一直保持高高在上的心态，致使英国人与

---

① E.M.Forster, *A Passage to India* [M], New York: Harcourt, Brace Jovanovich, 1984: 2

印度人之间无法平等地将矛盾化解。

福斯特在《最漫长的旅程》一书中写到，英国的主要缺点集中反映了中产阶级的缺点，而罪魁祸首是英国公学制度，因为它造就了一批"体格很强但思想却完全不发达"的人进入了英国统治阶级。①福斯特作品的一个重要主题就是对这颗"不发达的心"进行批判。

人与人之间的一系列"冲突、疏远、偏离和分歧"是福斯特小说反复想要表现的人际关系的状态。通过这些状态，福斯特看到公立学校系统培养的"不发达的心"已经成为人际关系正常发展的绊脚石。因此，批判"心灵不发达"，寻求人际交往方式，追求物质生活与精神生活的统一，成为福斯特小说永恒的主题。

这些因文化不同而引发的矛盾，形成了福斯特小说中一再想要表达的真实状态下的人际关系，那种人与人之间、文化与文化之间的"冲突、隔阂、背离、分歧"在这样的冲突与对比当中，鲜明地呈现在读者的面前。

尽管福斯特对"蠢人"和"发育不良的心"进行了诸多批判，对中产阶级传统以及精神上的空虚十分反感，但他依然寄希望于热情洋溢的异域文化，期望从意大利文化中寻找到解救英国这颗"发育不良的心"的药方。受詹姆斯国际主题作品的影响，福斯特通过反复观察欧美不同人生观的鲜明特点，揭示了不同

---

①唐冬梅.《印度之行》中西方人对秩序的永恒追求 [D]. 苏州大学，2004.

人物命运的对比和不同国家的文化差异。这种人生观和价值观的探索正是爱德华时代知识分子所追求的。他们经常通过这种跨文化比较来思考英国的文化特征。福斯特正是通过对不同民族文化的比较，批判英国人特有的"不发达的心"。

（二）受到不良思想影响的英国公学制度

在"布卢姆斯伯里"价值观影响下，福斯特的世界观逐渐形成。如他本人所言："我的作品强调的是人际关系和私人生活。"① "冲突、疏远、偏离和分歧"是福斯特小说中反复表达的人际关系的真实状态。通过这些真实的状态，福斯特看到公立学校系统培养的"不发达的心"已经成为人际关系正常发展的阻碍。因此，批判"心灵不发达"，探索人际关系的沟通方式，实现物质生活与精神生活的统一，成为福斯特小说永恒的追求。

福斯特严肃批判了英国中产阶级势利的道德观和宗教观，因为它们束缚了以爱情为基础的人类婚姻。此主题再次出现在《看得见风景的房间》中。福斯特在《霍华德庄园》中延续了这个主题，但他已经抛弃了《天使不敢涉足的地方》和《看得见风景的房间》的国际视野，也没有停留在中产阶级知识分子的内心纠结和漫长旅程中。《霍华德庄园》深入英国中产阶级的不同层面，批判中产阶级上层商人的"不发达之心"，围绕

---

① E. M. Forster, *Two Cheers for Democracy* [M], Mariner Books, 1962: 6.

英国中产阶级不同阶层之间复杂的关系，提出了建立人与人之间真诚关系的主题。

虽然当时的英国社会对于发展工商业的群体有很多种称呼，但无论是"生意人"，还是"有产业者"，都隐约地透露出这一阶层普遍存在的自私与冷漠。《霍华德庄园》中有一处描写家族长子查尔斯，"他企图策反弟弟，凯觎母亲财产，与父亲结婚，然后利用家居占地盘。但是，他已感到霍华德庄园是袭击目标，尽管不喜欢那座房子，可他仍决心保卫它"。[①]虽然查尔斯作为威尔科克斯家的大儿子，有着优渥的家境，但是对于利益的追逐使他逐渐失去了自己的本心，即使对霍华德庄园没有任何感情，他也要强行占有。这样的思想观念也影响着查尔斯对于人际关系的看法。查尔斯注重利益，对人与人之间的爱情和友谊不以为意，甚至觉得这是一场策划已久的阴谋。

在《霍华德庄园》的三个家庭中，威尔科克斯家族处于中产阶级顶端。有着经商传统的威尔科克斯家族十分富庶，同时也十分勤劳；靠着遗产生活的施莱格尔姐妹，虽然没有威尔科克斯家族的经商头脑，但靠着遗产也活得相对安逸；处于中产阶级底层的巴斯特，他的日子比普通的劳苦大众好过许多，但是相比其他两家人来说却逊色不少。信奉"物质至上"原则的"生意人"亨利·威尔科克斯，在婚恋观上，认为婚礼是与葬礼无异的消费过程。这样自私、冷漠的性格是在"物质至上"

---

① E. M. Forster, *Howards End* [M], New York: Random House, 1989: 36.

的商人家庭中逐渐形成的，这也使他对于感情非常迟钝。他不仅无法理解自己的妻子，甚至也看不清自己的内心。尽管如此，玛格丽特仍然试图用她的爱和实际行动感化亨利，甚至改变威尔科克斯家族灵活的生意头脑下对人际关系的淡漠。这体现了福斯特对不同阶级在交往中建立起"真诚关系"的渴望，他希望将物质世界与精神世界相"联结"，以拯救英国人的那颗"发育不良的心"，使英国人成为有血有肉、有人性的人，形成良好的人际关系。虽然这种"联结"目的最终未能达成，但是这种无畏的探索精神还是十分可贵的。

20世纪初的英国文坛有很多正直人士对新兴的工商业阶层存在着相当多的不满情绪。马修·阿诺德（Matthew Arnold）和托马斯·卡莱尔（Thomas Carlyle）等著名思想家，就对这个权势日增的阶层抱有强烈的批判态度。对此，福斯特保持了冷静，通过《霍华德庄园》发出了自己的声音：决不全盘否定。因此，小说发表后他就收到了好友对于自己略微偏袒"有产业者"言辞的警告。

福斯特将幽默和讽刺、洞察力和理想主义结合起来的行为，如同在刀刃上找平衡。"他削弱了嘲讽辛辣的语调。他更多关注的是微不足道的事情，而不是宏大的场面。"这几部小说从一个复杂的视角看待生活，在英国人悲惨盲目的自满中，寻找一种阴暗的社会喜剧风格。①

---

① [美]温蒂·莫法特. 一段未被记录的历史：E.M. 福斯特的人生 [M]. 王静译，哈尔滨：黑龙江教育出版社，2017：67.

（三）与不同文化的冲突

虽然之前发表的许多小说都有对于文化和思想碰撞的体现，但很显然《印度之行》把这种碰撞上升到了更深的层次，也将文化之间的羁绊表现得更为明显。在众多文学作品当中，福斯特也将其人文思想完整、充分地体现在了《印度之行》中。同时，《印度之行》的思想格局也从同源文化中跳脱出来，描述的是西方文化与东方文化的碰撞，甚至开始触及了文化中更深层次的意蕴。

随着维多利亚时代的落幕，"日不落帝国"也由盛转衰。这时，人文主义思想开始在世界各地传播，人们开始质疑这种殖民与被殖民的关系的正确性。当时社会上的白人有着至高无上的权力与地位，白种人的血统高贵于其他种族的人的论调甚嚣尘上。这种"白人至上"的思想观念和自由的人文主义思想形成了强烈的对立关系。在《印度之行》中，福斯特大量采用象征主义手法，将许多敏感的政治内容进行象征性的意象包装，从而避免了人们的过度拆解。当然，人的好奇心和八卦欲望是不会因为作者埋得够深而停止挖掘的，人们想一探究竟的欲望反而更加强烈。因此，很多评论家认为《印度之行》是加速印度独立的一本政治小册子，并为此做出了很大的贡献。这样的观点遭到了福斯特的强烈否认。虽然文化之间的不同会导致很多方面的差异，但福斯特最想表现的还是不同的文化会培养人们在生活中的不同观念。福斯特追求"纯文学""纯艺术"，也追求更加真实的人际关系，政治观念的不同显然不在他的思考范围之内。

福斯特前往印度旅行后，看清了那些高高在上的殖民者的真实嘴脸，也意识到了民族、种族矛盾之下的权力问题、政治问题、种族问题以及对情感的漠视问题。最终福斯特将这些问题与思考体现在了《印度之行》这部小说中。《印度之行》出版以来，文学评论家们试图用文化之外的信仰、政治、民族等多种角度去解析这部作品，因为他们在这部小说中几乎找到了他们想要的全部东西。这印证了福斯特对于对立的东西方文化思想的分析与研究还是相当透彻的。在随后几年，后殖民主义理论开始兴起，人们对于《印度之行》中所体现的人文思想产生了质疑，认为身为殖民方的福斯特，思想观念中仍存在着殖民主义的思想。

福斯特对传统的英国文化充满自豪，对维多利亚时代充满着优越感，这确实无可厚非。尽管他接受过最为先进的西方思想，但由于不可避免地会受到时代发展的限制，因而他将这种思想表现在文学作品中，就不是一件奇怪的事情了。福斯特认识到印度与英国之间的不同，也明白更深层次的是两者文化之间的不同，因而虽然他对印度文化有诸多欣赏，但他仍然会以自己本民族的一切作为参照，本民族思想观念就会不可避免地影响他的创作。例如在《印度之行》中，福斯特将印度人的居住区与英国人的居住区做了对比："街道狭窄简陋，庙宇小而不起眼，虽有几所像样的住宅，但不是被花园遮住，便是被污秽的小路包围，只有应邀不得不去的客人才不会望而却步。"①这体现的是印

---

① E. M. Forster, *A Passage to India* [M], New York: Harcourt, Brace Jovanovich, 1984: 2

度的风土人情，但也仅仅是英国视角下的印度风貌。

在反思与探索的过程中，福斯特也在不断了解这种与西方截然不同的东方文化，正如小说开篇所表达的阿德拉想要更深入了解印度的心愿。在印度的三次旅行中，福斯特一直都在寻求印度文化中更为深入的内容，同时他也对印度文化中的信仰、历史、地理风貌、人际关系、节日、风俗等诸多方面进行了深入调查。他想要亲近印度，但也留恋"日不落帝国"的辉煌；他向往神秘的东方文化，同时也难以割舍培养他成长的西方文化；他既同情印度人民的反殖民斗争，可在情感上又不能感同身受。这种东西方文化碰撞下产生的冲突使福斯特在创作过程中不可避免地带有些许种族偏见。但同时，在福斯特看来，绝大多数在印度参与殖民统治的英国官员及其夫人们都是自私、冷酷的，同时也是缺乏想象力的，他们认为"人类为生存而相争是合乎道德的；拥有先进武器的白人战胜和奴役殖民地土著也是合理的；强大的殖民主义者淘汰或改造弱小民族就是推动社会进步"①。其实这仅仅是他们为了自身利益而编造的谎言。

《印度之行》对英国中产阶级在印度殖民主义统治时期的冷酷与无情做出了批判，也对"白人至上"的种族主义进行了抨击，以此唤醒沉浸在殖民主义思想中的英国人。所以说，福斯特思想观念的两难境地其实不难理解。即使是接受了西方高等教育先进人文思想的熏陶，福斯特思想观念中先入为

---

① 朱望. 论《印度之行》的反欧洲民族中心主义观 [J]. 国外文学，1998 (3)：21.

主的殖民主义思想也会有所残存，但这只是受时代的桎梏而已。若是福斯特写这本小说的时候完全抛弃传统的英国文化，那后续的新兴文化思想将无从发展，更不会有如此独特的文学作品诞生了。

不过，归根结底，福斯特的谴责不过是对中产阶级自由主义者的谴责。他痛斥了英国殖民者的傲慢、冷漠和无知，同时也表达了对大英帝国在殖民地衰落的悲叹。这种哀叹是通过摩尔夫人发出的："即使是一点点的悔恨，他（罗尼）也将是另一个人，而英国将是另一个国家。"①这种哀叹也在艾略特、劳伦斯、伍尔夫、格林、奥威尔等人的作品中回响。他们在批评帝国主义和殖民主义的侵略和残酷的同时，也感叹着帝国的多样性，甚至一向被认为更喜欢讲述生活琐事的伍尔夫，在《一个人的房间》也讲述了她姑妈在印度孟买的经历。福斯特的观点与这些英国知识分子十分相似。

随着《印度之行》的创作完成，福斯特再一次陷入了沉寂。此后的五十年，福斯特以记者和评论家的身份继续写作，但不再创作小说。他晚年提起此事时略微有些后悔，不过作为一名写作者，他从没放弃倡导自由、开放的社会环境，从没放弃满腔热血地控诉社会的不公与冷漠。

---

①朱望. 论《印度之行》的反欧洲民族中心主义观 [J]. 国外文学，1998 (3)：67.

五
该批判的公学制度，该批判的中产阶级

正如福斯特所说，公学制度是中产阶级的核心，而中产阶级是英国的核心，两者是不可分割的。它对英国乃至欧洲的教育、文化、社会生活等都有着重要影响。英国的公学制度就是要培养能升入名牌大学的毕业生，培养出未来国家政治、经济、文化领域的精英以及其他行业中的佼佼者。因此，中产阶级要为公学制度做出贡献。

公立学校被广泛认为是培养成功人士的摇篮。伊顿公学就产生了几位英国首相、经济学家凯恩斯、诗人雪莱、威廉王子和哈里王子等名流。每年约 70% 的毕业生都会去世界顶尖大学深造。福斯特是一个深受柯勒律治、伯克等为代表的教育观影响的人。他认为，现代教育是一个实现心智成熟、创造完美体魄和发展自我约束的过程。正因为如此，福斯特在当时的社会背景下看到了英国公立学校中盛行的实用主义教育观的严重缺陷——"教育是为了培养人在特定文明中实现特定使命"。

福斯特的作品对这样的公学制度给予了尖锐批判。这种批评贯穿于福斯特几乎所有的作品中，主要体现在代表虚无主义的男性人物身上。这些中产阶级男性往往面临着来自对身体和人性最深层的呼唤。他们都因为丧失了对生活的激情向往和对人生的积极心态而产生了无尽的苦恼。长期的压抑使他们扼杀了自己生命中一部分人性,并始终脱离不了公立学校精神的压迫,因此公立学校成为他们心中驱不散的阴影。彭布罗克先生、亨利·威尔科克斯、塞西尔、罗尼·赫斯罗普等就是此类男性人物的代表。小说对他们的描写反映了当时公立学校的精神风貌及其在中产阶级成长中的地位和影响。

《最漫长的旅程》中的彭布罗克先生是索斯顿公立学校的教员,负责该校现代学科教学工作,后来又负责整个寄宿部的管理工作。彭布罗克先生一直在制定更好的规章制度,约束学生,培养他们的团队精神。索斯顿公立学校不仅体现了对人性的毁灭和对每一个学生的制度化控制,而且体现了彭布罗克先生独特的权力双重作用。对于校园里的任何人来说,无论是学生还是老师,没有人能逃脱这 惩戒过程而摆脱学校的义务爱国主义教育,甚至是团队精神等思想的灌输。这些严格的控制和帝国文化最终使此类意识形态成为共生。

也许是少年时期受伤太深,福斯特对于公立学校有着十分不好的印象。在公立学校中就读的英国中产阶级男性毫无同情心,堪比人性的丑恶化身,这一点在福斯特的众多小说中都表现得十分明显。在本该清静、纯洁的校园中,学生被肆无忌惮地欺凌,幼小的灵魂被当作发泄欲望的对象,成为人们肆意取乐的牺牲品。尽管如此,"优秀"的公学制度还是培养出了一大批"优秀"的中产阶级继承人,他们与父辈一样,都有着空洞的思想和冷酷、自私的丑恶嘴脸,然而这样的丑恶嘴脸在英国中产阶级的社会交际圈中被当做炫耀的资本，并且佩戴着彬彬有礼的面具成为"绅士"。福斯特对这样"优秀"的公学制度和这样"优秀"的中产阶级继承人是非常不屑的，他把这些人称为公立学校教育的牺牲品。

例如《霍华德庄园》中的瓦尔登，他没有自己的思想，也没有自己的行为意识，他只是传达彭布罗克先生语录的复读机。在《最漫长的旅程》中的索斯顿学校，他将"日不落帝国"的荣誉进行放大，并在此基础上形成英国中心论、"男权主义至上""白人至上"等思想观念，在这些思想的引导下，原本冷酷、自私的中产阶级男性，反而成为"优秀"的中产阶级继承人、彬彬有礼的"绅士"，这就不会让人感到意外了。这一切都是福斯特对于公学制度下的英国中产阶级男性的嘲讽与批判。

福斯特对于已经很有成就的英国中产阶级生意人也进行了嘲讽。《霍华德庄园》中，亨利·威尔科克斯妄想拥有任何事物的统治权，这样的思想促使他建立了自己的商业王国，为自己和家族的生活提供了更坚实的物质基础。他有靠近希腊的葡萄园，也有开在伦敦的保险公司，甚至在伦敦登普斯特银行也持有相应数额的股份，还创办了自己的橡胶公司。亨利是 20 世纪初善于开拓、勤奋、务实的"生意人"的楷模，他能有条不紊地处理好每一项事情。即便这些事情所处的领域各不相同，他也能凭借善于经营的商业头脑和娴熟的商业经营技巧而立于不败之地。亨利处理事业井井有条，在面对女儿的婚事时，也像对待工作一样冷静，毫无人情味。这展现了亨利自私、强势的一面。

在对待威尔科克斯太太的霍华德庄园遗嘱问题时，他的处理方式也展现了"生意人"利益至上的原则。这样的处理手段干净利落，善于经营的商业头脑和娴熟的商业经营技巧也很让人羡慕，谁也无法否认亨利的优秀，可是即便如此，也不能掩盖亨利冷酷无情的事实。在他的世界里，权势与利益是第一重要的事情，所有的情感与生活都排在这之后。我们现在很难理解亨利的想法，但在当时的英国社会，亨利这样的思想观念却被认为是理所当然的。福斯特对于《霍华德庄园》中亨利·威尔科克斯这一人物有着很高的评价，认为亨利和他的两个儿子才是英格兰民族的真正脊梁。

虽然福斯特不认可冷漠的公学制度，也嘲讽亨利·威尔科克斯失去了"人"在情感上的真实性，但他并不排斥这样的人。这种矛盾观点有些让人难以信服，不过亨利处理事情的能力展现了英国人的理性，对待感情的态度体现了当时英国社会的无情。亨利所作所为的根本原因其实是受社会大环境的影响。在当时的英国社会中,资本主义工商业带动英国的经济飞速发展，每个人对于金钱都有了全新的概念，也更加向往拥有更多的金钱。正是因为资本主义工商业的发展、"日不落帝国"的荣光、"白人至上"的种族观念，当时的英国社会迷失了方向。尽管20世纪的英国占据着世界强国的地位，但这些荣誉、思想意识也让英国人的内心逐渐变得空洞、冷硬，变得盲目自大，甚至为了利益抛弃了"人"的情感。福斯特认为这正是冷酷无情的公学制度带来的后果。就是这样的教育制度才培养出了英国中产阶级的那颗"发育不良的心"。也正是因为这颗"发育不良的心"，公学制度才变得更加冷血，原本应该让人觉得温暖的公立学校也沦为黑暗、冷酷的地狱。

福斯特的小说将受英国公学制度影响的中产阶级男性扭曲的内心世界表现得非常生动，同时也表现了他们濒临的危机。《印度之行》中的英国人罗尼·赫斯罗普毕业于公立学校，在印度从事法官工作。受英国公立学校实事求是、公正无私的精神熏陶，罗尼很适合这份工作。特尔顿先生也对他十分认可，并言明罗尼就是"我们需要的那种人，他是我们中的一员"。罗尼具有当时英国社会中盛行的爱国主义精神和"白人至上"的思想，被选择到当时属于英国殖民地的印度工作，确实是非常合适的人选，毕竟冷酷的公立学校培养出的正是这样冷酷的人。

尽管像罗尼这样的人面对新奇的印度文化曾有过好奇之心，但随着时间的推移，他们见多了周围的英国人对印度文化的不屑、对印度人民民族自尊的践踏，他们的好奇之心逐渐被冷漠所代替。于是，他们的行为举止变得极端无情与冷酷，在印度人民面前始终表现得非常自负。福斯特把这种心态转变的原因也归结于英国社会中冷酷的公立学校精神。在面对印度文化时，这些人经常以优秀民族自居，仰仗着"日不落帝国"的荣光和先进的工业技术、科学，打着拯救印度的旗号，对印度民族实行压榨与剥削。他们无视印度传统的本土文化，也不屑于与印度人民为伍。但比生活在印度的英国中产阶级更加富有的英国中产阶级男性，毫无人性地将自己的同胞一批又一批地送到印度，最终的命运不过是在异乡了却此生。由此可见，这样的冷血特性既继承了英国中产阶级对待感情的冷漠态度，又在英国的公学制度里丧失了对人情冷暖的体察与认识，先天不足便算了，偏偏后天也没有往好的方向转变的教育环境。福斯特因此认为，横亘在印度与英国之间的就是英国传统思想意识中的公立学校精神，同时也是英国中产阶级所谓的规则与体面。福斯特之所以对公立学校精神和公立学校中的中产阶级持毫不妥协的批判态度，是因为他把公立学校精神视为他所向往的爱、激情和精神和谐的敌人。在对理想的执着追求过程中，他对人的兴趣越浓，对人的心智和智力的探索越深入，就会越明显地发现公立学校精神是他所属的中产阶级的病态根源。福斯特意识到维多利亚时代的权威和保守主义束缚了人们的思想。人的心灵不再完整，出现了畸形发育的病理状态。人们不再拥有自由而充满激情的生活，而是陷入虚伪、保守、平庸和冷漠之中。因此，福斯特对束缚人们的传统因素进行了强烈的批判。资本主义"鼎盛"时期的精英知识分子看到了工业文明带来的危机，这一点也在哈代、高尔斯华绥的作品中得到了体现："人的真正本质在这个现代外部世界中迷失了。"①福斯特认为公立学校制度是造成这种现象的一个重要原因，因为公立学校制度造就了一大批"发育不良的心灵"的英国人。因此，对公立学校制度的批判成为其作品的主题之一。

童年时期的不愉快经历使福斯特相信，是公立学校制度培养了"发育不良的心灵"。对于福斯特来说，吸引他的不是天

---

①叶君健. 一个长期盛名不衰的小说家 [J]. 外国文学，1989 (4)：35.

生的冷漠和畸形的心灵，而是被公立学校制度过早摧毁、无法正常发展的情感。由于福斯特文化观察范围的逐渐扩大，英国人"发育不良的心灵"的情况也以各种面孔呈现在读者面前。这种无法正常发展的心灵和情感促使福斯特呼吁"联结"，以此拯救英国人民冷漠、自私的灵魂。

六

以"联结"为目标的独特思想理念

　　福斯特集现代主义思想与现实主义思想于一身，在当时的英国文坛中很受瞩目。他的人文主义思想，也受当时的人们极力追捧，这其中以"联结"主题尤为突出。在这一主题下，福斯特发出了很多不同寻常的声音。在他的小说中，出现了许多不同文化特点的人物，他们截然不同的性格特点，突出了"联结"思想的重要性，这使得福斯特的思想得以在英国文坛中脱颖而出。

　　事实上，福斯特的观点是在资本社会"鼎盛时期"逐渐暴露出来的危机所引起的所思所想。福斯特厌恶基督教，因此极力反对它们。但他并不是马克思主义者，也不认为自己是社会主义者。如果说有什么"教义"能够在他身上起到作用，那可能就是希腊的人文主义和印度异教徒信仰。他认为，这些异教信仰真正倡导的是"人"的本质。它与西方资本主义社会的虚伪是根本对立的。

　　福斯特谴责资本主义工业化带来强调的物质至上，主张追求自然生活中个人精神的自我满足。只有通过建立人与人之间的和谐关系才能实现，这种主张才会实现。他不能接受亨利·

威尔科克斯这个极其不负责任的人，在玛格丽特眼里反而成了"高尚道德的化身"。一些研究人士指出，玛格丽特和亨利之间的联姻本身就是一种观念的生硬联系。

福斯特的世界是一个不断扩展的异质世界，从他对"发育不良的心灵"的批判范围的逐渐扩大之中我们就可以看得出来。福斯特在双重文化氛围中独特的生命交错体验，使他从异质文化中解脱出来，同时也揭示了他的双重文化身份和意识。这注定了福斯特的"联结"理论实质上是资产阶级自由主义和人道主义对工业文明带来的各种不和谐现象进行矫正的手段。

福斯特说过："如果我们有能力或被允许开阔视野，我们的结论将大不相同。"[1]他早期在剑桥学习希腊和意大利文学，以及他后来的旅行，使福斯特对英国人性格缺陷几乎不抱任何希望。福斯特这样谈论"不发达的心灵"："冷漠、固执、谨慎、责备、庸俗、缺乏幻想、虚伪，这些在任何国度的中产阶级中都不难找到，但在英国，它们却成了民族特色。"

他认为英国人的性格就是"中产阶级"的性格。这里的"中产阶级"显然是指狄更斯作品中的格雷尼式的人物。他们只问"事实"，扼杀想象力，只关心钱，压抑感情。福斯特进一步指出了"发育不良的心灵"的两个主要表现：有意识地抑制情绪和对感情接受迟钝。这两个表现其实是一个问题的两个方面，前者是原因，后者是结果。福斯特特别善于通过这样的描述，来表达自己心

---

① E. M. Forster, *Aspect of the Novel* [M], London: Edward Arnold, 1974: 12.

中的看法。对多种文学创作手法的交叉使用，形成了专属于福斯特的文学风格。

《印度之行》中有一个很有趣的描写，清真寺作为伊斯兰教信徒们做礼拜的地方是男女主角的相遇地，而穆尔夫人是一位信仰基督教的教徒。同时，他这样描写伊斯兰教的建筑物："这座寺院有顶盖的部分更深一些，像一座拆去了墙壁的乡村基督教小教堂。"①这种描述表现了福斯特对"联结"的很多想法。其中所隐含的正是福斯特对于基督教与伊斯兰教相融合，从而实现全世界的"联结"，解决当下英国社会冰冷而残酷的现状的期望。在对小说中的景物以及地理环境的描写中，福斯特也是运用象征主义的手法，表现出一片祥和的气氛。这种大家相互友爱、畅快沟通的氛围表现了不同的文化特点，嘲讽了英国基督教中死板、冷漠的人际关系。

当然，福斯特也意识到这样的"联结"只能出现在他的小说作品中。也许这种"联结"只是虚无缥缈的奢望，无法得到世人的认可，但他还是努力将这种关于"联结"的想象，通过象征主义和其他写作手法一一表现出来，虽然不甚明确，但让读者有很大的想象空间。也许真正的结局未必是人们所期望的那样，但是至少这样的结局是建立在自由的基础上的。

---

① E. M. Forster, *A Passage to India* [M], New York: Harcourt, Brace Jovanovich, 1984: 16.

七
将传统彻底抛弃

福斯特反对权威，但得出他已经放弃传统的结论就太草率了。福斯特公开称自己是维多利亚晚期的后裔。他既反传统又不完全消极。福斯特反对哪些传统元素？福斯特保护和认可哪些方面？答案是，福斯特反对英国传统中继承的思想，反对传统中的束缚因素。他想揭示人们是如何盲目地执着于不完美的东西，如何遵守旧的风俗习惯而不是追求自由而有意义的生活。他认为，所谓的"英国传统"，一方面助长了人们的自满、虚伪和狭隘的性格；另一方面，它也教导人们要有纪律、守法、诚实和有所质疑。福斯特不是一味地践踏传统，而是顺应精英文化，扬弃传统，改造不符合现实需要的传统文化，坚持高雅品位。

对于自古希腊罗马以来植根于欧洲文化核心的人文精神，福斯特从未反对过。他站在中产阶级文化精英的立场上，希望改造人文传统，使之具有高雅品位，从而通过中产阶级文化精英的精神需求和利益诉求，表达他们的心声。福斯特的作品对英国中产阶级的生活有着深刻地反映。他关注的不是国家、政治、经济，而是人与人之间的友谊、人的价值、人性的完善和不同文化之间的交流。换句话说，他对"人与人之间的关系以及通过这些关系所反映出来的冲突、疏远、偏离和分歧"感兴趣。福斯特呼吁人们摒弃对英国道德观念和社会传统习俗的盲从，消除个人、性别、阶级和种族的偏见和隔阂，寻求人类的共同点。他强调的是人的价值和完整性。他小说中的一些人物，如露西、施莱格尔姐妹、菲尔丁和阿德拉，都是他的价值观的代言人。露西抛弃了财产的筹码，从人性的角度和男女幸福的感觉出发，选择了自己的爱人。她的选择代表了中产阶级对自由的渴望。福斯特因此认为自由是关键，而被束缚则是对人生的折磨。①福斯特还无情地揭露了英国的殖民统治，抨击了"白人至上"的种族主义。《印度之行》的主角阿德拉不满英国官员对印度人民的粗暴态度，并质问殖民者罗尼。罗尼回答说："说这些是没用的，别再说了。不管我们是不是神，这个国家必须接受我们的批判。"②殖民者的傲慢和漠不关心立马可见。福斯特消除种族歧视的人文主义思想也得到了充分的体现。

福斯特重视现代社会有关"人"情感上与思想上的自由，并认为只有这样的人才是幸福且完整的。在英国传统文化的熏陶下，他看见了工业的迅猛发展引起的人类生活方式的变化，也通过这样的变化看透了当时的英国人需要更丰富的精神世界。但是现在人们只有冰冷的机械化的生活可以选择，而美好恬淡

---

① E. M. Forster, *A Room with a View* [M], New York: Random House, 1988: 48.

② E. M. Forster, *A Passage to India* [M], New York: Harcourt, Brace Jovanovich, 1984: 78.

的乡村生活势必成为过往，对此，福斯特倍感痛苦。因为在他看来，人的精神与肉体是不可分割的统一整体。随着机械化、城市化进程的加快，越来越多的人离开风景秀丽的乡村和他们世代耕种的土地。这不仅仅是为了追求更加富足、轻松的生活，更因为他们世代生活的乡村已经无法让他们继续存活。福斯特开始思考：当下的生活方式是否正确？传统的文化能否带给当下人心灵上的满足与幸福？他通过对当时英国社会和英国中产阶级的观察，发现了人们骨子里的冷血以及资本主义唯利是图的功利心态。尽管工业和科技都有高度的发展，但是冰冷的科学技术和机械并不能带给人们温暖，或者说不能带给人精神上的满足。科学与资本主义工商业无法解释和理解生活，当然也不能带给人心灵的满足与幸福。因此，福斯特才会为当时的英国人做出"发育不良的心灵"之类的诊断。

但生活在机械化时代的福斯特，对于科学和机器并不排斥，他承认这两者给人类生活带来的巨大变化，懂得这是经济发展的必然结果，因此他对于英国乡村的退隐，怀有一种无可奈何的遗憾。而这样的遗憾，最终只能在文学作品中得以弥补。在资本主义工商业不断发展的同时，经济的过快增长使人性中的贪婪凸显出来，人性的美好部分也随着金钱欲望的熏染消耗殆尽。为了金钱，当时的英国中产阶级抛弃了身为"人"的一切感情，不断剥削着底层的劳苦大众。本来工业的诞生是为了减少农业生产过程中的繁重体力劳动，然而，资本主义的剥削本质却将这些底层的劳苦大众推向了更加辛劳的工作岗位，还美其名曰"灵魂的救赎"，实在是有违人性的良知。深明这一点的福斯特在小说中将这种受困于传统思想的文化统统抛弃，以此来迎合符合社会进程的现代主义新思潮，以期找到新的属于现代社会的精神文明世界。然而，福斯特的很多作品依然依托于传统的思想，但这种依托不是简单地照搬和重复，而是通过对人物的塑造和故事情节的构架，将这些传统打破、重塑、联结。福斯特的联结观在《霍华德庄园》中体现得最为生动和娴熟。在这部作品里，既有对现代与传统寄予"联结"的期望，也有对英国古老优秀传统在当下社会中消耗殆尽的惋惜与无奈，还有对淳朴乡村生活、自然人际关系的深切缅怀。因而小说中的人物之间的矛盾与情节上的矛盾同样引人入胜。

英国公学制度下的"优秀"中产阶级代表亨利·威尔科克斯，既是出色的生意人，也是机械化的英国社会中一个实用的、优良的零部件。他十分优秀，却没有"人"的一切感情，在福斯特看来他早就已经不算是"人"了。亨利之所以每日像一台机器一样按部就班地运转，是源于"从孩提时代开始他就忽略自己的内心，从外在上看，他令人愉快、信任且勇敢有为，但是内心是一片混沌"[①]。这样的成长经历使他不可避免地成为孤家寡人，最终成为和他父辈们一样具有孤独灵魂的人，这正是公立学校规训和培养出来的空有才干、内心却十分无助的英国人。任你如威尔科克斯这般富庶，也难逃这样的命运。同样受到影响的还有来自英国中产阶级底层的小人物伦纳德·巴斯特，相

---

① E.M.Forster, *Howards End* [M], New York: Random House, 1989: 18.

对于亨利而言，巴斯特选择的自由就更少了。仅仅是一份工作，他也要慎之又慎，因为即便是失去一份很小的工作也会使他陷入绝境。而对于当时英国社会中千千万万的巴斯特来说，他们存在的意义微乎其微，如此简单的工作内容，即便是失去了一个巴斯特，也会有更多的巴斯特们准备上岗。他们仅仅是不会思考、没有主意的工具，想要生命的自由和完整简直是天方夜谭。面对这样压抑又扭曲的生命，福斯特只能对其抱有自由人文主义的关怀和应有的尊重，他所做的仅仅是批判压迫他们的传统旧制，并且试图将这些传统制约统统抛弃，通过他们自身的努力建造新的世界。

相对于英国中产阶级的男性而言，英国中产阶级的女性就可爱多了，她们不仅有着优渥的家室，她们的精神也是富足的。她们虽然不是很有钱，但可以维持英国中产阶级的一切开销，同时也有着丰富的精神世界。如此完美的玛格丽特姐妹是整部小说中最为个性鲜明的角色。热爱文学、懂得欣赏艺术的两姐妹了解英国传统文化的美德与价值观，她们怀着人文主义的赤子之心看待这个世界，保持着"人"的所有情感，也怀揣着对这个世界的爱和对弱势群体的同情。可以说，玛格丽特姐妹完全是福斯特价值观最完美的代言人，她们最终完成了福斯特的"联结"理想。姐姐玛格丽特相对于妹妹来说，拥有更为独立且相对完整的人格，她在生活中追求的是与心灵的合二为一。她认为，现代生活中若要选择，就要相对放弃一些东西，有舍才有得。玛格丽特通过与传统力量的对抗和不断自我反思，实现了自身的完整性，最终达到了福斯特的"联结"目的。

福斯特认为，玛格丽特的完善和发展不仅是依托于自身的努力，同时也是通过融合不断变化的自我意识，才取得了"联结"的成功。相对于个体而言，物质与精神是不可缺的两个方面，过于注重物质生活，就会使人的思想变得空洞，但一味地追求精神生活，也会使生活陷入困顿之中。在这种矛盾关系的取舍上，相对于妹妹海伦来讲，玛格丽特做出了较为正确的选择。在与亨利成为一家人之前，玛格丽特姐妹的生活仅有精神生活的滋养，玛格丽特也认识到只有精神生活的世界是空白和无奈的，因此，她才渴望"联结"，并为"联结"付出了许多。她与亨利经历了很多故事，最终两个人走到一起，最终达到了精神与物质的双重统一，也实现了"联结"。

　　很多时候，玛格丽特都在充当纽带的作用，而物质至上的威尔科克斯家族的思想中只有"恐慌和空虚"，既看不到他们的内心也看不到他们的情感，她认为这样的"联结"没有任何实际意义。对此姐姐玛格丽特对海伦加以劝解，经常提醒海伦："如果威尔科克斯不工作，那么你和我就不会安然无恙，也不会有我们可乘坐的火车和轮船，甚至没有田地，只有野蛮。"①在玛格丽特与亨利之间的婚姻关系中，玛格丽特也极力地促成亨利内心世界的完善，引导他理解感情。玛格丽特既会照顾每个人的感受，也会调和众人之间的矛盾。她总是劝人要善良，要爱人们，要记住底层的劳苦。"让均衡走入生活，别开始就

---

　　① E. M. Forster, *Howards End* [M], New York: Random House, 1989: 70.

谈均衡。当更好的办法失效，再把均衡当最后对策。"①

玛格丽特在结尾的那段话也点明了作者的意图："人们对于变动的狂热终将被根植于土地的文明，而不是变动的文明取代。尽管这种迹象没有到来，可我还是会希望，清晨花园里，我们的房子既联结过去，又通向未来。"②《霍华德庄园》通篇都在寻求一种化解之法，正如前文所说，如果福斯特将传统文化全部抛弃，他就不是福斯特了。小说《印度之行》也希望通过对印度文化内核的探究，寻求传统文化发展的新方向。福斯特在反对传统思想时，也让我们看到了现代文明的弊端。虽然他提出了用英国传统美德以及每个人对自身的反思去对抗工业文明下人性的缺失，但这种观点对当时的英国社会毫无意义，毕竟在当时的大环境下，没有人愿意花费大量时间去寻求自身的优化。

当他知道摩尔夫人打算访问印度时，他热情地带他们去马拉布尔洞穴探险，尽管困难重重，他还是承担起照顾这两位英国女士的责任。他对菲尔丁很真诚。他不仅把领扣借给了英国人，还打破了伊斯兰教的闺房制度，给菲尔丁看了一张他妻子的照片，毫无保留地告诉了他自己的秘密。

当然，福斯特也描述了阿齐兹的缺陷。阿齐兹虽然单纯而热情，但偶尔也会表现出粗暴和残忍的一面。在菲尔丁的茶话

---

① E. M. Forster, *Howards End* [M], New York: Random House, 1989: 59.

② E. M. Forster, *Howards End* [M], New York: Random House, 1989: 256.

会上，当他听到菲尔丁提到"后印象主义"，他甚至怀疑这是对自己的嘲弄。他觉得菲尔丁指的是像他自己这样卑鄙的印度人，不应该听到"后印象主义"这样优雅的词语。

从这些描述中我们可以看出，福斯特不仅看到了宗教的局限性，而且支持和肯定了宗教的积极作用。因此，我们不能说福斯特是反对宗教的。福斯特只反对宗教中束缚人性的因素。他还肯定和赞扬了宗教的博爱、宽恕和仁慈。福斯特自己就是这样，他努力寻求传统与现代的平衡，希望达成传统与现代的完美结合。

八
现代思想的汲取

　　福斯特充分运用了现代主义的写作手法。第二次世界大战以来，批评家们越来越强调福斯特作品中的创新因素，指出福斯特在象征性、节奏性和人物内心世界描写方面的现代主义倾向。戴维·洛奇认为，《印度之行》可以被看作是一部伪装成现实小说的象征性小说。格兰斯登认为《看得见风景的房间》非常具有劳伦斯小说的特点。这说明小说的象征主义技巧的运用相当出色。福斯特在他的作品中运用了象征手法，达到了手到擒来、完美无瑕的地步。从书名来看，福斯特的六部小说中有四部具有明显的象征性。《最漫长的旅程》就取自雪莱的《心之灵》：

　　"我从未属于庞大一族，

　　它的教条是每人选出一个情人或相知，

　　其余人虽然明智，却埋于无情忘却——

　　尽管它属道德准则，

　　那条踏平的路，那些奴隶在上面步履蹒跚，

　　在死人堆里缓缓走向家园，

　　颠沛在这宽广大路——走啊走，与伤感的朋友，或嫉妒的

对头,

　　走上那最漫长的旅程。"①

　　《最漫长的旅程》的主人公里奇和艾格妮丝坐火车去看望艾米丽阿姨,行程几十公里。显然,最漫长的旅程不是具体指哪段旅程,而是象征主人公的生活历程:恋爱并结婚、到公学教书,为救自己的弟弟而死去。

　　《看得见风景的房间》中,房间和风景的象征意义非常广泛。这个房间代表了内心世界。这与当时令人窒息的环境、束缚人们手脚的传统习惯、英国中产阶级禁锢人们思想感情的道德观念和行为准则有关。而风景代表着户外,它象征着自然、自由、真诚。房间是塞西尔的世界,风景是乔治的世界。乔治充满活力的世界吸引了露西,她决定奔向乔治的世界。霍华德是英国人最常见的姓氏之一,霍华德庄园从农场演变而来,本身就是封建制的产物。它里面的一切——榆树、草坪——都成了一种象征。

　　《印度之行》这一书名来自惠特曼的诗歌。苏伊士运河开通后,惠特曼写了《向印度航行》的诗。

　　"向印度航行!

　　灵魂,你没有从开始就看出上帝的目的?

　　地球要有一个细网联结,

　　各个种族要彼此通婚并繁殖,大洋要横渡,

---

　　①［英］雪莱．雪莱诗选［M］．江枫译,长沙:湖南人民出版社出版,2014:76.

远的变成近的，不同的国家要焊接在一起。"

惠特曼称赞人类科学技术把不同的国家联系在一起。这首诗充满了轻松浪漫、乐观积极的情感。然而，福斯特选择"旅行"来命名他的小说则是讽刺的。从表面上看，书名概括了小说的主要情节。从深层次看，这次旅行也是西方人了解东方，实现交流的努力过程。"旅行"象征着东西方交流和建立友谊的方式。在这个故事中，主人公试图与印度人交朋友。虽然不成功，但仍留下了无限的希望。

《看得见风景的房间》中福斯特用诗意的具有象征意义的场景，延展小说内容，人物名字、章节标题的选定都具有独特的深意。例如在小说中频繁出现露西演奏音乐的场景，这些场景对于小说的节奏而言具有极为深远的意义。露西是追求现代思想的女孩，她对刻板保守的塞西尔只有忍耐、没有爱恋。小说中，露西与众人的午餐结束后，塞西尔等人邀请露西弹琴，露西因为预先知道乔治的到来，便弹奏起了歌剧《阿米黛》中的一段音乐。这段音乐正是歌剧中男主人公雷诺的出场音乐。因此，这段场景象征了露西早已将乔治看作是自己的爱人，赋予了乔治"在一个不朽的黎明"出场的机会。露西对塞西尔没有爱情，而塞西尔对待露西也只是像对待一件艺术品，不是爱人、不是朋友，甚至不是"人"。诸如此类的象征手法福斯特在小说中用了很多次，他将塞西尔比成教堂正门的"中世纪的塑像"，将乔治看成"米开朗琪罗的雕塑"。从这两件雕塑作品的象征意蕴上我们可以看出塞西尔与乔治之间的差别，那就是乔治相较于塞西尔更具有现代思想。

乔治亲吻露西时，"紫罗兰像瀑布般往下冲，用蓝色浇灌山坡，在树干四周打漩，在洼地里聚积成小坛，用蓝色泡沫铺满草地。多么茂盛的紫罗兰。这是泉源，美从这个源头涌出来灌溉大地"。[①]如果仅仅是描写亲吻的浪漫，根本无须耗费如此之多的笔墨，福斯特为了将某些不便明说的想法藏进小说中，才如此浓墨重彩大费周折。例如，小河、小溪与瀑布般的紫罗兰"泉源"，象征的是露西和乔治浪漫爱情开始的地方。在传统体制下，乔治与露西的做法不合礼仪，因而这一段也代表了男女主人公虽然是英国传统体制下的青年男女，但两个人的心中对待现代的思想有无限向往和憧憬。这般浪漫的场景最终被巴特利特小姐无情打破，这象征着乔治与露西的爱情之路注定充满着阻碍与荆棘。

类似的象征主义意象在福斯特的《印度之行》中也有体现，从中表现出的也是对现代思想的汲取。阿德拉·奎斯蒂德小姐的姓，就带有很强的象征意蕴，"Quested"代表着"探索、彷徨"，这表现出了阿德拉对于探索现代思想时的向往和彷徨。而代表"永恒的宇宙"的马拉巴山洞则象征着印度文化。各方文化在马拉巴山洞融汇，虽然文化之间有差别，但在这个狭小的空间当中，人也只是"人"，因此"人"身上的各方文化显得不那么重要，而当人回归真实的"人"时，各方文化才得以成功"联结"。同样，穆尔夫人尊重印度人民和印度文化，她坚信"上

---

① E.M.Forster, *A Room with a View*[M], New York: Random House, 1988: 72.

帝让我们降生，就是让我们去爱人"①。所以最后穆尔夫人成了博爱的化身。尽管象征手法的创始人不是福斯特，纵观世界文坛对于象征主义手法运用最为精妙的也不只福斯特一人，但我们确实可以在福斯特的作品中体会到，通过独到的象征意蕴可以将现实与憧憬完美地融合在一起。

福斯特借用音乐艺术中"节奏"这一概念并运用到小说创作之中。对于当时的文学创作来说，"节奏"是一个陌生的词汇。福斯特将"节奏"分为两大类，一类是"重复加上变化"的简单"节奏"，另一类是复杂或困难的"节奏"。我们能够感受到音乐中的节奏，也能够随着音乐节奏的变幻，感受到音乐中的情绪与情感。福斯特认为音乐中的节奏能用到文学作品中来，它可以将作者的情绪起伏、人物关系的情感波动记录下来，读者可以在阅读过程中体会到这种情绪、情感的变化。福斯特认为"节奏"可以赋予小说独特的美感，"节奏"中"那美妙的消长起伏使我们心里充满了惊讶、新鲜和憧憬等感觉。"②这种"节奏"将传统文化与现代思想之间的变化，用充满美感的方式表达出来，手法十分新颖。小说中的很多象征意蕴也通过"节奏"紧密联系在一起，如《霍华德庄园》中"月亮""花朵"，《看得见风景的房间》中的"水"，这些元素的巧妙运用，让小说的艺术美感成倍上涨。

---

① E.M.Forster,*A Passage to India* [M], New York: Harcourt, Brace Jovanovich, 1984: 60.

② E.M.Forster,*Aspect of the Novel* [M], London: Edward Arnold, 1974: 34.

总而言之，福斯特将传统与创新融为一体，对现实主义和现代主义采取折中态度，使其作品具有现实主义和现代主义的共同特征，推动了英国文学从现实主义向现代主义的发展，为英国现代派小说的兴起做出了贡献。福斯特独特的作品风格和小说创作理论使他在英国文学史上享有盛名。

九
"联结"的意识

(一)　"联结"观意识的形成

19世纪七十年代,英国首先进入帝国主义阶段。针对当时英国社会的种种复杂矛盾,福斯特希望用"联结"来促进物质文明与精神文明的发展,并改变工业文明带来的不和谐状态。翻开小说《霍华德庄园》的扉页,可看见一行字:"只有联结。"小说讲述了施莱格尔姐妹、威尔科克斯家族以及中产阶级不同阶层的联结故事。这是存在于英国本土文化中的"联结",而《印度之行》中的"联结"却是两种不同民族和文化之间的"联结"。

《印度之行》中的清真寺寓意着两种宗教的融合,因为它"没有穹顶","它的面积比普通建筑更大,看起来像是一座英国教区教堂的内部,墙被拆除了"。[①]在人造的清真寺里,阿齐兹和穆尔夫人的浪漫约会是令人愉快的;而与太阳一样古老的马拉巴山洞空空荡荡,没有生机,这些天然的山洞连绵不绝

---

① E. M. Forster, *A Passage to India* [M], New York: Harcourt, Brace Jovanovich, 1984: 16.

却又彼此隔离，试图为英印两个民族"联结"而努力的旅行者们会到了恐慌，人与自然的"联结"破产；"神庙"又缓和了英印对峙关系。在这里"联结"获得成功。与印度教爱之神克里希纳的普世之爱精神相比，人类的怨恨、爱和恨都微不足道。有趣的是，"清真寺""洞穴"和"庙宇"这三个图像对应着印度每年的三个季节——凉爽季节、炎热季节和雨季。《清真寺》所描绘的凉爽季节，是指一个相对适度的时期；炎热的夏天意味着宇宙中的幻觉和混乱；雨季带来的复苏和活力给地球和生命带来了生机。这种诗意的哲学意境，一方面显示了作者丰富的文化底蕴，表达了作者对人生哲学的深刻思考；另一方面，又"过分强调自然在人与自然的联系中的作用，忽视了人的力量，过分强调直觉的价值，忽视了理性的作用"①同时，"联结"体现了福斯特作为文化精英的人文主义的社会理想。福斯特大胆创新，运用象征手法和反讽手法，揭示了"联结"的必要、可行和艰巨，引发了对不同经济阶层、不同文化观念和各种矛盾之间关系的深刻思考。

（二）"联结"观的"婚姻"

"联结"是福斯特一生创作的主题，也是作家的理想。福斯特往往借助人际关系中的婚姻来解释"联结"，因此婚姻成

---

①杨自俭：《〈印度之行〉译后记》，见 E.M. 福斯特《印度之行》.

为作品的一个非常重要的组成部分。也就是说，"婚姻"已经成为"联结"的载体。安妮·赖特认为，福斯特在某些小说中描写的已不再是表面意义上的婚姻，它已经成为衡量婚姻关系成败的象征性尺度。①在分析福斯特小说中对爱情和婚姻的描写时，我们可以看到作者对婚姻的质疑和超越婚姻的人际关系的重视，以及为建立这种和谐友好的人际关系所做的努力。

从表面上看，福斯特提出的不同文化之间的交流与联系，表面上是非政治的，而在隐含的层面上则体现了英国的中心主义和欧洲中心主义。世界的分裂和人际关系的疏离促使福斯特逐渐将笔触延伸到外国文化中，并不断从异质文化中汲取营养。他考察了不同异质文化背景下英国人的文化身份，并以深刻的社会良知和清醒的理性呼吁"联结"。他希望为这个冰冷、沉闷、无灵魂、疏离的世界注入温暖、智慧和灵魂。玛格丽特和亨利的婚姻本质上是一种"联结"。与海伦相比，玛格丽特冷静、温柔、宽容，而且更实际。她看到了金钱的重要性和工业家亨利的价值。同时，她希望用她的真诚和善良去感动亨利，用爱使他变得更加完美。

福斯特期望通过"联结"将亨利从冷酷的英国中产阶级社会中解救出来，不再只沉浸于工作中，而是开始对"人"的感情和生活进行一些思考，从中体会身为"人"的一些快乐。他更期望玛格丽特能够带给亨利更丰满的精神世界，让这个物质

---

① Annie Wright, *Literature of Crisis 1900—1922*[M], London: Milkland, 1984: 55.

财富的创造者也能够享受到充足的精神世界所带来的快乐。这篇小说描写的是两个不同类型的英国中产阶级人物发生思想碰撞并最终达成了"联结"。精神世界丰满的玛格丽特与物质财富充实的亨利，是两种完全不同的"人"，但这两种不同的人从最初的相识再到最后结为夫妻，都为对方改变着，最终亨利在玛格丽特的带领下有了可喜的变化。这种通过婚姻的形式进行的"联结"，看似很脆弱，但好在彼此都可以从对方身上发现自身的弱点并加以改变，从而形成更加符合英国中产阶级标准、更加符合现代需求的完美人性。不过，即便两个人的婚姻关系看起来很符合当时的人们对于男女婚姻的期待，也不可避免地会在婚姻之路上历经阻碍。好在玛格丽特与亨利之间不仅仅只是"联结"关系，他们之间还有爱情作为基础，这也是这次"联结"得以成功的一大原因。当然更重要的是，两个人都愿意为了彼此而改变。

导致妹妹海伦"联结"失败的因素有很多。首先海伦对"联结"的定义不够完善，她没有姐姐玛格丽特的理性思想。她没有意识到"联结"是精神世界与物质世界的"联结"。但她又渴望"联结"，于是将目光投向中产阶级最底层的伦纳德·巴斯特，希望与他的联结能获得成功。但是海伦没有意识到巴斯特的"头脑从来就没有喂饱过，因为他是穷人"。[①]伦纳德渴望的精神世界是他不曾拥有的，也是他贫瘠的物质世界给不了他的，因此

① E. M. Forster, *Howards End* [M], New York: Random House, 1989: 79.

伦纳德比亨利可怜。亨利有条件但没去曾感受精神世界的美好，而伦纳德希望获得精神世界的满足，但是残酷的现实社会不给他这个机会。因而，既没有丰富的精神世界也没有充足的物质世界的伦纳德显然不是"联结"的好人选，然而海伦并没有将这样的本质看透，最终她的"联结"失败了。

《霍华德庄园》展示了建立真诚人际关系的困难和可能性，《印度之行》则是在更广泛、更深层的文化背景下寻求联结，即英国和印度人民在哲学、宗教、伦理、民族和文化等方面的理解和交通。《印度之行》的书名源于惠特曼1871年出版的一首同名诗歌。惠特曼预见到西方和东方最终会连接在一起，而这种联系是建立在身体和精神真正和谐统一的基础上的。福斯特借用了惠特曼的诗名，也用婚姻的形式表达了与诗人一样的心愿。

（三）"联结"观的目的

福斯特对人与社会关系的观察及其表达方式的运用，使他成为小说创作的革新者。他从人道主义出发，最终奠定了深厚的人道主义精神的基石。在他的灵魂深处，有一种严肃的社会责任感。

他不满足于维多利亚时代英国的文学说教，也不满足于脱离社会、以个人为中心的心理学学派的创作实践。也许这就是福斯特在第一次世界大战后停止写小说的原因。这也显示了他作为一个严肃艺术家的独特个性。他和他的作品一样，经得起时间考验，所以他的美名是长存的。

福斯特一直处于冲突的漩涡中：英国乡村文化与城市文化、英国本土文化与欧洲意大利文化、欧洲文化与神秘印度文化的冲突，传统保守主义与自由与开放的冲突。他生活在双重文化的氛围中。从异质文化中分离出来的独特经历，使他显露出双重的文化身份。

这注定了福斯特式的"联结"观实质上是资产阶级自由主义者和人道主义者为了弥补工业文明而带来的"不和谐"。福斯特从资产阶级自由和民主的立场出发，呼吁人们跳出狭隘的经验范围，摒弃阶级偏见，建立真诚的人与人之间的关系，消除人与人之间的矛盾。

"发育不良的心"是福斯特对于当时英国人性格的诊断。为何福斯特会得出这种结论呢？福斯特早年在剑桥大学就读期间，接触到了希腊文化和很多新潮的思想文化，并心生向往之情。因此，他在大学毕业后开始了在希腊、意大利、印度的游历，在游历期间通过对异国文化的了解，渐渐发现了当时英国社会中人与人之间关系的淡漠和英国人性格上的缺陷，最终做出了"发育不良的心"这一诊断。福斯特认为，英国人性格中的冷漠、顽固、市侩、利益至上、虚假伪善的特点，在其他民族的中产阶级身上也存在，但在当时的英国社会中，这些特点体现得尤其明显，似乎已经成了英国人性格中的普遍存在的特点。因此福斯特将这种英国性格称作"中产阶级性格"。在福斯特的小说中，这样的"中产阶级"不在少数，这样的"中产阶级"甚至影响了英国的公学制度。这种制度培养出的英国中产阶级的继承人冷血又自私，对他们来说，钱财、权势高于世间的一切美好，从而丧失了身为人的精神世界。

也许因为少年时期在公立学校中的不愉快经历，福斯特认为"发育不良的心"的始作俑者是公学制度，若是没有"中产阶级"的熏染，也许公立学校依然是一块圣地。不过福斯特关心的不是天生的冷漠和不正常的心理，而是过早被公立学校制度破坏而不能正常发展的情感。由于福斯特文化观察范围的逐渐扩大，英国人"不发达的心灵"的形象也以各种面孔呈现在读者面前。这种心灵和情感的不正常发展促使福斯特呼吁"联结"来拯救英国人冷漠、麻木的灵魂。

《印度之行》的结尾这样描写沟通的艰难："然而他们的坐骑转向各奔东西，大地在路上布下重岩，使他俩不能并辔而行；他们走出山谷时，茂城一览无余；寺庙，大湖，监狱，神殿，飞鸟，兵营，宾馆，它们都没有这种愿望，而是异口同声地喊道：不，你们不能成为朋友！苍天也在叫：不，不能成为朋友！"[①]阿齐兹和菲尔丁的分离不仅表明了两国之间的冲突不可阻挡，也凸显了福斯特对东西方文化沟通的怀疑。如果说有什么希望，那只是一种模糊的希望，也只是一种暗示，没有明确的说法。福斯特最终发现，在这样一个混乱的现实中，人际关系模式显得脆弱而微不足道；在宇宙力量的虚无面前，东西方所有的价值观都被山谷回声所击败。

----

① E.M.Forster, *A Passage to India* [M], New York: Harcourt, Brace Jovanovich, 1984: 243.

(四) "联结"观的局限性

有评论家提过福斯特的联结观："如果这些不同文化的价值观、不同的人生态度和相互排斥能够得到沟通，那么个人和社会就可以形成一个统一体，人类世界之间的爱也可以是辉煌的。"但是，"联结"并非易事。福斯特的信念并未因为小说的终结而达到顶峰，正如回声一声接一声，这种"联结"既在重复又在延伸，同时也有萌发的希望。

福斯特总是给我们留下希望，让我们了解他对人类和谐的艰辛追求。虽然这种和谐也许只是人类的一个美好梦想，但他至少为这个梦想付出了努力。同时，福斯特的探索使小说本身呈现出起伏呼应的节奏美，以及统一和谐的审美意识。尽管这种最终处于两难的境地，但福斯特在追求和谐中所采用的叙事模式和技巧，极大影响了现代主义小说的发展，如节奏、形象、象征、神秘氛围、开放式结局等，这不仅赋予了他的小说一些精神、情感和道德意义，同时也启发了小说家们不断追求和探索艺术真理。

《霍华德庄园》讲述了一个关于金钱与婚姻、正义与道德冲突的故事。福斯特按照英国古老的传统，用自己的语调讲述了这个故事。书中的文化沙龙派对上，与会者的谈话大多是空话，这使得沙龙有时更像是休闲和有钱人消磨时间的方式。从玛格丽特和海伦身上，我们可以清楚地认出布鲁姆斯伯里集团的文化精英的特点，包括福斯特本人。正因为如此，福斯特对施莱格尔的思考发人深省，反映了他对知识分子的自我怀疑、反思和批判。毕竟，福斯特不是马克思主义者。我们不能奢望一个具有资产阶级自由民主思想的作家提出一个宏大而深刻的理论体系来解决小说中的人类困境。一个世纪后，人类的基本人性没有改变，我们离认识宇宙的目标依然遥远。

读者在《霍华德庄园》中看到了福斯特对城市化和工业化的怀疑，他把伦敦描述为一个"它对人际关系施加了前所未有的压力"的地方。①他向读者展示了城市生活是如何摧毁人类价值观的。玛格丽特和亨利的结合实质上是文化和商业的结合。虽然二者的结合是突兀的，但它反映了福斯特创作的主题：人与人之间的宽容。当然，这种宽容也需要一定底线。

福斯特对巴斯特命运的安排传达了这样一个信息："联结"需要物质基础。玛格丽特之所以能够与资产阶级进行沟通，是因为她继承了遗产和文化优势；巴斯特没有这样的基础，因为他在社会底层，巴斯特的死是矛盾无法调解的最佳佐证。在《印度之行》里，我们不仅看到了深刻的社会批判，也看到了不同社会阶层道德观念的对比，不同民族文化和人格的碰撞。这种冲突更令人担忧，更具破坏性。20世纪20年代，英国作为一个主权国家，与殖民地之间除了各种内部矛盾外，也存在着许多危机。随着国家冲突的加剧，福斯特的价值观也发生了巨大的变化。

---

① E.M.Forster, *Howards End*[M], New York: Random House, 1989: 46.

福斯特无法找到东西方平等"联结"的通天塔。印度殖民地的落后性和不确定性，不能被崇尚进步和民主的自由人文主义精神和西方"主客二分法"的理性思维方式所理解和控制。福斯特试图解释人类在宇宙中所面临的目前人类仍然无法处理的困境。他呼吁处于困境中的人们跳出狭隘的经验范围，消除人格、阶级、种族的偏见和隔阂，寻求人类的共同点。

《印度之行》成为寻求博爱和和谐的灵魂之旅。可现实的残酷在于，阿齐兹的热情、摩尔夫人的仁慈和印度教的宽容并不能消除分裂和分离，小说以努力的失败告终。

女画家多拉·卡灵顿为福斯特画的肖像

第三章 时代背景对福斯特思想的影响

一

时代更替带来的思想变化

（一）维多利亚时代的辉煌

维多利亚时代是指自 1837 年至 1901 年整整 64 年的英维多利亚女王统治时期。在这段时间里，英国的经济占了全球的 70%，国土面积也达到了 3600 万平方公里。当时的英国因为殖民地最多，且广泛分布在世界的各个角落，所以才有了"日不落帝国"的称号。可以说这个时期的英国是最具实力的世界级强国。同时，英国的科学文化蓬勃发展，汽船、火车的出现与使用，加大了商品的流通速度，使商业迅速繁荣，促进了资本主义的进一步发展。这样的变化也让维多利亚时代的人们有了更多的见识。越来越多的人感受到了现代社会的种种好处，找到了生活中新的乐趣与憧憬，对物质生活和精神生活有了更多的向往，对传统文化的长时间压迫逐渐产生了反抗意识。随着资本主义经济的进一步发展，一大批新兴资产阶级贵族在社会中相继出现。这些新兴资产阶级贵族与英国传统贵族相比没有权势与地位，但他们有着更加丰厚的财产，也有更加开放的思想，这些也影响着英国传统贵族的思想。两个阶层虽然有所对立，但两者之间也通过婚姻关系进行联结，共享权势、地位、金钱，这种现象在当时的英国社会司空见惯：人们认同的婚姻观是一种功利的"英式婚姻"，它不受情感的束缚，而是以社会地位和财富为基础。这种联姻推动了两个阶层之间文化与思想上的交流，使当时的英国社会呈现出一种欣欣向荣之景。但这样的婚姻关系在福斯特看来毫无价值，这样的感情也不值一提。

福斯特的小说对当时英国社会的传统思想和传统观念进行了有力的抨击。其作品表现了福斯特对当时英国社会风气和社会文化的强烈不满，对传统社会特性的反抗、怀疑与蔑视。虽然维多利亚时代在整个英国历史发展进程中十分重要，但福斯特还是对这个时代的社会价值观念进行了大胆的批判，宣泄了对时代的种种不满。他批判性地指出，一成不变的传统观念和传统思想已经严重影响当时英国人追求精神文明生活，这在他的小说中展露无遗。在"金钱至上"思想观念的驱使下，人与人之间的"感情"甚至连婴儿都可以作为一种财富或物品进行交易，这种行为恰恰反映了当时英国著名文化批评家卡莱尔所说的"拜金主义"，也就是说，"金钱"与"利益"成为人与人之间的交往纽带，成了一切人际关系的基石。对金钱的狂热追求，将人们心中的道德感消解殆尽。当人心被"金钱"和"利益"填满，其中的人性还剩下几分几毫？在这样的社会背景下，福斯特对当时英国社会的风气不遗余力地进行抨击，批判其价值观念和行为准则，并提出"联结"的概念，以救赎人们的心灵，重塑人们的精神。

（二）逐渐走向没落的维多利亚时代

　　1901 年维多利亚女王去世，标志着英国资本主义的稳定和繁荣时期的结束。随着维多利亚时代的完结，表面浮华的英国社会逐渐显露出衰退的趋势，在这之后，英国女王的驾崩更加速了这种衰退。曾经隐秘在浮华之下的人性与思想中的缺点和弊端也逐渐显露出来。英国表面上很繁荣，但内部却出现了衰落危机，所以社会变革的意识正在逐渐增强。维多利亚时代的传统思想和信仰在新世纪遭到质疑，它被很多人当作僵化而势利的阶级结构、虚假而人为的公共道德观。"体面无法掩盖虚伪，文化生活笼罩在朦胧的浪漫主义的迷雾中。"①与此同时，人们也开始对基于传统文化而衍生出来的相关思想和文化产生了怀疑。他们开始思考所谓的"正义""文明""人际关系"是否真的正确，是否具有实际价值，是否适用于每一个人，是否符合时代的发展规律。20 世纪初爆发的第一次世界大战削弱了英国国力。国际工人大罢工、妇女的选举权和爱尔兰自治等运动使英国陷入衰退。从 20 世纪 20 年代末到 30 年代初，一场史无前例的经济危机席卷了整个资本主义世界：工厂倒闭、商业萧条，同时法西斯势力在德国、意大利和日本迅速崛起。

　　面对这样的时代背景，福斯特的思想产生了一些变化，这

---

①侯维瑞．英国文学通史 [M]．上海：上海教育出版社，2002：34.

在福斯特的作品当中也有所体现。《天使不敢涉足的地方》出版于1905年。这是处于世纪之交的英国"成功的现代性"时代，也是伍尔夫所说的"人的特征已经完全改变"的时期，因为当时正盛行功利主义。小说中的主人公开始对当时的英国社会产生不满情绪，同时也开始怀疑当下的英国社会是否能满足自己的精神需求，并萌生了前往意大利旅行的念头，最终在充满人情味的意大利收获了一段浪漫爱情。

作为与伍尔夫同时期的小说家和布鲁姆斯派的一员，福斯特洞悉了当时社会的变迁和情感构成的变异，这些都反映在他的作品中。

虽然小说的结尾凄凉又悲惨，但这样的结尾对于那些真正向往自由的人来说算是一种解脱。小说中的细节来源于当时的英国社会，与当时人们的日常生活息息相关。在小说情节徐徐展开的过程中，福斯特用象征主义手法对小说的情节和人物心理以及景物等方面进行了深入的描写。小说描写了沉闷压抑的英国郊区沙士顿小镇和那里势利虚伪的人际关系，将这种英国家庭中枯燥的生活以及被束缚住的人性毫无保留地揭露出来，这就与热情且富有生命气息的意大利小镇蒙特里阿诺形成了鲜明的对比。

英国历史学家通常认为，自 1875 年起，英国经济开始走下坡路，经济增长速度减缓。维多利亚时代是19世纪中叶的鼎盛时期，但1875年后，灿烂的太阳逐渐没落，随后的两次世界大战更是将英国的经济拖入泥淖。盛极一时的"日不落帝国"开始衰退。二战史专家弗朗索瓦·贝达里达（Francois

Bédarida）将英国这段由盛转衰的时期称为英国的"更年期"。虽然这样讲未必正确，因为"更年期"并不意味着经济发展缓慢，而是一种心理感受。政治危机、新兴思潮和工业革命带来的社会进步，使爱德华时期处于一个社会转型期，由此引发了一系列社会问题。功利和利己主义、情感冷漠和道德滑坡是这一时期的症状。对于英国社会中的这段"更年期"，贝达里达做了多个方面的论证。他主要列举了经济和人民精神文化观念两个方面。经济方面，内需不足导致工业增长缓慢；资本市场功能低下，外资巨大，导致国内投资不足；不采用新技术，缺乏科学理性精神，机械设备老化严重，职业培训被放弃。从人们的文化观念来看，自维多利亚时代晚期以来，"继承人"取代了"企业家"；"继承人"性格淡薄，不会吃苦耐劳，更注重享受继承的财产；生产者精神有所减退，"奸商"的思潮水涨船高。总之，英国处于悲观情绪中。与1914年的国民经济相比，他得出的结论是国民经济持续繁荣。他认为，即使在爱德华时代，仍有许多人具有企业家精神，可以与其他国家的人相媲美。不过，贝达利达引用的数据也显示，虽然英国与过去相比取得了很大的经济成就，但其在世界经济中所占份额的变化反映出一个事实，那就是英国经济霸权正在逐渐削弱。①

---

①侯维瑞．英国文学通史 [M]．上海：上海教育出版社，2002：20．

（三）新旧观念的交替

当维多利亚时代逐渐进入尾声，人们不仅对当时的英国社会观念保持怀疑态度，还对英国社会传统的信仰观念产生了深刻怀疑。宗教价值观与世俗价值观在一定程度上共存、融合。福音派教义这代表着宗教的价值观。福音派相信基督以被钉在十字架上为代价救赎了人类，从而获得了精神上的重生。在一定的社会情境中，社会变迁对塑造人的心理特征起着重要作用。在爱德华时代，传统的价值观、社会心理、文化制度和生活习俗都受到了极大冲击。日益增长的情感冷漠和道德的虚无主义，不仅表现出让英国人引以为豪的人文传统的衰落迹象，也给英国人的现实和精神生活带来了焦虑和危机感。

与宗教激进主义类似，这个宗教派别要求严格遵守原教旨主义和反映原教旨主义的《圣经》。19世纪，英国福音派的焦点似乎不是教条和崇拜形式，而是生活方式：不是为了生活而活，而是为了获得救赎和永生。英国福音派在文化发展史上具有一定的地位。正如奥提克所说，"福音主义对英国文化史的主要意义在于它对19世纪最后15年的道德体系的影响"。① 英国福音派教义所提倡的道德体系中的一些因素迎合了中产阶级的需要。福音派宣扬，精神的再生可以通过个人的努力来实

---

① 董江阳. 现代基督教福音派思想研究 [M]. 北京：中国社会科学出版社，2016：87.

现，那就是信仰基督救赎人类。通过某种形式的观念替代，在世俗生活中，这种个人信仰的努力已经成为个人主义和自由主义等观念的个人斗争和努力。英国福音派的这种世俗化倾向，符合英国资本主义社会经济活动的需要，为当时英国盛行的世俗功利价值观和为资本主义社会的经济活动服务提供了信仰依据。功利主义哲学借鉴了英法等国的哲学家的观点，认为利益是人类行为的唯一动机，利益包括快乐和痛苦的回避；人们需要用最少的劳动和自制力去获得最需要和最奢侈的东西。对功利主义的否定评价则是享乐主义，即排斥慷慨、同情、自我牺牲、博爱等传统被认为是出于符合人类道德的行为。

处于社会变迁的过渡时期，18 世纪的卢梭和 19 世纪浪漫主义作家华兹华斯、梭罗都对西方生态思想的形成和发展产生过重大影响。过去和现在的价值观之间的冲突使人们感到焦虑、疏离和不知所措。福斯特作品中的人物反映了社会变迁背景下的个体心理。由于他们对传统道德观念的坚持和对真善美的执着，这些人物成为福斯特小说中光彩闪耀的人物。

二

爱德华时代的思考与忧虑

在 20 世纪初的英国社会，传统乡村社会持续衰落，而都市文明进一步发展，社会上物欲横流，拜金主义严重。因此，当英国社会进入爱德华时代时，英国人对时代的迷茫和困顿表现得非常强烈。爱德华时期的社会结构和社会发展模式清楚地反映了一种过渡期的特征。在社会学家看来，转型是一个复杂的社会变化过程。在一定的社会情境中，这种变化对人的心理特征的塑造起着非常重要的作用。在爱德华时代，传统的价值观、文化制度和生活习惯等都受到了极大的冲击。日益冷漠的情感和道德的虚无，不仅使英国人引以为傲的人文传统出现衰落迹象，也使英国人的现实生活频频出现焦虑和危机感。

在 21 世纪初，维多利亚女王的去世使人们很容易产生巨大变化的感觉。对于爱德华时代的人来说，这种感觉尤其强烈。这时正处于社会快速转型时期，有可能导致社区和人际关系的动荡。福斯特在这一特殊的历史语境中，对人际关系问题给予了极大的关注。因此，他的作品更强调人际关系和个人生活的重要性。①时代变迁、社会发展的方式等强化了人们对社会问题的思虑。与福斯特同时代的英国著名作家弗吉尼亚·伍尔夫就曾感叹：世道变了，人性变了。人与人之间的关系都已发生了变化。作为一名具有社会责任感的知识分子，福斯特将对这一社会问题的关注融入了其作品之中。究其原因，一方面，英国的海外霸权正在受到新兴国家的挑战，同时还遭到殖民地人民的反抗；另一方面，国内日益繁荣的工业文明加剧了社会矛盾，贫富差距和阶级矛盾日益尖锐，还伴随着严重的文化信仰危机。

以前公认的善恶标准被打破，价值观发生了变化，爱德华时代的荣光只留给了特权阶层。一些关心国家和人民的英国知识分子加强了对社会文化的审视意识。他们对维多利亚时代表达了更多的不满：抨击维多利亚时代的家庭枷锁；批判维多利亚时代的价值观，特别是宗教信仰；谴责帝国主义政策的扩张。在科幻小说作品中，威尔斯警告世界大战即将爆发。他预言现在的世界只是一个新的文明时代的前奏。康拉德的《黑暗之心》更是揭示了帝国主义掠夺的残酷性。这些世界问题也引起了福斯特从事国际小说创作的兴趣。

同时，爱德华时代贫富分化。上层社会依靠外商投资和本国丰富的劳动力资源过着安逸的生活，而在城市底层的劳动人民则生活在水深火热之中。有评论认为，爱德华时代是浪漫的黄金时代，在此期间经济繁荣，社会发生了巨大变化，包括妇

---

① E. M. Forster, *Two Cheers for Democracy.* [M], Mariner Books, 1962: 30.

女社会地位的提高、就业机会的增加、人权意识的增强，以及以建筑风格、时尚和生活方式为主体的新艺术运动的影响日益扩大。

有些人却认为这不过是一个平庸的时代。在这一阶段，文化保守主义受到质疑，知识分子对上层社会不假思索地接受权威概念的社会风气极为不满，因此这注定是一个动荡的时代。福斯特不得不正视爱德华时代新旧势力的冲突：维多利亚时代逐渐结束，现代社会即将出现。资本主义全盛期的知识精英们看到了工业文明带来的危机并逐渐暴露出来，他们的所思所想被福斯特、哈代、高尔斯华绥等反映在作品中。简单地说，这一时期的主要表征是经济发展滞缓，享乐主义风行。而在这些表征之下掩藏的则是深层次的信念和价值观的危机。

现代工业化与维多利亚时代英国反现代传统文化的矛盾与冲突，反映在福斯特小说中，就是城市化的英格兰与乡村的矛盾与冲突；资本主义与殖民文化的冲突，就是《印度之行》中英国文化与印度殖民文化的冲突。在对福斯特的介绍中，克里斯托弗·吉利曾这样说过，简·奥斯汀继承的是奥古斯丁时代的精神，以此对抗浪漫主义运动；福斯特提倡维多利亚时代的美德，虽然时代要求完全放弃维多利亚的桎梏。

爱德华时代处在世纪之交。没有喧哗和抗议，从农村生活到城市生活的世俗转变在不知不觉中实现了。之前维多利亚女王长期执政，英国长期稳定。但是新世纪初女王驾崩，强化了新旧时代的分野。同时，随着工业化、社会化进程的加快，安静舒适的农村生活受到喧嚣的城市生活的影响，人与自然分离、人与人之间关系疏离，物质文明成为一种腐蚀剂，侵蚀着社会意识的健康，传统的文化道德受到物质欲望的挑战。此时，一些关心国家和人民的英国作家加强了审视社会文化的意识。他们对维多利亚时代表达了更多的不满，并批评了维多利亚时代的价值观。

福斯特在如此环境中创作了他的小说。他认识到，沿袭传统而不改变，已不能满足现实精神文化生活的需要。因此，他在小说中大胆地揭露了异性恋社会对同性恋的压迫，以及带给人们心灵的伤害；他揭露了宗教对人性的压抑，抵制英国社会道德和习俗的陈腐，无视传统的英国绅士风范，描绘了这种绅士风范外表下的虚伪和保守。

然而，福斯特并不想在废墟上摧毁建筑和重建文明。相反，他想对破旧房屋的室内陈设稍做修改以达到装修目的。因此，福斯特本着中产阶级精英的文化自觉，高举扎根了欧洲的几千年文化核心的人文主义旗帜，力图恢复人性，实现人与自然的统一，使人成为现代条件下真实完整的人。这不仅反映了福斯特对传统平庸、虚伪、保守和庸俗的抛弃，也纠正了一些人践踏传统、矫枉过正的偏见。在创作手法上，福斯特也采用了温和的态度，并借鉴了其他流派的长处。他的小说即受到弗洛伊德和柏格森的影响，也能因袭英国文学的固有传统，即用大量的反讽来反映社会现实，表达对人性的深切关怀。

福斯特深刻反思了 20 世纪初英国社会的生活状况。他认为固守传统已经不能满足现实的需要，已经成为文明发展的障碍。现代文明不仅给人们带来了舒适的物质生活，也给人们带来了各种各样的艰难困苦，所以它并不完美。唯一出路就是在变革中寻找新的表达方式，发扬传统。福斯特探索的道路是传统与现代的结合，取精华、去糟粕。他认识到，只有将现代性与传统性联系起来，实现内在与外在的统一，人才能获得完整与幸福。无论是固守还是抛弃传统，都会有一些缺陷，不能尽善尽美。在社会和文学发展的转折点上，一些作家对传统和现代持激进态度，急于抛弃传统或否定现代文明，这是必然的。然而，福斯特对传统文明和现代文明都持批判和肯定相结合的态度。这种客观态度对20世纪初的社会和现代社会都是极其适用的。

福斯特的六部小说大多表达了爱德华时代中上层阶级的情感和思想。他用自己的语言生动而深刻地再现了英国中产阶级的社会生活。他的作品关注的不是国家、政治、经济，而是人与人之间的友谊、人的价值、人性的完善以及不同文化之间的交流。换句话说，他对人与人之间的关系及其所反映出来的冲突、疏远、偏离、分歧和矛盾，以及人与自然的和谐或人与自然的关系感兴趣。生态文学的目的是寻求人与自然的和谐。这种强烈而执着的追求使他的作品饱含丰富的人文思想。福斯特试图通过"联结"来解决不同阶级之间的矛盾，处理复杂的人与人之间的关系，从而实现人与社会、人与自然、人与人的和谐共处。霍华德庄园这栋乡村别墅充满了生机和自然气息。它代表了简单的乡村生活。它充满了和谐与和平，它是大自然的代表。所以，这座庄园成了人与自然和谐共处的标志。

福斯特的作品主要发表在"爱德华时代"。要探究发育不良的心，首先要触及这个时代的定义。学术界通常有三种观点：

一是爱德华七世统治时期（1901—1910）；二是从王尔德唯美主义的衰落到 1914 年《飓风》杂志的创刊；三是从布尔战争（1899—1902）到第一次世界大战（1914—1918）。无论定义如何，我们都可以发现，爱德华时代是世纪之交的时代，是两次帝国主义战争之前相对平静的一段时期。表面上看，爱德华时代继承了维多利亚时代的壮丽景象。对于一些怀旧者来说，爱德华国王的短暂统治（1901—1910）就像秋天的田园，是个外部和内部相对繁荣和平的时代。通过对福斯特作品的解读读者会发现，这些描写家庭日常生活的伦理悲剧，悄无声息，却反映出爱德华时代社会变迁中人们的精神疾苦。爱德华时期的社会结构鲜明地体现了一种时代转型特征。

当时，叔本华的唯意志论、柏格森的直觉主义和弗洛伊德的心理学在学术界各个领域广受欢迎。随着现实主义文学的逐渐衰落，现代派小说迅速崛起。批评家戴维·洛奇回顾了 20 世纪英国文学的发展历程时发现了一个钟摆式的运动，即小说和其他文学形式的创作在现代主义和现实主义之间有规律地来回晃动。在此起彼伏的摇摆中，现代主义与现实主义相互渗透、相互影响。福斯特就是在如此这般的语境中创作了他的作品。

福斯特小说内容也凸显出爱德华时期的英国状况，映射出转型社会的焦虑。他对小说中许多人物死亡的安排，反映了福斯特对当时的社会问题的焦虑和无奈。他的小说再现了爱德华时代英国社会的生活图景。在为"发育不良的心"开出处方的同时，也体现了对人类困境的哲学思考。这种哲学思维使福斯特成为艺术家中的一位伟大的思想家。对于这种哲学思维，他始终有着一种极其执着的追求，这种追求在福斯特的头脑中占据着如此强烈的地位。

马拉巴洞穴体现了比世界上一切事物都古老和比所有灵魂都古老的原始混乱。"不变、无意义、空虚、混乱"的洞穴象征着未知、神秘、永恒的宇宙世界。这个世界是超人文、超理性的世界，它的力量无处不在。洞窟的连续而又分离的状态进一步加剧了人的心灵的分离。马拉巴洞穴剥夺了无限和永恒的广阔，切断了人类与他们交流的唯一方式。它呈现了"万物存在，万物无价值"的虚无主义普世意象。这反映了一战后福斯特思想中存在的现实幻灭，而这种幻灭在当时的知识分子中是普遍存在的。

三
资本主义经济背景下的思考与批判

19世纪与20世纪之间的转折时期，是西方资本主义逐渐取代原有的贵族政治和神权政治的时期。这是一个人类精神文明陷入前所未有的危机的时期。正如马尔科姆·布拉德伯里（Malcolm Bradbury）指出，文明机器不断毁灭世界，不仅是政治世界，地球自己也在抵制完整性。①在英国资本主义从萌芽到迅速发展的过程中，福斯特目睹了传统社会与现代文明的交融，感受到新兴工商业与传统文化的差距越来越大。针对当时英国社会的种种矛盾，福斯特提出了联结观，希望用文化来促进物质文明，通过联结来解决工业文明带来的种种不和谐，体现了福斯特作为知识分子和文化精英的人文社会理想。在《霍华德庄园》中，玛格丽特与亨利的结合实际上是文化与商业的结合。虽然二者的结合看似突兀，但却反映了福斯特创作的主题：人与人之间的沟通和理解。当然，这种沟通也有底线。巴斯特的命运就传达了这样一个信息：联结需要物质基础。

---

① Malcolm Bradbury, *The Modern British Novel (1878—2001)* [M], Beijing: Foreign Language Teaching and Research Press. 2005: 115.

玛格丽特之所以能够与资产阶级和解，是因为她的遗产和文化优势；巴斯特没有这样的基础，是因为他真的来自社会底层。他的死是英国内部最根本的社会矛盾无法得到沟通的最好的证据。

　　英国文学史记录了维多利亚晚期和爱德华时代各种不随人愿的现实。杰逊·亨特（Jefferson Hunter）就指出了诸如工资实际价值下降、女权运动过多、伦敦贫民窟失控以及布尔战争的困境等现象。兰德尔·史蒂文森（Randall Stevenson）则探讨了这一时期价值观的丧失和帝国主义意识的困境。①约翰·巴彻勒（John Batchelor）总结了爱德华时代的隐忧，全面列举了上帝之死导致的信仰和价值危机、贫富差距扩大引起的阶级仇恨、英帝国主义行为加剧国际冲突等问题。福斯特对英国社会文化问题也有着强烈的探究意识。他的《英国人性格琐谈》与多年后柏杨的《丑陋的中国人》有相似之处，目的是找出英国人的性格缺陷。但福斯特的笔法没有柏杨的辛辣，而且福斯特先赞扬后批判的写作风格，以及通过故事叙述比较民族性格的基调，让人感到他对英国人性格的隐隐自满。然而，他对英国人的描述仍然抓住了爱德华时代转折点时英国人的特点。福斯特探索英国性格的意识在他的爱德华时代小说中更加鲜明和全面。这种探索使他的小说揭露了英国处于交替期时的很多深层次的症状。

---

　　①　②　Randall Stevenson, *The Last of England*?[M], Beijing:Foreign Language Teaching and Research Press.2007:35.

英国出现"衰落"首先表现在经济方面，主要是经济停滞和贫富分化。首当其冲的是当时英国资本主义经济的放任主义体制。重商主义强调税收和政府控制，而自由放任派则认为，自利、竞争和消费者的自然选择是促进繁荣的支持力量。法国重农主义者首先提出了放任的概念，但对放任主义最有影响的解释者是英国的亚当·斯密（Adam Smith）。他写的《国富论》认为，竞争会对经济进行合理调整，因此不需要政府干预。约翰·麦克里兰（J.S.McClelland）对此评价道："亚当·斯密时代的国家构造无法管理经济。国家对贸易的监管没有什么特别不道德的，但从创造财富的角度来看，监管贸易是愚蠢的。"[①]约翰·麦克莱伦将亚当·斯密提倡自由主义的原因之一归结于时代的局限性，即国家没有管理经济和贸易的能力。也就是说，如果亚当·斯密看到国家在未来能够做到这一点，他可能会赞成国家对经济和贸易的监管。因此，麦克莱伦认为，自由放任及其经贸政策是无奈选择。随着资本主义发展到垄断，少数资本家可以通过企业合并垄断生产和价格，自由竞争大大减少，贫富分化越来越严重。贫富分化是自由主义受到质疑的原因之一。自由主义者曾经认为，自由竞争会自然地把产品分配给不同阶层。这完全是不现实的。

---

　　① J.S.McClelland, *A History of Western Political Thought* [M], Hainan Press, 2003: 78.

四
工业革命对福斯特思想的冲击

人类追求科学，但科学的高度发展却使人们对几千年的信仰产生怀疑。世界大战让人们感受到人性的丑陋和对现代社会的绝望。福斯特对此非常清楚。他试图找到重建世界和拯救人类的方法。他认为应该重建人与人之间的真诚和爱。"只有联结"就写在《霍华德庄园》的扉页上。如果不同的文化和人生态度、相互排斥的价值观等能够相互沟通，那么个人和社会就可以成为统一体，人与人之间的爱就可以灿烂地闪耀。这是贯穿福斯特整个创作的主题，也是他追求一生的理想。"联结"是福斯特小说追求的最主要的主题。工业对自然的掠夺和土地的侵占，使人们的精神世界瞬间瓦解。商业社会充满了逐利欲望，导致人与人之间缺乏温暖、漠视感情、死亡甚至异化。在英国工业文明的冲击下，不断膨胀的物质欲望对传统文化和道德观念提出了挑战。人们对物质生活的关注多于对精神生活的渴望。福斯特的"联结"注定要失败，其结果必然与欲望背道而驰。联结是为了寻求弥补工业文明冲击造成的人际关系疏离的途径。然而，在福斯特的小说中，我们看到了更多的困惑和分离，以及这种"联结"失败后的尴尬。

虽然福斯特清楚地意识到人与人之间真正的相互了解和沟通并不容易，甚至只能是一个美好愿望，但他仍然重视消除人与人之间的隔阂，构建宽容和谐的人际关系从一开始就是他的创作主题。写《天使不敢涉足的地方》时，福斯特借用了18世纪后半叶诗人蒲柏的"愚蠢的人闯入天使不敢去的地方"为书名，充满寓意。英国延续了维多利亚时代工商业的稳步发展，但在社会表面繁荣的背后隐藏着许多危机。20世纪初，资本主义在英国社会空前发展。各行各业的贫富差距拉大，阶级矛盾激化。在国际时英国面临着与其他帝国主义国家和各殖民地国家的矛盾。这种情况让英国知识分子重新审视维多利亚时代的道德标准，这一道德标准在社会生活中仍然发挥着重要作用。基督教信仰开始受到怀疑，英国社会的善恶标准和价值观正处于转型期。

工业文明对传统社会的冲击使"爱德华时代"注定是一个动荡的时期。伍尔夫指出："人与人之间的所有关系都发生了变化。随着这种变化，宗教、道德、政治和文学也会发生变化。"① 知识精英们无法忽视象牙塔之外的变化。

福斯特作为资产阶级人文主义者，见证了英国资本主义从萌芽到迅速发展的全过程，见证了英国传统社会与现代文明的碰撞，感受到新兴工商业与传统文化之间的差距越来越大。因此，他逐渐探索外国文化，不断从外国文化中汲取营养，不断审视

①严峰.逼近世纪末评文丛：现代话语 [M].济南：山东友谊出版社，1997: 6.

不同文化背景下英国人的文化身份，并以其知识分子的良知率先批判英国人的"不发达之心"，并提出了与婚姻作为治愈"屈尊"的载体，来医治小说中提到的"白人至上"的种族主义者和"物质至上"的"有产业者"。福斯特在《印度之行》中批评了当时西方的垄断价值——欧洲的民族中心主义，这种观点在一定程度上不同于吉卜林的宣扬帝国主义和殖民主义的《基姆》，而是客观上创造了现代文化相对主义的风潮，这种民主意识超越了时代。

福斯特提出"联结"的观点也是出于对工业革命的一种补救。福斯特的人文主义并不是一般意义上的同情心理论，它总是从现实出发关注人们的命运。人文主义是英国文学的首要特征。虽然这种"联结"具有虚无主义色彩，但具有一定的建设意义，因为福斯特一直在小说中极力寻求人际关系的沟通方式。他认为人们应该跳出狭隘的个人经历，抛弃各种偏见。而想要解决人类的各种矛盾只有一种方法：那就是联结，即寻求一种相互沟通的方式，追求私人生活与公共生活、物质生活与精神生活、人与自然的和谐。福斯特运用内外观察的方法，从个体的内心世界到全人类的命运，再从全人类的命运到个体的内心世界，去探索人类存在的终极意义。这是贯穿福斯特整个创作过程的哲学思想，也是所有关注人类命运的作家的毕生追求。

五
机械城市化进程

　　18 世纪英国爆发的第一次工业革命，无论在技术、经济，还是政治、社会、文化等方面都是一次巨大的变革。它对英国社会产生了深远的影响，最重要的就是全面开启英国的城市化进程，英国成为世界上最早城市化的国家。

　　第一，不断提高的农业技术水平，为城市化提供了物质保障。工业革命使英国农业生产率居欧洲之首，同时，农业技术的进步和大农场的建立也增加了农产品的产量，使英国能够用较少的农业人口养活日益增长的城市人口，为英国的城市化进程提供了物质保障。

　　第二，英国的产业结构发生改变，城市体系形成。工业革命前，英国以农业经济为主，而工业革命后，第二、第三产业得到产业迅速发展。随着劳动力日益从第一产业向第二、第三产业转移，城市逐渐具备了大量吸纳劳动力、提供充足的能源、必要的生产资料、产品销售市场和服务设施的能力。这些生产要素集中产生的集聚效益促进了现代城市体系的形成。

　　第三，交通运输业迅速发展，英国城市发展进入新阶段。工业革命使交通运输方面发生巨大变化，"运输革命"主要以汽船、公路和铁路为主，加强了城乡之间的经济联系，处于交通枢纽地位的城市和城镇得到迅速成长。例如，古尔位居汉伯河的顶端，是一个小村庄。由于运河的挖掘和铁路的建设，它在20年内成为一座城市。纽克雷、斯福尔顿、阿什福德和达灵顿的铁路枢纽也是如此。同时是铁路枢纽和运河枢纽的城市，如曼彻斯特、伯明翰和利物浦，发展得更快。

第四，医疗卫生事业大幅度进步，英国人口暴增。随着现代科技进步，医疗卫生事业迅速发展，人口增长率大幅提高。从1750年到1850年，英国人口从750万增加到2100万。这种人口再生产的变革为城市化提供了大批人口来源。

在以上作用的共同推动下,英国的城市化大道大幅度提高。1851年英国城市人口比例已经超过农村人口。然而，这一过程带来的弊端也逐渐暴露出来。它不仅衍生出环境污染等一系列社会问题，引发了英国知识界的反城市主义文化思潮。《最漫长的旅程》是在这样的社会历史背景下诞生的作品。生活在机械化时代的福斯特，深知科学和机器对人类社会的决定性影响。他承认，工业化为人们提供了良好的物质基础，为人类摆脱繁重的体力劳动、寻求精神升华创造了条件。但他依然无法接受这个现实，因为他看到社会上的一些优良品质已经丧失，取而代之的是从农业到工业的巨大变革和运动。

这场运动的原意可能是组织、规划和建设社区；也可能是为了摧毁以土地为基础的封建主义和阶级关系，把贵族的权力交给官僚、厂主和熟练工人，所以福斯特非常讨厌这场运动。其实，福斯特痛恨的是工业化对自然的破坏和对人们精神家园的摧残。英国的土地几乎在工业化的铁蹄下消失，精神世界和生活传统也随之消亡。在《漫长的旅程》中，福斯特通过描写主人公洛奇的心理感受，表达了他对当时社会问题的焦虑："他看到这个世界，既辉煌又如此恐惧"。①"辉煌"一词描述的是工业文明快速发展带来的繁荣，"恐惧"是指人们对处于这种社会时的心理感受。工业文明带来的城市化似乎已经"扰乱"了世界。曾经"美丽纯洁"的英国乡村社会正在消失，随之而来的是福斯特所描述的"垃圾世界"。太多的人离开他们居住的土地，他们的田园生活被摧毁，替代的是奸诈贪婪的商业生活。正如福斯特写道，"科学之声低语：所有的烟都变成了煤烟，留在了地球上。"②"垃圾世界"不仅指恶劣的自然环境，更隐含着城市化对人们思想的冲击。现代英国人虽然有"健壮体格和发达的大脑"，但他们的思想是"不发达的"。这是英国人在国内外遇到这么多困难的主要原因。快速的商业化和城市化改变了人们传统的生活方式和价值观，永恒而稳定的传统信仰却在城市中逐渐消失。崇尚"优胜劣汰"和"进化论"的城市是一个异化的"物质主义利润场"，人们不再拥有亲密关系，到处是"冷漠"的人。英国社会变成了陌生人的世界，一种挥之不去的恐惧在人们心头萦绕。

现代社会的人如何保持完整，实现幸福？这是福斯特一生

---

① E. M. Forster, *The Longest Journey* [M], London: Bantom Books, 1997: 52.

② E. M. Forster, *The Longest Journey* [M], London: Bantom Books, 1997: 32.

都在探讨的问题，也是他不同于其他人文主义者的地方。首先，他的联结思想认为传统不应被抛弃，而应与"现代"相结合，实现内在生命与外在生命的统一。福斯特在自然中找到了理想的传统文化，尤其是在英国乡村。这些村庄和栅栏不仅阻挡了严酷的现实，而且建立了一种思想和生活方式。它们是创造美和丰富想象力、创造新生活的动力源泉，也是道德之源。就像《霍华德庄园》中所描写的："在这些英国乡村里，无论你在哪里，都可以不断而全面地观察生活，把它短暂的特点和永恒的青春融入一个梦中，联结起来，毫无痛苦，直到所有人都成为弟兄。"①

　　随着现代化和城市化的深入，世界似乎受到了"干扰"。曾经"美丽纯洁"的英国乡村社会正在消失，"丑陋""无序""反叛"的城镇成了现代精神的体现。这种精神对传统没有信仰和依附。"灰色流动之物"是福斯特对城市特点的形容。

　　"灰色"意味着黑暗和缺乏活力，这使人们想起工业革命后烟囱和烟雾的景象；另一方面，"流动之物"没有任何归属性。评论家雷蒙德·威廉姆斯（Raymond Williams）说，城市使人们的内在价值观和社会价值观不断变化。在《霍华德庄园》中，福斯特通过社会主义者弗莱明先生的口吻，表达了他对"灰色流动之物"的观点，"所谓的伦敦人只是通往没有后代之路的乡下人"。②"无子无孙"不仅是指延续子孙后代的终止，

---

　　① E.M.Forster, *Howards End* [M], New York: Random House, 1989: 32.

　　② E.M.Forster, *Howards End* [M], New York: Random House, 1989: 90.

更是指思想传承的终结。

霍华德庄园是福斯特尝试将城市与乡村文化相连的承载物，是现代与传统文化交汇的地方。它没有被工业文明玷污，在福斯特心中就是理想的乌托邦。福斯特以童年时生活的鲁克耐斯特庄园为蓝本营造了远离城市的农村天堂，在这里，没有虚伪和矫揉造作，而是和谐与宁静。人们的想象力又与土地再次结合。露西，霍华德庄园的前女主人，与这个象征着英国传统文化的庄园有着相同的气质。她更愿意在死前把代表英国朴素乡村文化的霍华德庄园留给玛格丽特，而不是把它留给只有物质欲望的丈夫或孩子。福斯特这样解释露西的行为："这只是一座房子。但他们不能理解，对她来说，房子有自己的精神。她想找到一个能继承她的灵魂的人。"①福斯特选择了真正能欣赏和爱护它的玛格丽特。读者感受到了他对城市化和工业化的怀疑。他把伦敦描述为一个"它对人际关系施加了前所未有的压力"的地方。②他向读者展示了城市生活是如何摧毁人类价值观的。霍华德庄园之行对于玛格丽特来说，更是一次文化根源之旅。这一过程似乎也暗示着，只有通过努力，知识分子才能达到精神、自然和财富的结合。

小说《天使不敢涉足的地方》中的哈丽雅特，自私、固执，像是一个没有良心的人。坚硬和粗糙是福斯特对因工业革命而

① E.M.Forster, *Howards End* [M], New York: Random House, 1989: 65.

② E.M.Forster, *Howards End* [M], New York: Random House, 1989: 72.

形成的城市的评价，不得不说这样的评价更直观地给人一种冰冷且没有人情味的感觉，更是情感缺失和发育不良的心的真实写照。哈丽特的雕花木盒是整部小说的线索。小说开始的时候，莉莉娅要去意大利旅行，哈丽特把她的雕花木盒借给了莉莉娅，盒子上有手帕和衣领。在那之后，哈丽特几次让莉莉娅归还她雕花木盒，即使她生病了，还对此耿耿于怀。这个雕花木盒不仅是一件普通的物品，它具有深层次的象征意义，说明她的"不发达的心"不可能转化。迟钝、固执、傲慢的哈丽特在英国和在异国都没有改变她的性情。哈丽特是福斯特笔下没有任何爱的能力的"羊"。菲利普和卡罗琳决定让孩子待在有人爱她的地方，但哈丽雅特成功地偷走了孩子。在她心目中，宝宝不是一个有血有肉的人，而是这场战斗能否取胜的筹码。

当菲利普看到哈丽特抱着孩子时，他想到了凶残人物黛博拉。这与菲利普之前看到卡罗琳给婴儿洗澡时看到的圣母玛利亚形成了强烈的对比。这种巨大的反差使菲利普感到悲剧的来临。最后，婴儿死于车祸。

事到如今，哈丽特还是没有内疚。相反，孩子的死使她认为已经成功了。如此麻木和冷漠令人心寒。在这里，婴儿不仅是一个活生生的身体，同时被赋予了更深层次的文化和道德内涵。赫林顿夫人敦促菲利普去意大利领养莉莉娅的孩子，不是出于爱或责任，而是为了保护家人的面子。赫林顿夫人没有注意任何伦理道德，她关注的只是社会身份和社会地位。她不在乎孩子是否快乐。她对待宝宝的态度，不仅显示了她势利冷漠的一面，也凸显了她的民族优越感。"帝国太阳永不落"的称号鼓舞了英国人民的自豪感。"英国教会""英国货""英国人"等带有优越感的词语在小说中随处可见。赫林顿夫人打算领养莉莉娅死后留下的孩子时，她的一句话凸显了居高临下的态度："那个孩子会在那个地方和那样的父亲一起生活吗？"①

"外国人是肮脏的民族。"哈丽特在意大利时傲慢地说道。这种民族优越感背后最大的傲慢就是他们的冷漠、偏见和固执，而这导致了婴儿的悲剧结局。福斯特揭露和批判了人性中最残酷的一面。英国中产阶级的代表赫林顿夫人和哈丽特是马修·阿诺德口中非利士人的典型代表。他们不仅体现了工商业时代中产阶级的虚伪和冷漠，也反映了社会转型期许多人共存的分裂人格特质。他们属于"无知的群体"，也是福斯特批评的"蠢人"。福斯特通过对这些代表人物的描写，揭示了爱德华时代社会变革背景下的时代病。

---

① 胡强. 伦理秩序与道德责任: 爱德华时代英国社会小说研究 [M]. 长沙: 湖南人民出版社, 2016:60.

六

乡村的田野，朴素的精神家园

（一）故乡的恬淡时光

福斯特的故乡在赫特福兹郡的一个小镇，环境宁静而美丽，这在《霍华德庄园》里有详尽描述。福斯特作品中的霍华德庄园是他试图"联结"城市文化和乡村文化的载体，是现代文明与传统文化交汇的地方。它没有被工业文明污染，是纯洁而又宁静的乌托邦。福斯特以童年时生活的鲁克耐斯特庄园为蓝本营造远离城市的农村天堂，没有虚伪和矫揉造作，只有安逸和宁静。当露西临终前准备把庄园转赠给玛格丽特时，威尔科克斯无法容忍自己的利益受到侵犯，他想当然地认为露西写的纸条是一种病态，不能产生任何法律效力，所以他把纸条烧了。但故事发生了戏剧性的转变。读者认为庄园应该由威尔科克斯和施莱格尔组合继承，但这种组合失败了。福斯特最终选择了玛格丽特，她能真正欣赏和喜爱它。

这也触及了福斯特思想的核心，那就是随着科技的进步，人类越来越疏离自然。为了人与自然的和谐，福斯特提出了联结的思想观。然而劳伦斯认为，依靠福斯特把希望寄托在智慧、教育和心灵上的方法是完全没有用的。他相信野性、激情和身体冲动。劳伦斯不仅否定了工业化，而且彻底推翻了苏格拉底以来欧洲意识形态的演变进程。当然，他不会同意福斯特试图通过人与人之间的沟通来实现精神和物质的融合。①

（二）朴素的精神家园

福斯特关心人与人之间的关系和物质与精神生活的和谐，除此之外，他还从华兹华斯、柯勒律治中继承了他对工业文明的痛恨和对自然的热爱。他认为只有回归崇尚自然和天性的英国传统文化，回到精神家园，才能清理现代文明给人类带来的种种艰辛和困境。福斯特认为，混乱和歇斯底里的现代文明使人类遭受重创。高尚的自然人性和追求真爱会被现代"文明社会"所淹没。只有在大自然的怀抱中，我们才能获得健康旺盛的生命。

福斯特的作品赞美自然，反思人与自然的关系，表达了融入自然、回归自然的生存思想。他的小说中总有一片"绿色森林"，它将文明隔离开来，为人们留下了一个天然的庇护所。从此，《莫里斯》的主人公莫里斯和阿列克终于被安置在自然的天堂里，幸福地生活在一起。在《看得见风景的房间》里，露西放弃了和与房间相连的塞西尔的结合，终于和与风景相连的乔治相爱了。在小说《天使不敢涉足的地方》中，菲利普最终意识到了

---

① [英] 大卫·道林. 小说家论小说 [M]. 香港: 香港三联出版社, 1983: 3.

索斯顿的美好和吉诺存在的意义。

《天使不敢涉足的地方》中的意大利，是情感与道德的栖身之地，也是福斯特治疗英国中产阶级发育不良的心的良方。但是在《最漫长的旅程》中，作者认为意大利没有朴素的方面值得爱，这说明福斯特对英国乡村文化的爱与肯定有着巨大的影响。正如福斯特提到的，乡村的寂静不是奢侈，而是所有人的需要。乡村带给我们的不仅是蓝天、绿谷、清水，还有朴素、简单的人际关系，承载着朴素的道德观。福斯特在小说中称威尔特郡为现代世界的心脏和需要国人崇拜的圣地，凸显了乡村的精神家园的功效。

主人公罗基在经历了思想的挣扎之后，回到了远离污染的乡村，开始了人生的"全新旅程"，这也是他精神救赎的开始。原本"身心俱疲"的洛奇回到威尔特郡后灵魂顿时被冲洗得干干净净。

在《最长的旅程》中，福斯特描述了麦丁莱河畔的小山谷："这个地方看起来像瑞士一般大。就这样，小山谷成了他的另一教堂。你可以进去做你想做的任何事。只是无论你做什么，都变得越来越神圣。就像古希腊人一样，他可以在神圣的地方笑而不影响它的圣洁。"①谈到城市生活，福斯特写道："这是过去的命运。他第一次睁开眼睛，看到天空灰蒙蒙的。他刚学会在柏油路上走路。一排排有山墙的房子是他眼中的文明，而

---

① E. M. Forster, *The Longest Journey* [M], London: Bantom Books, 1997: 66.

人们甚至不认识隔壁的邻居。他本人也是城市周围灰色地带的一部分。"①城市与自然有着强烈的反差，褒贬的意义不言而喻。

在小说的结尾，罗基被火车压死，以拯救喝醉的斯蒂芬。福斯特牺牲了精神痛苦的中产阶级知识分子，拯救了农民斯蒂芬。福斯特认为，自耕农代表着英国文化和价值观。福斯特希望以斯蒂芬的"朴素农耕文化"为药方，来治疗现代英国人的自私、贪婪和虚伪。与罗基瘦弱病态的外表不同，斯蒂芬身体强壮，充满朝气和活力，与大自然联结在一起。斯蒂芬被称为"潘神"。在古希腊神话中的潘神生活在乡村，是牧羊人和羊群的神。斯蒂芬要保护羊，还要保护社会信仰和传统。

《霍华德庄园》也指出了这一主题：农民是英国的希望。小说对霍华德庄园的描写，象征性地表达了作者对美丽自然的向往。庄园是威尔科克斯太太的祖先留下的乡间别墅。它充满了生机和自然气息，代表了英国朴素的乡村生活，充满了和谐与安宁。在这种和谐祥和的气氛中，海伦与保罗相爱。玛格丽特正是在这种和谐中与亨利订婚。然而，在这种宁静的背后有一种不和谐的声音：亨利和查尔斯没有充分享受大自然的安逸和快乐。他们只是把庄园当作一种稀有的财产，在贪婪的驱使下，隐瞒了威尔科克斯太太对玛格丽特的遗愿，这是对自然的背离。但玛格丽特最终达到了她渴望的联结。她与威尔科克斯先生联姻了。她试图将两种不同的生活方式结合起来，并统一到与自

---

① E. M. Forster, *The Longest Journey* [M], London: Bantom Books, 1997: 76.

然和谐相处的境界。

小说结尾，代表文化阶级的玛格丽特嫁给了代表物质阶级的亨利。玛格丽特成为霍华德庄园的女主人，把庄园赠给了海伦和巴斯特的私生子。亨利、史氏家族和巴斯特的姐妹，逃离了现代文明的喧嚣，回到乡村，在霍华德庄园过着和谐的生活。这意味着人最终回归自然，实现了一种联合。人类不仅要回归自然，更要开放一切感官去感受自然，体验大自然的无穷美，从而达到人与自然和谐相处的境界。在玛格丽特和海伦讨论的过程中，福斯特对风景的描述和思考为英国的自然唱起了赞歌，这是作者希望回归自然、理解自然、实现人与自然和谐共处的有力证据。"布兰科岛的海岸线变得模糊，成为黑暗森林的点缀。英格兰充满了生机，所有的弯道都在跳跃，所有的港口都在歌唱，北风猛烈地迎着汹涌的波涛。英国属于谁？属于她的缔造者，还是那群看着她像珍珠一样闪耀在银海中，由世界上最勇敢的舰队护航，向着永恒的生命前进的人？面对自然，施莱格尔姐妹之间的讨论似乎没有太大意义。只有令人陶醉的自然才有永恒的意义，它包含在物质创造者和精神创造者之中。"①

---

① E. M. Forster, *Howards End* [M], New York: Random House, 1989: 89.

（三）回不去的乡村田野

《最漫长的旅程》一书中，在罗基死后，弗林太太认为他一事无成。她说的话显示了其家庭关系的冷漠。罗基的黑暗之旅主要集中在索斯顿身上。在这个微型社会名利场上，对金钱的疯狂追求以及信仰和传统的虚无，让人们像鬼魂一样生活在那里，罗基本人就是其中之一。他最终在斯蒂芬的帮助下回到威尔特郡的乡村，开始了新的旅程。这段旅程传达了福斯特对爱德华时代城市化的批判和对传统乡村生活的怀念。

"人们为财富而斗争，社会价值观赤裸裸的功利主义，工业化城市的丑恶现象，给这一时期的生活投下了肮脏、愤世嫉俗的阴影，让那些对道德标准敏感的人悲观绝望。"①福斯特的悲剧对他的人生意义重大。罗基的人生旅程之所以孤独，是因为当时社会人际关系的失衡，他没有感受到家人的温暖和亲人的关心，即使是他唯一在世的亲戚，费林斯太太，同样也对他充满了嘲笑和恶意。

福斯特为小说安排了一个乌托邦式的结局：斯蒂芬回到了乡村，没有喧嚣和浮躁，周围的一切都是和平祥和的，新月出现在田野的天空中。斯蒂芬沉浸在这种幸福而真实的生活中。然而，汽笛却在灰蒙蒙的火车的影子中，隐约传来。由此可见，

---

① ［美］罗德·霍尔顿. 欧洲文学背景［M］. 房炜等译，北京：人民文学出版社，1992: 66.

福斯特自己知道，农村终究抵挡不住工业文明的侵蚀，工业文明不仅会吞噬美丽的乡村，还会吞噬精神世界和生活传统。福斯特旨在通过这一悲剧结局来表达他对英国局势的担忧和对英国命运的焦虑。

（四）对意大利文化的向往

当代的意大利是时尚之都、艺术之都，人们渴望去那里感受这个国家文化中的自由与浪漫。然而，19世纪传统的英国人认为这里是"未开荒的蛮荒之地"，甚至有人断言意大利人不过是"粗鄙""低俗"的"下等人"。福斯特的观点恰恰相反。

在他眼中，意大利人民自由、热情、浪漫，意大利是个充满人情味的国家。他认为，自由、平等和宽容的意大利文化包含了新的价值观和伦理标准。意大利不仅是一个简单的地域，它具有深厚的文化思想内涵。作为古希腊罗马文明的传承者和文艺复兴的发祥地，意大利继承和发扬了人文精神，重视人的价值，倡导自由平等，追求世俗幸福。这些价值观与英国爱德华时期压抑人性和情感的观念形成强烈的对比。意大利已经成为福斯特作品中拯救灵魂的文化参照，福斯特的两部"意大利小说"都将意大利描绘成"情感世界与道德寄寓"的地方。

在《天使不敢涉足的地方》中，意大利作为当时英国社会的反面教材，处处温馨且充满自由和人情味，父子之间、朋友之间、爱人之间的感情流露是那样的自然。看似粗犷的基诺会细心地为幼小的儿子洗澡，这种自然流露的真情让卡洛琳感到震撼，最终使她的内心改变，成为"精神健全"和"道德完善"的象征，成为拯救他人灵魂的"天使"。她充当菲利普内心正面的"引导者"，每当菲利普内心深处感到疲倦、迷茫和焦虑时，她便勇敢地指出英国人体面正派的表面下一成不变、沉闷压抑、缺乏真诚的生活以及精神上的桎梏，希望菲利普做出正确的伦理抉择。卡洛琳对传统道德观念的执着和对真善美的坚守，使她成为福斯特作品中的天使，而那些看似衣冠楚楚的英国中产阶级却是真正的"蠢人"。

尽管卡罗琳终于回到了沙斯顿的教堂，她就像一个守护神，守护着传统价值观和信仰。但她在对英国和意大利的社会现状做出对比之后，最终决定把孩子留在充满温情的意大利，而不是为了体面把孩子带回英国，让这个婴儿成为一个情感缺失的人。

也许，福斯特会怀念英国人心中根深蒂固的传统文化，就像在《最漫长的旅程》中怀念英国乡村文化时所提到的"意大利没有朴实无华的田野让人爱戴"，但是时下的英国社会不仅丢掉了这种闲适自在的生活，同时还让人丧失了"人"的本能。因此，福斯特对意大利文化只有向往。他舍不得将英国传统的乡村文化抛弃，所以他寄厚望于更加热情、充满人情味的意大利，来帮助英国中产阶级治愈"发育不良的心"，从而获得新生。

七

两次世界大战对福斯特思想的影响

战争与和平是人类社会永恒的话题。随着东西方交往日益加深，一个前景无限的地球村正在形成。人类不仅可以学习现代科学技术，而且可以理解传统智慧，从而有能力解决更多的问题。然而，战争对人类来说就像是一个伟大的讽刺。战争与和平这个最根本的问题还没有解决。到目前为止，人类仍然要在生死之间挣扎，而这种局面的始作俑者正是人类自身。

一战爆发前夕，欧洲主要国家之间的各种矛盾虽然已经非常尖锐，但并没有完全爆发。作家们仍然幻想着人类能够实现共同进步。短短几十年间人类经历两次世界大战，战争中人类互相残杀、人类罪性流露、烽烟炮火遍地，这给人们带来了前所未有的思想混乱和强烈的时代动荡感。同时，也让人们普遍感到，爱德华国王的短期统治已经成为强大英国的挽歌。针对这种状况，福斯特极力主张建立真诚友好的人际关系，通过心灵与肉体、物质与精神、城市与乡村等一系列矛盾的接触与沟通，从而达到社会的终极和谐。这一时期的文学创作具有"布卢姆斯伯里集团"的典型特征：反对维多利亚时期的保守思想，强调爱、敏感和美的创造。他在艺术上主张法国印象主义，在政治上主张自由主义。福斯特在《霍华德庄园》中提出了一个光明的预言——"唯一的联结"，表达了他对沟通的渴望。1924年出版的《印度之行》是福斯特在两次去印度之后写的。在这部小说中，福斯特探讨了来自不同文化背景的个人能否在一个不平等和有偏见的社会中建立真诚的友谊。摩尔夫人和阿德拉小姐是英国善良的基督徒，还有身为印度一所中学校长的英国知识分子菲尔丁，都渴望与印度人，特别是穆斯林医生阿齐兹进行平等而真诚的交流。可是，在游览当地风景区马拉巴洞穴时，阿德拉小姐有一种奇怪的幻觉，她认为自己被阿齐兹侮辱了。马拉巴洞穴之行打破了之前所有的善意和理解，英国人和印第安人集体对抗。英国人的印度之行最终失败了。福斯特绝望地意识到平等和独立是国家间联结的前提，只有在独立和平等的基础上才能建立一个有序和谐的社会。当然，在不平等的殖民统治下，这一切都是南柯一梦。

进入 20 世纪后，内燃机、电气、现代化工等新兴产业的出现，标志着第二次工业革命的开始。这次革命并没有解决人类社会现代化进程中遇到的各种问题，反而为人类相互残杀提供了便利条件。战争是国际体系演变的主要动力，是人类智慧的最高舞台，是对人性最严峻的拷问。虽然战争的烈火没有烧到英国本土，但战争本身的悲惨过程和战争给全人类带来的灾难性后果，仍然给福斯特的心灵带来巨大创伤，并让福斯特和"布鲁姆斯伯里"派的成员们对身处的资本主义文明感到深深的失望，他们一同隐居到了英国南部苏塞克斯郡乡下，他们居住的地方距离很近，因此经常可以相聚。

惨绝人寰的世界大战让西方人看清了人性的丑恶和现代社会的不可救药。因此，福斯特试图寻找一条重建世界、拯救人类的道路，重建人与人之间的信任和爱。这也是福斯特整个创作的主题，也是他一生追求的理想。

　　同一时期的许多作家也深受战争的影响，悲观情绪在文学界蔓延。美国的T.S.艾略特写了《荒原》；海明威以在战争中的经历为蓝本写了《永别了武器》；菲茨杰拉德选择了逃避，沉溺于酒色中，写了《了不起的盖茨比》；而英国的D.H.劳伦斯写了《查泰莱夫人的情人》。战后福斯特所遭受的苦难也并不亚于流连在蒙大拿州街头的"迷失的一代"。

八
后殖民主义对福斯特思想的影响

后殖民主义是一种新兴的文化思潮，流行于二十世纪晚期。该理论旨在反映后殖民社会仍然无法摆脱前殖民宗主国的影响。后殖民主义理论呼吁人们不要简单地把文学看作是对社会现实的反映，而要看到文学也参与到现实社会的建设中。过去，帝国主义霸权是通过军事冲突、民族迁徙和掠夺财富形成的。现在，它是一个文化表征的过程，它继续通过隐性殖民文化达到侵略的日的。后殖民理论看重的是颠覆西方文化一直以来的主导地位，反对西方的文化霸权，为全球化语境下的思维提供新视角。

《印度之行》客观上对印度独立起到了促进作用，这是英国人首次从英国作家的小说中看到自己傲慢冷漠的面孔，也看到了殖民统治下印度人民追求独立自由的强烈愿望。然而，在小说中除了从历史的角度来表达印度之外，还有着非常模糊的东方主义意义上的印度。这是因为作者无法摆脱他的西方立场而完全超越他的时代。所以说，小说中有许多后殖民主义的痕迹。

东方和西方，正如我们通常所说，是地理学的概念。两者之间具有自然差异和空间差异。然而，后殖民主义者认为，"东方"是人为建立的一种符号。把欧洲东部的地理空间命名为"东方"的做法有一部分是政治性的，一部分是宗教性的，一部分是想象性的——这并不表明东方的实际和对东方的认识之间有必然联系。后殖民理论指出，西方作家心中的东方并不是历史存在的真实体现，而是以西方为中心绘制的产物。这些描述使西方人产生了虚假的文化优越感，使殖民者的入侵合法化。因此，东方主义不是对真实东方的描述和研究，这种虚构的东方，是出于西方文化霸权自身利益的需求。它是一种控制和压迫东方的话语体系。后殖民主义者用东方主义表达了西方与东方的后殖民关系，揭示了其内心世界所隐含的文化霸权，并从西方如何看待东方的角度批判了西方文学作品中表达的东方审美观。这种文本中的东方，侧重于边缘阅读，力图发现文本中没有提及、刻意隐藏的真正的东方。后殖民主义理论认为，东方主义，不仅仅是对东方语言、社会和民族的研究，而是作为一种思想体系，从来都是从本质主义的立场来研究异质、动态和复杂的现实；这意味着既有永恒的东方现实，也有永恒的西方本质。这种人文主义研究是为了超越根深蒂固的思想局限，追求一种非武断、非本质主义的知识类别。该理论不赞成用美化的西方来蚕食东方，也不赞成用民族风格的东方来反抗西方。他努力超越东西方的冲突模式，力求构建平等、共生的新型关系。从这一角度来说，《印度之行》中有许多具有明显东方主义色彩的细节，尤其是在风景描写、人物塑造和宗教信仰等方面。

从对风景的描述来看，钱德拉普尔镇如此简陋颓废，如此单调而无生气；马拉巴洞穴单调而没有变化，各个地方很难区分；阿齐兹的家用他自己的话说是一座恶心、简陋的房子，靠近一个低洼的集市。事实上，只有一个房间。房间里有许多小的黑苍蝇在飞。

从人物塑造上看，阿齐兹的好客被描述为过分谦恭和充满奴性；他对伊斯兰教的崇敬被认为是狭隘的民族主义；他还不时认同殖民地外来文化，表现出自卑感和羞耻感。参加鹊桥会议的印度妇女的姿势有点奇怪多变，一会儿畏畏缩缩，一会儿精神饱满，一会儿又表现出赎罪或者是失望的情绪。没有被邀请的印度人则是赤身裸体，只穿着腰布。他们的行为低俗多变，这超出了人的想象，所以根本不会被邀请。

从宗教信仰的角度看，当摩尔夫人脱下鞋子，在几乎找不到白人的清真寺里朝拜时，阿齐兹带着极大的敬佩之情看着她。你可以想象英国人有多霸道，印度文化有多卑微；阿齐兹对印度教徒说："懒惰的印度教徒不知道什么是社会交往，他们没有卫生设施，他们的家很脏。"

这些显然无法摆脱帝王意识的东方主义话语体现着东方主义所揭示的二元论观点：印度景观与欧洲景观、印度人与欧洲人、印度宗教与欧洲宗教的对立。结论就是，前者落后、低下、消极；后者先进、高尚、积极。这些比较描写的目的是迎合西方读者的口味，意味着印度的落后需要西方文明的先进拯救。在以福斯特为代表的殖民地作家，欧洲种族文化的优越感已经深深地根植于他们的心中，完全不能摆脱帝国主义意识。印度等东方国家的肮脏落后的表现，实际上是由英国等帝国主义者的经济剥削和政治侵略所导致。然而，这些作家只看到了东方国家的消极面，他们无法理解也不愿探究东方国家落后的根源。

在《印度之行》中，英国任命了一位专门的印度总督来管理印度，实行政治上的殖民统治；同时，为了制造合理化的假象，殖民者还对印度人民进行了文化侵略。英语已经成为印度官方语言，在很大程度上影响着印度当地的语言。由此可见，英国的殖民统治压迫着印度的传统文化。后殖民主义理论批判了西方的东方主义话语，认为西方殖民者站在自己的立场上对东方有偏见和歧视，看不到东方国家辉煌的文化和东方人民的勤劳勇敢。因此，后殖民主义反映了东方在政治和文化上的崛起，突破了西方的压迫。

《印度之行》中白人女性与印度女性的对话，从后殖民主义的视角也可以看出西方优势话语权对第三世界女性的声音的完全剥夺。

在鹊桥会议上，钱德拉普尔市市长夫人提顿夫人用乌尔都语说了几句欢迎的话。她学了一些乌尔都语，但她只对仆人说，因为她只会用动词的祈使形式。但当她听到一位印度女士说会说英语时，她就不知道有什么礼貌的话可以说了。当她发现一些印度妇女已经西化，会以自己的方式对待她时，她的内心对此更加漠然。可以看出，当泰顿夫人与印度妇女交流时，她假装热情地与她们交谈。她真正的目的是展示自己的母语和自己的身份优势。她幻想着蔑视和嘲笑那些不懂英语的印度妇女；然而，恰恰相反，当一些印度妇女能够说英语时，她就不知所措，然后变得漠不关心。她对语言优势的丧失也感到愤慨，因为她知道有些印度人被西化了，他们会用她的社交礼仪来对付她。显然，这动摇了英语的霸权。泰顿夫人作为西方女性的代表，只关注白人世界的女性，东方、黑人或第三世界的女性不在她的视野之内。正如她在晚会上向摩尔太太介绍印度姑娘时所说："不管怎样，你比她们高贵。别忘了，在印度，除了一两个女领导外，所有的女人都在你位置之下。"这句话彰显了西方对东方的霸凌态度。

这些参加鹊桥会议的印度妇女，是第三世界妇女形象的代表，属于被压迫国家中的被压迫群体。她们一方面受到传统宗法文化的压迫，一方面遭到殖民主义的压迫。这两座大山迫使第三世界女性彻底丧失话语权。面对西方第一世界的文化霸权，第三世界的女性遭受的文化压迫最为沉重。在女性群体中，白人女性设定了第三世界女性的认知标准，并将自己的主观标准作为世界女性共同而独特的参照。她们不接受也不允许其他女性拥有不同的存在方式，并认为与她们不同的女性是落后的、不文明的。后殖民理论中的女性主义理论认为，第三世界的女性群体值得关注和研究，尤其是主张恢复她们话语权。与以往的女权主义不同，后殖民理论对第三世界女权主义的批判不但包括对男权的反击，还包括对种族主义和殖民主义的反抗。或者说，是反对"统治与服从"的现有状态，颠覆"宗法与臣民"的二元对立结构。随着后殖民文化的兴起，第三世界女性主义批评理论应运而生。后殖民主义试图让人们认识到，第三世界的妇女遭受着更深层次的权利限制和压迫。我们应该把种族和阶级的内容纳入对性别理论的批判，从而实现第三世界妇女的话语权。

驻扎印度的英国文化官员菲尔丁温和理性，种族观念淡化。

在整个钱德拉普尔市，他无疑是与当地人保持友好关系的那一类英国人。他不像其他英国官员那样讽刺印度人。菲尔丁是一个强壮快乐的人。他做过错事，但总被别人包庇，因为他们都爱他。在宴会上，菲尔丁没有和英国人扎堆。相反，他去和当地人一起吃辣鹰嘴豆。很多印度人和他很亲近。然而，他的文化身份决定了他必须从西方的角度审视东方。他曾说过，神秘只是来形容肮脏一个美丽的方式。不管是神秘还是肮脏，这两种观点没有区别。在他看来，"印度就是一个脏乱差的国家"。在他眼里，印度人也是无知和庸俗的：阿齐兹愤世嫉俗、无能；拯救阿齐兹的印度人民是暴民；印度人民的示威不讲理、无秩序；连戈德博尔也只是一个贪婪的形象。阿齐兹被错误拘留，但菲尔丁建议他放弃赔偿。所有这些都是因为菲尔丁是一个来自殖民地国家的英国人，他站在西方殖民主义的立场上思考这个问题。一方面，他是一位文化使者，在印度各地开办学校，与印度相处融洽；另一方面，他也是英国殖民者，他的教育目的是间接巩固英国殖民统治。当他经历两种不同文化的碰撞时，失去了平衡，倾向于英国的殖民霸权。他与阿齐兹接触的前提是坚持殖民统治。他嘲笑阿齐兹希望建立一个独立的印度，认为大英帝国不能废除，因为它还不成熟。如果印度离开英国的统治，很快就会衰落。在这个前提下，菲尔丁的愿望渴望与印度人成为朋友的愿望注定要失败，而他隐含的殖民目的注定要崩溃。

事实上，菲尔丁复杂的文化身份决定他在印度追寻友谊注定失败，也无法在英国实现自己的理想，无论是英国人还是印度人都不能容纳他。后殖民主义认为，殖民者与被殖民者始终处于对立的地位。欧洲殖民者认为自己文明进步，而东方殖民者则野蛮冲动；西方殖民者把东方殖民者当作他者来建构，用殖民文化影响或同化被殖民者的民族文化，嘲笑和轻视他们；但是，在西方殖民者看来，东方殖民者是野蛮的、冲动的，同时迫使被殖民者远离白人文化中心，所以必须要对他们进行全方位的压迫。后殖民评论家们认为，殖民者处于不同民族文化的混合世界中，试图在冲突的现实生活中寻求自己的身份认同。可以说，西方话语中的东方表达表现出强烈的矛盾性。被殖民者不仅是西方帝国主义的目标，也是西方帝国主义嘲笑的对象，它产生了一种复杂的混乱状态，使殖民者感到不安，从而达到了从内部瓦解殖民霸权的目的。

印度文化中的神秘使得具有双重文化身份和意识的福斯特无法脱离异质文化，也无法作为安全地生活在文化转型边缘的人来面对普遍存在的恐慌。福斯特越聪明、越成熟、越现实，他就越多愁善感、越悲观。他只能从资产阶级自由主义的角度看待英印关系，却不能真正理解帝国主义殖民统治的本质。福斯特所期望的"联结"正是化解这些矛盾的一种期许。他把这种联结的失败归因于阿齐兹医生的冲动和偏执。这也符合了萨义德的观点：归根结底，帝国的中央文化是建立在西方的基础上的认识，看不到沉默的东方。西方代表文明、理性、正常，而东方却野蛮、迷信、落后。不管承认与否，西方人看待东方时，总是把东方看成是与自己不同的东西。他们的东方是知识力量运作的结果。它创造的是精神乌托邦，自由人文精神不能彻底摆脱殖民主义的政治基础。在殖民统治的现实不平等中，人的精神追求非政治化的平等联系是不可能实现的。因此，福斯特早已认识到，东方的辉煌与神秘已成废墟，成为一个需要西方理性与秩序的统治与支撑的弱者。这就为他先前所极力反对的英帝国主义扩张找到了借口：落后的东方需要西方文明的影响，需要菲尔丁这样的文化使者来改变野蛮的生存状态。"真正的东方只存在于东方人的眼中。"①从福斯特对小说《印度之行》的主要人物的刻画来看，菲尔丁是福斯特最合适的代言人、理想的西方人的形象，也是最符合自由人文主义联结观形象的实践者。他是理性的、成熟的、冷静的、有洞察力的、充满智慧的。他摒弃偏见，顶住同胞的压力，尊敬鄙视殖民者的知识分子戈德尔教授和受西医影响的阿齐兹，与后者分享了真情。在兄弟会上，他冷冷地看着同胞们的粗鲁，感到内疚，试图安慰他的印度朋友。如果说福斯特无情地嘲笑罗尼这样的殖民者的虚伪，那么菲尔丁就成了他们的另一个极端。从人文主义的角度看，福斯特对这个人物的刻画是非常充分和理想化的。

然而，我们仍然可以清晰地从中看到权力话语。菲尔丁的是国立学院院长，事实上，他是英国的文化使者。他的使命是在印度各地建立学校，实施完整的教育体系，使帝国的思想在印度传播，从而悄悄地巩固对印度的统治。不管他愿不愿意承认，他的工作就是是为了完成大英帝国的文化殖民任务。到目前为

---

① Edward W. *Said, Orientalism* [M], London: Knopf Group, 1979: 62.

止,英语仍然是印度的官方语言,这就是文化侵略的力量和影响。福斯特潜意识中的文化殖民倾向体现在菲尔丁对印度朋友的态度上。普通印度人在他眼里是"贱"。即使是印度智慧的大师婆罗门贵族教授戈波尔,也只是一个贪吃鬼,一个他无法理解的宗教仪式的执行者。菲尔丁对这位教授完全失望,只是因为他拒绝积极推动英国的教育体系。

可以说,在《印度之行》里宗主国英国代表的西方文化永远处在强势的地位,属于中心文化。而印度文化处在弱势的地位,因属于边缘文化而被中心文化歧视。小说中不乏印度人被蔑视的例子。那些在印度待了一段时间的英国人,无论男女,都开始看不起印度人。印度人的懒散、不守时、消极怠工都被英国人当作其拙劣的民族性加以鄙视,甚至印度人的热情好客都被感情淡漠的英国人认为是这个民族缺乏教养。生活在印度的英国人有着凌驾于印度文明和文化之上的超强的优越感,这种优越感使他们经常无视印度人的感情,践踏印度的文化。在宗教的层面上,英国殖民者信奉的是基督教,印度人信奉的是伊斯兰教。西方殖民者自恃优等,认为基督教高于伊斯兰教,因而对伊斯兰教的教义、教规嗤之以鼻。当仁和慈善的摩尔太太在白人罕至的清真寺庙里遵循伊斯兰的风俗脱鞋膜拜时,这竟使阿齐兹对她刮目相看,称摩尔太太为"东方人",并很快与她结成一种默契。由此可见英国人的文化霸权已经浸入了印度文化的各个领域,印度本土文化处于万分卑贱的地位。在英国文化的统摄下,印度文化根本没发声的可能,处在完全"失语"的状态。这从穆尔太太对伊斯兰教表示尊敬,对印度人表示一丁点友好，她那做治安法官的儿子罗尼就很不高兴地直言不讳地表达了自己不满的描写中就可以看出来。他不以为然地告诉母亲，英国人来印度是为了用强制力来控制这个破烂不堪的国家。所以，作为边缘文化的印度文化受到英国霸权文化的严重排挤。马拉巴洞窟事件进一步说明了这一无可辩驳的事实。阿德拉是希斯罗普的未婚妻，到印度之前，她对印度这个东方文明古国怀有浓厚的兴趣。她具有清醒的理智，做任何事情都有自己的原则。一开始，她从不盲从所谓的东方就是东方，西方就是西方。她认为没有理由去歧视印度。在好心的阿齐兹的盛情邀请下，她和穆尔太太前去参观马拉巴洞窟，但是意想不到的事情发生了。在潮湿闷热、昏暗无光的山洞里，阿德拉产生了幻觉，认定是阿齐兹侮辱了她。

在马巴拉山洞那样幽闭的环境中产生的恐惧和焦虑，使阿德拉最后站到了殖民主义阵营中。阿拉德在神志不清的时候表现出来的恐惧可以看出她内心深处是怀疑和排斥印度的。细观福斯特的小说，我们发现其中既有对印度人民反殖民主义民族事业的同情，也不乏对殖民主义者的种族偏见。福斯特虽然反对把西方文化的标准强加在印度人民身上，但又深受西方霸权文化的影响；虽然对印度人民和文化满怀深情，但又厌恶印度的混乱和混沌；虽然倾心于印度的东方神秘主义，但是就像叶芝、庞德、艾略特等文人一样，福斯特对印度的东方神秘主义的好奇和兴趣仍然是建立在优越的西方文化和原始、神秘的东方文化的二元对立的基础上的。其实，早在福斯特之前的许多英国作家如吉卜林等，就对印度形成了几乎是标准化了的印象：

混乱、混沌、愚昧、落后、肮脏、神秘、不可理解。《印度之行》中的马拉巴山洞就契合了上面的所有描述，马拉巴山洞的炎热、窒息、空无、无限、神秘以及不可知性，让西方人一进入山洞就头晕眼花、丧失理智。在英国人的心目中，他们自己是最值得信赖的人，拥有最好的文化，并企图将这种文化散播到全世界。所以印度文化只能被挤压和怀疑，它的文明在英国人眼里不名一文。

小说中，英国对印度的殖民化就是以英国为尺度，对印度进行地缘政治意义上的重新分割，对印度进行不同程度的英国化的过程。印度国内局势的发展，以及英国对印度控制的加强，深刻影响了《印度之行》的写作。《印度之行》根据作者两次去印度的经历写成，在书中作者全面介绍了自己的历史观和文明观。这部小说反映了福斯特对理想社会的向往。在这个理想的社会中，不同民族、不同宗教信仰、不同文化背景的人能够相互尊重、相互包容，民族和解和文明融合才会实现。但这种向往是站在英国的角度上进行的遐想。

小说中的钱德拉普城是英国殖民政府直接统治之下的一座城市。小说开篇呈现在读者视野当中的就是一幅被重新组合，被赋予了不同文化和政治意义的钱城全貌。在钱德拉普城市中心的是殖民行政官邸和英国人俱乐部。在中心外围，围绕着这个权力中心的殖民权力机构是上校卡伦德医生负责的明达医院，警官麦克布来德先生负责的警察局和医院，法官罗尼掌管的法院和菲尔丁担任校长的钱德拉普大学。再往远处，沿着恒河修建的是印度人低矮破旧的住房。印度人的居住区与修建完好、透出威严之气的英国人的建筑构成了空间上的强烈的对比和视觉上的不和谐。印度人居住区以及印度人苦苦挣扎的印度土地，受到两股不同力量的影响——西方的殖民化与孕育着不竭生命力量的圣河恒河。英国的殖民统治完全驯服了印度的土地和人民。印度人一方面完全处于殖民统制当中，一方面又处于恒河河水泛滥的危险之中。"目光所能及，任何东西都是那么低贱、单调乏味。当恒河水泛滥时，这些碍眼的东西也许会被冲刷进泥土里……整个城市的轮廓隐约可辨，这里凸出一片，那里凹进去一片，像那些低等却又坚不可摧的生命体一样。"①事实上，钱德拉普就是英国殖民权力对印度文化进行分割、重组的缩影。象征殖民经济技术的现代性铁路在印度这块辽阔、沉睡、古老的异域大陆上纵横交错。伴随着火车机车的轰鸣和隆隆的汽笛声，英国人征服了这片一望无垠的大陆，他们以自己规定的法律、科学和为"人类"文明尽职的名义将"优等"的白种人和"劣等"的印度人分布在被赋予了不同意义的文化空间当中。因此，随着现代铁路的不断拓展，欧洲现代文明渐次侵入，印度变成了被完全驯服了的殖民世界。这种英国中心论甚至表现在小说各个主人翁的想象世界。穆尔太太和阿德拉小姐到马巴拉山洞参观是先乘坐现代欧洲的交通工具——火车，然后怀着奇特、不满的心情乘坐东方特有的交通工具——大象。这不仅仅是表面意义上的交通工具的更换，实质上更象征了英国人确实无法真

---

① E. M. Forster, *A Passage to India* [M], New York: Harcourt, Brace Jovanovich, 1984: 3.

正深入印度大地、无法了解印度人和印度文化。因为，他们始终站在欧洲人的立场，面对印度这个在他们看来永远无法理解的、无法按欧洲逻辑分类的国家。这样，印度只能呈现在殖民者想象的视域当中，与黑暗、恶劣的气候和神秘的地貌紧密相连。当然，这也是殖民者对印度英国中心式的占领，因为这种想象的过程也是以英国人的逻辑、审美意识等为标准来进行的。

九
英国传统风俗小说的传承与发展

  19 世纪女作家简·奥斯汀的六部作品开创了英国风俗小说的先河,之后的维多利亚女王时代也出现了众多优秀且具有世界影响力的小说家。他们的小说不仅对于英国文学史来说是一件件宝贵的艺术珍品,同时这些小说家们对英国风俗小说的发展也做出了极大贡献。而在此前便受自由、民主等现代思想影响颇深的福斯特,自然也在这个领域中做了积极的探索。福斯特认为自由是享受生活的关键,而受思想、人或事物的束缚则是毁灭生命。文学关注人的情感,挖掘人的性情变化。爱情又是情感最强烈的闪现。因此,可以说,福斯特不仅是从传统走向现代的英国小说的代表人物,而且是西方自由主义人文主义者在各种文化的碰撞与交融中探索人类存在的终极意义的先驱。他不仅立足于人类世界的复杂性,而且高于哲学层面的探索,向我们展示了作为一名知识分子的良知和责任心。

  如果我们考察 20 世纪初,英国社会各阶层的阅读水平和习惯,以及福斯特在《霍华德庄园》中对各个社会阶层文化方面的描述,可以发现伦纳德对高雅文化的追求与中下层社会身份认同之间的交集与冲突,这个情节显示了福斯特用来检验马修·

阿诺德（Matthew Arnold）提倡的全民自我完善的文学技巧。到20世纪20年代末，英国读者中高雅、普通和浅薄的读者数量分别约为4000人、10000人和200000人。其中，"高雅"是指阅读经典文学作品和严肃的思想文献的人，而"普通""浅薄"的读者主要阅读报纸和通俗小说。

对于文化的含义和获得文化的途径，阿诺德在《政治与社会批判》一书中提到过，真正的文化是指通过阅读、观察、思考等方式，在世界范围内获得所能理解的最好的知识和思想，这样就可以尽可能接近事物的坚实而可知的规律，从而达到比现在更全面、更完美的状态。在福斯特看来，小说是可以作为强调艺术而被读者所接受的，因此具有一定的教育意义。简单来说，就是人们可以通过阅读、观察、思考等手段对现在的生活状态进行思考。人类所受到的教育，欣赏的诗歌、小说、散文等文学作品，甚至是批判性的文章、时事热点新闻，都可以成为阅读和观察的对象。人类正是通过这些手段了解世界，了解其他人的生活方式。当时英国社会的中产阶级通过"高雅"的诗歌、小说、散文等，来寻找属于自身文化中的特性，因此在她们眼中的"高雅"，就是要符合他们的阶级意识形态和习惯，即便这样的阶级意识形态和习惯并不符合时代的特征，甚至并不符合人性生而美好的基本特征。

英国风俗小说的最大特点是小说中始终保持着强烈的"冲突"关系。福斯特的小说最大限度地体现了人物性格与人物处境之间的冲突与对比。福斯特就极渴望将爱德华时代的英国中产阶级从腐朽的传统文化和固步自封的思想观念中解救出来。

他还大胆提出了"联结"的观念，并在书的扉页写道"只有联结"。虽然这种观念的最终成功也会受到多种条件的制约，在小说中他的"联结"观念并没有完全实现，但福斯特作为当时英国知识分子中的翘楚，他不仅传承自由、民主的现代思想，同时也将英国文学中的浪漫主义、批判现实主义等众多文学表现形式继承下来，这对于福斯特的文学创作来说是非常重要的。他既关心当时英国社会中人们的内心现状，同时也积极引导英国中产阶级向更加现代化的思想迈进，用传统英国风俗小说的创作特点和批判的眼光，去审视、嘲讽当时英国中产阶级的行为举止和思想观念，也用"冲突"不断的对比关系和象征主义的创作手法，来表现当时英国社会中的矛盾。

在福斯特看来，英国中产阶级的弊端已经不仅仅是思想和意识上的空洞，更重要的是他们不会根据时代的发展寻求变化，一味在维多利亚时代的荣光中故步自封。《霍华德庄园》一书主要讨论和研究英国的政治、经济和文化问题，并展望了英国的未来。批评家们自然而然地将这部小说定义为社会小说，并推测福斯特试图探索英式教育。基于伦纳德在谁将继承英国这一命题中扮演的非法父亲角色，批评聚焦于以其农耕身份为象征的田园传统；一些批评家还从阶级比例变化的角度探讨了这一数字预示的未来社会结构变化。鉴于伦纳德对文化追求和阶级认同的严重错位，批评认为，人物自身的局限式文化滥用的根源。这种局限性主要体现在与他的阶级身份密切相关的阶级意识、教育水平、生活条件和人生目标等方面。伦纳德决心通过文学艺术的功能来提高自己并开阔视野。在爱德华时代，这种对文化的追求在英国社会的中产阶级中相当罕见。所以，有些批评把伦纳德看作是一个文化滥用者，并认为这是福斯特是对他个人的反讽。

《霍华德庄园》也不断在这种人与人之间、思想与思想之间的碰撞中寻求"联结"。福斯特将不同类型的英国中产阶级以婚姻的形式进行"联结"，并且渴望这样的"联结"能取得成功。他一边肯定不同类型英国中产阶级各自的成就，同时也将他们思想和物质上的缺陷表露无遗，将对英国中产阶级的批判性体现其中，这在一定程度上增加了人物个体之间的"冲突"性。通过这样的冲突与对比，整部小说中不同类型的英国中产阶级最终寻求到了灵魂上的"救赎"，最终完成了思想上的"联结"。这种"救赎"与"联结"也表达了福斯特对于英国中产阶级的最终期望。

纵观福斯特的作品，可以发现它们在很大程度上保留了很多传统英国风俗小说的写作痕迹。虽然在很多情节设计中也有现代主义等诸多现代写作技法的应用，但更多的是一种新鲜思想的注入，在人物关系上和人物特点上摆脱了传统英国社会的影响。这不仅对读者来说是一种崭新的体验，对整个文学界来说也是崭新的尝试。这种传统与现代的相互交融又相互对立的写作形式，为福斯特带来了很多欣赏与审视的目光。托马斯·莫尔笔下的乌托邦是福斯特理想的家园。对这种人间仙境的渴望与追求，使福斯特重新审视了自己的信仰。他的小说充满了理想主义色彩，反映了社会上人与人之间脆弱的情感和冷漠的人际关系。

十

《印度之行》中的印度独立运动

　　英国对印度的殖民统治由来已久。随着工业革命的不断发展，英国开始将印度视为英国的商品市场和原料产地，同时也加强了印度公共工程和交通事业等方面的建设工作，印度的资产阶级群体接受到了更多的西方教育。在随后的印度启蒙运动中，这些资产阶级的先进知识分子们做出了先驱性的贡献。虽然印度资产阶级启蒙运动的目的是用资产阶级的神学世界观代替旧的神学体系，以适应资产阶级的需要，但它为印度的民族解放斗争奠定了坚实的基础。1857—1859年，由印度爱国封建主领导的为时两年的印度民族大起义波及了北印度、中印度和南印度的广大地区。很难说这场起义是否动摇了英国统治的根本，但随着起义的结束，越来越多的印度人投入到了民族解放的斗争当中。在起义之后，英国政府调整了对印度的殖民政策：加大了对印度政府的控制，加强了铁路、电报等方面的工作。

　　但随着英国维多利亚女王的离世，印度民族解放斗争愈演愈烈，英国的殖民统治逐渐土崩瓦解。《印度之行》正是在这段特殊时期完成的，将福斯特博大而深刻的人文思想相对完整、充分地体现了出来。《印度之行》不再局限于詹姆斯国际小说中的同源文化比较，而是揭示了东西方文化的深层含义。福斯特的批判眼光远离英国和欧洲大陆，指向了主张白人至上的英国殖民主义者。《印度之行》的文化探索是一个多角度的后殖民理论。这部作品中的殖民权力话语模式常被作为研究课题。西方左翼作家和评论家都对殖民文化与被殖民文化之间的冲突和特点很感兴趣，而研究印度学者们把这部小说作为对一战前后英国和印度局势的一种解读。

《印度之行》是福斯特创作的六部长篇小说中的最后一部。在此之前的作品，都程度不同地反映了英国人那颗"发育不良的心"，对于英国中产阶级也有诸多的嘲讽。但究其根本，始终以英国资产阶级寻求思想上的"救赎"为主，福斯特甚至为此提出了"联结"的观念。在《印度之行》中，福斯特将"联结"的彼端设定在 20 世纪初的印度。三次到印度游历的福斯特发现印度是一个非常热情的国度，这里的民风十分淳朴。然而在这片异域土地上，受英国公学制度影响颇深的英国中产阶级，在思想、意识及观念上的缺失显而易见。

在驻印英国官员及其夫人们的眼中，人类为生存而战合乎道德；白人打败和奴役殖民地也合情合理；强大的殖民主义者消灭弱小民族以促进社会进步也十分正确。[①]他们的白人至上的原则，这在英国殖民者驻印度的妻子们身上都体现了出来。

例如，特顿夫人经常提醒摩尔夫人："不管怎样，你都是

---

① E. M. Forster, *A Passage to India* [M], New York: Harcourt, Brace Jovanovich, 1984: 45.

高贵的。别忘了，在印度除了女领主外，所有女人都在你之下。"①
而特顿太太口中的印度人当然包含受到西方思想影响颇深的印
度人，比如阿齐兹殖民者对印度人民毫无同情心和爱心，认为
他们"粗野、脾气怪、好胡思乱想"，不是"上等人"。无视
这片土地上的人性，即便是阿德拉小姐承认自己误解了阿齐兹，
他们还是做出了不公平的审判。他们认为英国在印度殖民的任
务是用武力支持这个破烂的国家，"所有不幸的土著人本质上
都是罪犯，因为他们生活在南纬30度"。②如此毫无根据的言论，
只是出于英国中产阶级自身的优越感，这种优越感来自英国长
时间对印度地区的殖民统治、印度地区的相对闭塞，也来自英
国政治、经济、文化等多方面实力的遥遥领先。然而，随着工
业革命在印度的发展，印度开始与世界接轨，越来越多的印度
人开始了解到西方的先进思想，感受到了来自英国殖民统治者
的压迫。因此，印度想要摆脱英国殖民统治的愿望也就日益强烈，
最终走上了民族解放斗争的道路，寻求国家和民族的独立。

　　20世纪初的英国存在着诸多未解决的矛盾，1901年维多利
亚女王逝世以及1914年爆发的第一次世界大战等重大历史事
件，都极大程度地削弱了英国的经济和政治实力。在此期间，
印度与英国之间的民族冲突逐步激化。福斯特在印度游历期间
也感受到了这种强烈的民族冲突，这种紧张的民族关系被体现

---

① E.M.Forster, *A Passage to India* [M], New York: Harcourt, Brace Jovanovich, 1984: 87.

② E.M.Forster, *A Passage to India* [M], New York: Harcourt, Brace Jovanovich, 1984: 46.

在了《印度之行》中。民族间的冲突关系导致了阿德拉小姐对印度人阿齐兹的不信任，即便阿齐兹对待远道而来的阿德拉小姐十分热情。福斯特肯定了印度民族的热情和真诚。在阿齐兹与阿德拉小姐之间是否存在非礼与被非礼的关系这个问题上，最后的审判宣告了阿齐兹的清白。然而对于阿齐兹来说，他的尊严亦十分重要，他不答应菲尔丁提出向阿德拉小姐道歉的要求，这说明了印度民族的独立意识正在觉醒。阿齐兹的拒绝让他与菲尔丁之间的友谊产生了巨大的裂痕。菲尔丁与阿齐兹最后一次骑马游玩，两个人对于友谊的期许，都被由象征意蕴所代表的"坐骑""土地""山石""天空"等其他力量终止："你们现在是朋友！你们现在还不能做朋友！你们不能在这里做朋友——"①福斯特通过对周围的自然景物的描写，否定了阿齐兹与菲尔丁成为朋友的可能。这种象征手法将小说中的现实景观与人物的内心世界交融在一起，也代表着英国与印度之间存在的隔阂将无法消融。处在殖民统治阶层的英国没有办法体谅被压迫、被统治、被殖民的印度人民，不同的阶级地位意味着二者之间关系的不平等，然而真正的友谊必须以平等的关系为基础，因此英国人菲尔丁与印度人阿齐兹之间也就不存在真正的友谊。《印度之行》中的"联结"失败的最终原因，也是因为英国与印度之间不平等的阶级关系。然而身为英国人的福斯特将"联结"的失败归结于阿齐兹的冲动与多疑，这在一定程

---

① E.M.Forster,*A Passage to India* [M], New York: Harcourt, Brace Jovanovich, 1984: 235.

度上被认为是一种后殖民主义精神。有人认为福斯特对于东方世界的理解有所偏见，这归根结底是由于福斯特并没有从英国文化当中跳脱出来。在当时的境况中，不论是在印度的英国中产阶级统治者，还是秉承着自由人文主义的福斯特，都没有办法将两个民族之间的隔阂彻底打破以促成相互和解。如果印度能形成独立的思想意识，也就能够促进"联结"的进一步形成，但是在小说最后，印度的独立战争仍然没有取得胜利，因此"联结"的目的也无法达成。从这个角度来说，福斯特毕竟只是一个凡人，因为对文化的深刻了解使他对这种文化产生质疑。他对英国殖民者的傲慢无理、冷漠自私进行无情鞭挞的同时，也对殖民地印度的衰败发出哀叹，对身处于印度的人民充满同情，但也不由自主地显露出上位者的姿态，这种矛盾也是时代发展的必然结果。福斯特显然明白在殖民统治的英国与被殖民统治的印度之间已经不可能形成"联结"，因此他的价值观念逐步发生转变。在福斯特之后几十年的创作中，他始终能感受到西方民主国家对第三世界的诸多误解，他保持着对西方思想意识上的质疑，尽管呼声微弱，但从不随波逐流、人云亦云。他永远站在失败者的立场参与政治斗争，用犀利的文风反对法西斯主义、种族歧视和侵略主义。

中年时期的福斯特

第四章

西方现代思想对福斯特创作的影响

一

象征主义写作手法的运用

　　象征是一种古老的艺术表现手法。它是指用一个事物来表现另一个事物，通过某种特定的意象来表达相近或相似的概念和情感。由于象征主义能够简洁而含蓄地为思维提供联想和暗示的机会，指明有形与无形的距离，形成了"言外之意无穷"的深刻境界，因而受到不同时代、不同民族、不同流派的作家的喜爱。象征主义起源于19世纪的法国，是欧美现代主义文学中最早的文学流派之一。后来传播到其他欧洲国家。20世纪20年代，象征主义进一步发展，成为一种国际性的文学流派。许多象征性作家和诗人反对肤浅的抒情和直截了当的说教，主张情理统一，通过象征和暗示、形象、隐喻、自由联想、语言的音乐性等手段，表达理想世界的美与无限，委婉地表达作者的思想情结以及微妙的情感。

　　象征主义自19世纪诞生以来，以其独特的朦胧感和艺术风格深受作家们的喜爱，在文坛产生了深远的影响。福斯特在《印度之行》中将小说中的人物、情景乃至故事情节都引申出多种象征意蕴，并且将这些人物、情景与故事情节结合起来，从而完成了一部耐人寻味、影响深远的文学作品。小说中象征手法的运用宣扬了宿命论，即来自不同文化的个体无法在充满偏见的社会中建立友谊。

《印度之行》讲述了法官朗尼·希斯普罗的母亲摩尔夫人和他的未婚妻阿德拉前往印度探亲的故事。当时的印度，由于西方观念的不断传入，越来越多的印度知识分子认识到了印度当时不公平的社会现状，开始投身到印度的民族斗争中，英国殖民者的傲慢严重损害了当地人的民族自尊，由此导致英印民族矛盾的迅速激化。

整部小说由"清真寺""洞穴"和"寺庙"三部分组成。标题本身暗示了每个部分的内容。这种三重结构来源于福斯特介绍印度的方式。第一部分是预备性的，讲述了一些英国人和印度人为弥合他们之间的鸿沟所做的努力。首先，在"清真寺"中阿齐兹和摩尔夫人初次相遇。福斯特对"清真寺"的描述非常温情和浪漫，此次浪漫会见时的地点"清真寺"却和以往我们见到的"清真寺"的造型大为不同。清真寺作为伊斯兰教信徒做礼拜的地方，一直以来是十分重要的场所。清真寺是具有浓郁的伊斯兰教风格的建筑形式，圆顶、拱顶是清真寺的建筑特色，但在福斯特的笔下却是"被覆盖的部分比平时深，有点像一个被拆掉墙壁的乡村基督教教堂"[①]。从建筑内部向穹顶看，确实与传统基督教小教堂的视觉感受有所不同，但福斯特以基督教小教堂的视角去观察伊斯兰教的清真寺是富有深

---

① E.M. Forster, *A Passage to India* [M], New York: Harcourt, Brace Jovanovich, 1984: 22.

意的，因为福斯特希望通过这种不同的信仰来寻求"联结"的可能。福斯特并不相信基督教，但是在印度却对伊斯兰教充满兴趣，因此福斯特才用肯定的语气、精妙的辞藻来描绘这座略微奇怪的"清真寺"。除却阿齐兹和穆尔夫人的浪漫相遇，福斯特也在这一部分中暗指伊斯兰教才是人类的救世主，认为伊斯兰教会使人们"感受幸福"。福斯特的这种让人匪夷所思的想法来自他和印度学生马苏德的友谊，这位印度学生跟着福斯特学习拉丁语，他的邀请促成了福斯特的两次印度之旅。对于福斯特来说，清真寺是他对印度最初的了解，所以对清真寺用了诸多笔墨描述。

第二部分是故事的中心内容发生在马拉巴洞的冲突极其激烈，误会加深，情节达到高潮。这里的"山洞"内有两个民族间文化的冲突，以至于阿德拉小姐会在这"山洞"出现幻觉，引出后来的诸多风波。而穆尔夫人也在游览过马拉巴山洞后，发现她所信仰的上帝接收不到她的求助，这让她苦恼，体现了福斯特对于基督教的不信任。"山洞"中没有《圣经》中的上帝，没有《古兰经》中的安拉，没有英帝国对外扩张的思想，没有权利与利益，只有"人"和空旷的空间。也正是这种处于中间地带的空间才能够唤醒人性中最真实的部分，才能够促成精神与肉体之间的"联结"，所以福斯特才选择在这个"山洞"中重新审视英国的传统信仰。

第三部分是结尾。尽管英国校长菲尔丁和印度医生阿齐兹之间的误会消除，但仍然无法成为朋友。福斯特试图描绘一个多元化的、有着三大教派的印度社会——穆斯林教、英国基督教和印度教。这一部分中的"寺庙"宣扬的是印度教的真理、印度精神的超凡脱俗。其中最重要的部分便是印度庆祝"黑天"诞辰的盛典。在印度文化中,"黑天"是印度的爱神。爱神"黑天"用自己的博爱精神感染着天地之间的万众生灵,这其中当然包含着印度人民。福斯特也将爱神"黑天"看作"联结"的希望,而来自不同民族文化的英国人与印度人,最终可以在这样的博爱精神下跨越障碍、达成和解。正如小说所述,阿齐兹与菲尔丁重拾旧日的友谊,还得到了阿德拉小姐的理解,这正是爱神"黑天"博爱精神的感召,象征着印度文化和信仰中的包容性不仅能够将印度人民的内心凝聚起来,还为后来印度的独立运动提供了源源不断的精神力量,也促使来自不同文化和信仰的英国人参与到这场盛宴中来。印度与英国之间的民族文化,在这一刻得到共同的缔造和发展。

印度的三个主要季节,凉爽季节、炎热季节和雨季与"清真寺""洞穴"和"寺庙"三个部分是正相对的,这种安排使这三个部分成为一个整体,又兼具各自的主题和故事情景。在凉季中人们相识,在凉季中彼此之间的故事慢慢展开。"清真寺"象征着印度的传统文化和信仰,又与英国的传统文化和信仰有一定相关性,因此它也象征着英国人与印度人最终实现"联结"的可能性;随着热季的到来,"山洞"中聚集着浓烈的暑气,为"山洞"本就狭小的空间平添混乱、躁动之感,也带来了不小的麻烦,而"山洞"中恐怖的回声更是体现了"山洞"那耐人寻味的神秘;"寺庙"部分中,人们感受着爱神"黑天"的博爱精神,一场场大雨消解了热季浓烈的暑气,象征着生命的周而复始,也给人带来了新的希望。福斯特通过象征主义的手法来描写人物关系、营造场景气氛、表达人物的内心诉求，也通过天气与故事情景的联系，一步步进行着心中的"联结"。

除此之外，福斯特也将英国人与印度人之间的联系用"Passage"这个词表达了出来。"Passage"指的是印度与英国之间的苏伊士运河，而福斯特将"Passage"象征为两个国家、两个民族、两种文化之间相互联系的纽带。小说中的印度人和英国人通过这条纽带彼此交流、互相理解。正如小说中所写的，阿德拉小姐和穆尔夫人通过"Passage"来到了印度，开始了他们了解印度的旅程。

在小说中，福斯特也将人物形象用象征的手法描绘出来。昌德拉普尔市的法官罗尼·希斯普洛是典型的英国人，同时也是在印度工作和生活的殖民地官员。英国公学制度让他成为一名正直的法官，然而朗尼·希斯普洛虽然具有公平、公正的特性，但在整个故事中福斯特表现了很多个人想法。这是一种复杂又微妙的情绪。曾经在坦布里奇公学受到的不公平待遇，让福斯特在诸多作品中都表现了对英国公学制度的不满和嘲讽。朗尼是英国中产阶级出身，受到的教育也是英国典型的公学教育，可他的母亲穆尔夫人却具有当时英国中产阶级所匮乏的敏感与聪慧。她不仅信仰人道主义，而且信奉基督教中的"友好"学说。她对印第安人很友好，渴望了解印度文化。在福斯特看来，穆尔夫人是西方文化最优雅的体现。因此在小说中她有很多印度朋友，因此穆尔夫人随后的马拉巴洞穴之旅也变得很自然。

阿齐兹带领的马拉巴洞穴之旅，是打开穆尔夫人内心世界的重要契机。作一个重要意象，马拉巴洞穴象征世界上最古老的东西，也有人说马拉巴山洞象征着无尽虚无的世界。穆尔夫人在山洞里对自己的信仰有了一番新的思考。在未到达马拉巴山洞之前，她的思想意识中毫无阶级观念，她认为"上帝让我们降生在这个世界上，为的是让我们都和睦相处、生活愉快……"①因而她真诚希望能够与印度人和谐、毫无偏见地相处，但是印度的民族矛盾无法让这种联结取得成功。虽然穆尔夫人是西方文化中优雅的象征，但她个人的力量微弱：穆尔夫人于英国殖民者来说，并不是什么举足轻重的当权者，她只是有一定社会地位的官员女眷，她能够感受到的真实印度其实并不全面。因而，穆尔夫人在游历马拉巴山洞的过程中，不可避免地遭遇到了致命打击——印度昌德拉普的肮脏、混乱和像"泥土"一样移动的人们，黑暗、潮湿、毫无生机并伴随着的恶臭和单调回声的马拉巴山洞，打破了穆尔夫人心中对印度的认知，也打破了理想世界中的种种"和谐"。最后能够证明阿齐兹无罪的她被英国人送回英国，她清醒地认识到了乐观主义精神的浅薄。虽然如此，但在故事的后半部分，"穆尔夫人"这个名字的发音是印支语系的，后来成了印度女神埃思米斯·埃斯莫尔的名字，这也象征着穆尔夫人在印度人心中成了女神，也在印度人心中获得了"永生"。

穆尔夫人牺牲了自己，拯救了阿齐兹，也促使印度"雨季"

---

① E. M. Forster, *A Passage to India* [M], New York: Harcourt, Brace Jovanovich, 1984: 127.

的到来，使印度与英国之间的关系得到缓和。可以说，穆尔夫人用温情的人性构架起来的人际交往模式，是这个充满民族冲突的现实世界中唯一温暖的存在。让我们欣慰的是，穆尔夫人的努力没有白费。

在《印度之行》的创作过程中，福斯特感受到了现实世界中的统一性和其他民族文化的神秘性，这与西方本土文化有着本质区别。西方文化的优越感在他心中逐渐消失，随之而来的是对于多种文化的不同角度的解析。因此，福斯特将现代主义精神越来越多地体现在了小说中。如果说《印度之行》中的穆尔夫人代表了福斯特积极乐观、与不同民族平等"联结"的意识，那么《霍华德庄园》中的玛格丽特则代表了福斯特要求平等"联结"、自由"联结"的个人愿望。然而，不同于开始乐观而后期失败的《印度之行》中的"联结"，《霍华德庄园》的"联结"也有乐观的开始、艰难的过程，但至少取得了一定程度的成功。《霍华德庄园》反映的是福斯特个人的精神诉求，要想获得成功相对容易，《印度之行》体现的是不同民族之间的精神诉求，获得成功的难度系数相对来说还是比较大的。

当然，在《霍华德庄园》和《印度之行》这两部文学作品中，玛格丽特和穆尔夫人的重要性都是不容置疑的，她们具有各自的特点，也都是各自时代思想的代言人。玛格丽特是爱德华时代受到西方现代思想深刻影响的知识分子，她追求文化修养，崇拜康德和黑格尔的哲学，也喜爱贝多芬的第五交响乐，是一个有主见、有内涵的新时代女性。她抱着爱与真诚嫁给物质基础雄厚的亨利，相信爱可以调和一切，也相信亨利会在婚姻和爱情中寻找到真正的自己。然而由于认知不同，受英国公学制度影响颇深的亨利与玛格丽特的交往出现了很多波折，但两个人在相互磨合、了解过程中度过了这些波折。最终亨利被乐观的玛格丽特从层叠的欲望中解救出来，得以享受精神世界的快乐，玛格丽特也成了霍华德庄园的女主人。她将霍华德庄园赠给妹妹海伦与巴斯特的私生子，则代表三种不同类型的英国中产阶级实现了福斯特所向往的"联结"。虽然小说中仍然有很多有待解决的矛盾，"联结"观念也没有全部得到实现，但这样的结局确实象征着福斯特"联结"观的达成。

《印度之行》的结局恰恰相反。马拉巴山洞中发生了疑似印度人阿齐兹玷污英国人阿德拉小姐的事件，这在英国人与印度人紧张的民族关系下变得更加复杂。在重重压力下，印度人和英国人之间曾经的友情和人际关系都必须经受更多的考验。穆尔夫人也由于认识到了印度的全部面目而变得格外消沉。最终福斯特借助穆尔夫人的困惑、彷徨与漠然，放弃了对"联结"的向往，小说中的"联结"以失败告终。

二
象征主义与"联结"主题

受布鲁姆斯伯利倡导文化和自由的影响，福斯特的作品中充满对自由和人文精神的解读。参考《霍华德庄园》标题页中的"唯有联结"，批评家们将福斯特小说中的思想主题概括为福斯特的"联结观"。这个观点源于现实社会中的隔阂与分裂。他生活的爱德华时代看似高度发达和繁荣，但另一方面，工业的发展和技术的便利摧毁了英国人传统的生活观念。工人成了机器的附庸。人性异化给人的精神世界留下了阴影。资本主义的发展加剧了无产阶级工人的贫困，贫富差距日益尖锐，阶级矛盾无法调和。另外，帝国主义国家为了争夺世界市场也不可避免地引发了各种矛盾。

内忧外患的社会现实，预示着帝国的逐渐衰落。福斯特一向推崇人文精神，他注意到不同文化之间的冲突与隔阂，并在小说中加以表现。这些冲突可以概括为三点：一是不同种族之间的文化冲突；二是人与自然的矛盾；三是人类交往的疏离与隔阂。福斯特主张从"联结"的角度看待问题，这实际上是知识分子探索维护资产阶级自由传统、重建现代人精神家园的一种途径。"联结"，这个贯穿福斯特小说的主题，涉及对人性本质和人类命运的思考、对现实的批判、对文明的反思以及构建和谐世界的理想乌托邦。

（一）异质文化的"联结"

福斯特认为，在多元文化环境中，不论种族、宗教或地位如何，都应采用包容的沟通方式。民族认同和自我认同在面对其他文化时起着关键作用。因为只有在自我认同的前提下，我们才能实现与异质文化的对话甚至联结的可能性。同时，这样的尝试会对自身产生影响，进而加深对自身文化的理解。这里我们主要探讨意大利文化中的希腊精神对英国文化的疗愈作用，以及基于英印分裂现实的联系的可能性。福斯特分别在《看得见风景的房间》和《天使不敢涉足的地方》中，描述了意大利中产阶级年轻人的经历，强化了意大利文化的治疗作用，从而体现其人文价值。在这两部小说中，意大利象征着人们渴望爱和自由的愿景。意大利开放坦率的生活方式与英国文化背道而驰。理性和情感的平衡是其中最值得借鉴的地方。从中我们可以看出作家对英国本土文化与欧洲文化联结的渴望。《看得见风景的房间》里的所谓风景，表面上是指透过房间窗户看到的意大利风景和人们的生活场景。实际上这些景观是意大利文化的象征。露西不仅看到了纯真的风景，更看到了意大利精神的文化精髓，而这正是保守和偏见的英国人所缺乏的。福斯特通过对环境的象征性描述和人物塑造来表达两种异质文化之间的碰撞与交融。

《印度之行》向我们展示了不同民族文化之间的激烈碰撞。东西方文化差异造成的精神与阶级的对比是毁灭性的。为了摆脱人格、阶级和种族的偏见和冲突，寻找世界中不同种族的人的共同点，从而获得更广泛的联结，也是福斯特在《印度之行》一书中所传达的联结概念。在这部小说中，作家用象征手法展示了印度和英国之间联结的各种可能性。这三个象征性的地点：清真寺、马拉巴洞穴和寺庙，就是进行联结的场所。

　　清真寺象征穆斯林文化，象征英国和印度之间建立友谊的可能性。小说第二部分发生在空旷的马拉巴洞穴，它象征孤独、与世隔绝和人类心灵的黑暗。洞穴中的回声象征着印度的原始力量，使人产生死亡与邪恶的遐想。为了联结而参观洞穴的英国游客意识到了这个洞穴中黑暗和虚无的力量。穆尔夫人开始怀疑基督教，阿黛拉和阿齐兹竟出现了令人难以启齿的误解，导致当地人与英国殖民者之间的各种冲突。马拉巴洞穴中令人不快的误会隐喻着英国和印度人民之间的隔阂和分离，联结在这里是很难进行和实现的。神庙作为最后一个地点，它以印度教的庆典仪式为背景，象征着人类在某个神秘的地方实现和解与和谐的可能性，但这种可能很容易被外部环境所改变。福斯特通过对这三个象征性场所的描写，不断揭示异质文化和观念之间的隔阂以及对立。为了实现文化联结，福斯特安排了两个不同的人物：阿齐兹和菲尔丁。他们之间的友谊象征着作者试图在两种异质文化中进行联结。

　　不过，福斯特对印度文化与英国文化之间的联结并不持乐观态度。阿齐兹和菲尔丁的分离表明，在两国矛盾不可调和的背景下，这种友谊还不可能实现，这反映了福斯特对东西方文化联结的消极态度。时机不到意味着作者还对此怀有希望，但是，在人际关系如此脆弱的现实面前，有着诸多隔阂与差异的两种文化要得到切实的融合与接纳，这是渺茫的。

（二）自然与工业文明的"联结"

福斯特的联结除了在不同文化的差异中寻求，还着重于如何处理自然与人的关系。回归自然一直是知识分子热衷谈论的主题。许多作家在作品中对商业文明进行了质疑和探讨。虽然对现代文明持批判态度，但福斯特总是在寻找联结的可能性。他认为回归自然、解放天性是英国的传统价值观，而现代文明给人们带来了太多的破坏和伤害，扼杀了人性。然而，完全抛弃现代文明并不符合时代发展，如何在两者之间保持平衡成为福斯特"联结"主题的关键。

反映人与自然的隔阂与分离时，福斯特经常运用象征手法。通过对自然景物的象征处理，将自己的情感和思想倾注于风景之中，以表达回归自然、返璞归真的生存哲学。他也尽力描绘城市生活的各个方面。城市的建筑、汽车、电报等现代科技用品也蕴含着丰富的内涵，反映了现代文明与自然对立的冷血与混乱的一面。然而"联结"却在不断地寻找调和自然与现代文明的可能性。《霍华德庄园》通过象征手法表达了他将传统乡村生活与现代文明联结起来的愿望。在他的作品中，英国的乡村生活充满了宁静与浪漫：倒塌的城堡、奔流的河水、随意形状的低山等，都表达了作者对自然的向往。在福斯特看来，自然是英国的基础。小说中的霍华德庄园和奥尼顿山庄是田园传统生活的象征，是英国真实的形象。同时，作者还通过展示伦敦动荡混乱的生活，表达了对现代文明的批判和不满。无论是体面的豪宅，豪华的公寓，还是黑暗的地下室，都象征着与乡村生活截然不同的生活状态。住在这里的人，无论是高贵典雅的姐妹，还是身家富贵、拥有大量房产的威尔科克斯先生，都在不断地搬家、租房。因此，当玛格丽特四处奔波寻找一个合适的住处时，她感到精神崩溃。现代文明彻底摧毁了人们的生活基础，把城市变成游牧部落。威尔科克斯一家位于迪西街的出租屋，也在象征着工业文明中人们所处的困境。它极尽奢华，尽管这样的"房子"没有任何生命力，但它的价格仍然高得离谱。华丽的家具把整所房子布置得满满当当，但呈现出不协调的一面。毫无疑问，这些城市的豪华公寓具有深刻的象征意义。他们外表华丽，但内心缺乏灵魂。现代人似乎住在一个巨大的豪华公寓里，各种娱乐活动构成了一种新的、便捷的现代生活，但与此同时，这种生活充满了喧嚣和混乱，人们的灵魂无法得到片刻安宁。路上的汽油味让人窒息，交通让人内心浮躁，这些都是繁荣背后隐藏的不和谐。小说中尽管是在圣诞节，伦敦也仍然是一副丑陋的模样，毫无美好可言。

三
现实主义文学与现代主义的相互渗透

爱德华时代，人们反思现代工业对英国社会、文化、政治等方面的不利影响时，英国文学开始从现实主义转向反传统的现代主义。福斯特处于现实主义向现代主义过渡的时期。他的小说充满了故事性和现代性。他善于用意象来表达自由主义人文主义思想。这些形象的出现和变化使他的小说充满了节奏感。所以说，福斯特是一位风格独特的小说家。对其小说中的意象进行系统的研究，有助于更深入地理解作家的创作主题和思想内涵。

另一方面，唯意志论、直觉主义哲学和心理学理论也在学术界和文化界盛行，并渗透到各个文化领域。随着现实主义文学逐渐衰落，现代主义小说在英国崛起。现代主义与现实主义逐渐相互渗透和影响，文学作品的主题内容和表现形式不断丰富和深化。福斯特正是在这样的历史文化背景下创作了他的小说。

（一）自然意象

福斯特善于用意象表达创作主题。他继承了传统的现实主义,但从创作技巧的复杂性和创新因素来看,又具有现代主义倾向。自 20 世纪 60 年代以来,批评家们倾向于将他视为现代象征主义者。他在作品中使用的意象含义丰富、极具象征技巧,使得小说富有诗化节奏。在《小说面面观》中,福斯特将小说的节奏与贝多芬的第五交响曲进行了比较,认为整个交响乐也有自己的节奏,主要是由乐章之间的关系产生的。他认为小说家必须坚持的观念是扩张而不是完成,是开放而不是自我满足。在一首交响乐的结尾,每一个音符和曲调都得到了解放,在整体的节奏中找到了自由。[①]从河流、花草的自然意象到房间、农舍的社会形象,意象的丰富运用给他的作品带来了深刻的内涵和音乐的节奏感与美感。

在自然意象中,水、花、月反映了作家对生、爱、死的思考。他们的反复出现和不断地变化,显示了福斯特小说的内在节奏。在《霍华德庄园》中探索人类社会的中心这一主题,构成了对人类社会"不发达之心"的精神关怀,展现作家对失落的传统英格兰的心声 —— 对英国乡村的记忆。福斯特告诉读者,只有回归自然和乡村,我们才能真正实现这种联结,找到灵魂的家园。正如小说《天使不敢涉及的地方》中所描述的,主人公菲利普"仍在浩瀚险恶的大海中航行,头顶是阳光或乌云,脚下是汹涌的潮水"。"危机四伏""乌云密布""汹涌澎湃"等字眼都暗含着当时动荡的社会形势。从社会意识形态语境来看,

---

① E. M. Forster, *Aspect of the Novel* [M], London: Edward Arnold, 1974: 42.

社会变革的一个重要影响就是人们价值观和心理感受的变化。爱德华时代英国人的精神困境和道德滑坡日益严重。福斯特用"发育不良的心"来概括爱德华时代的人们，特别是英国中产阶级的心理特征。他认为这种发育不良的心的核心要素包括"冷漠、固执、胆怯、严格、功利主义、缺乏想象力、前后矛盾。"如同一台毫无用处的"机器"。

从个人经历、人文精神以及作品中所描绘的人的内心世界和以社会和自然为代表的外部世界看，福斯特并不信仰基督教。他倾向于把人看作自然世界的一部分。只有回归自然、回归乡村，社会中的人才能实现身心的和谐发展，实现人与人之间的联结。从自然意象来看，水、植物和月光都是作者作品中自然的一部分。福斯特热爱大自然，《霍华德庄园》以及《看得见风景的房间》中对植物和流水的描写，说明他们被作者赋予了灵性，给作品带来了强烈的诗意。作者称赞现代工业给英国社会带来的文明和舒适。然而，当过度的文明破坏了人性，人性就会扭曲，人与人之间就不再有友谊。这种人就是作家在作品中一直在批判的有着一颗"发育不良的心"的人。他们要回归自然，在英格兰乡村和美丽的异域风光中寻找活力。在他的作品中，作者描述了人与植物和谐共处的画面，意在表达人与植物融为一体、回归真实自我的理想。此外，花木与人在一幅画中的共存，也给作品带来了一种田园诗般的意境。不同的风景带来不同的画风，时而典雅，时而冷峻，时而色彩斑斓，时而萦绕神秘气息。它们既表达了主人公的情感和心理过程，促进了情节的发展，又辅助了中心形象，帮助读者了解了隐藏在小说背后的作家思想，给作品带来了节奏感，赋予小说一种余音绕梁的美感。

《霍华德庄园》对位于伦敦郊区霍华德庄园的描写充满了象征意义。它表达了作者对自然的向往：房子是用红砖砌成的，旁边长着一棵巨大的无毛榆树。房子前面有一个花园，周围有许多橡树、榆树、梨树和苹果树。四周是生机盎然的麦田和罂粟花草原，空气清新甜美。①

（二）社会意象

福斯特的思想继承了英国自由主义人文主义传统，这与他早期的生活经历和教育背景密切相关。福斯特出生在一个标准的中产阶级家庭。他的自由主义思想早在青年时代就形成了。1883年起，他住在哈福特郡的一个叫"白嘴鸦窝"的房子里，美丽的乡村风光给作者留下了童年美好的回忆，成为小说《霍华德庄园》中霍华德庄园的原型。

"布鲁姆斯伯里团体"一直倡导的理念深深影响了福斯特小说的创作。意大利作为文艺复兴的发祥地，也是古希腊文化最完整的传承地，因此福斯特选择意大利作为其国际小说的创作背景。在意大利美丽的自然风光和当地热情诚实的农民身上，他发现了马修·阿诺德提出的"意识自发性"，这是英国社会中的中产阶级所没有的。

---

① E.M.Forster, *Howards End* [M], New York: Random House, 1989: 32.

福斯特试图找到一些具有"希腊精神"的英国人，通过他们来实现不同阶级的融合和联系，治愈中产阶级的"发育不良的心"。作家认为，在英国机械时代，传统的田园生活不断被城市的现代化进程所吞噬。英国中产阶级的"发育不良的心"就是在这种环境下形成的，在中产阶级独特的教育体系即公立学校制度下，具有"发育不良的心"的教育者把年轻人培养成社会认可的正统文化的传承者，因此，他们不可避免地继承了这颗"发育不良的心"。

福斯特认为，治愈"发育不良的心"的良方在于继承传统英格兰的灵魂——乡村文化。回归乡村和自然，才能摆脱思想混乱和想象力匮乏，重新获得意识自发性。只有在地球母亲的怀抱中，现代人才能找到自己的精神家园。福斯特通过自己的社会形象表达了这些人文主义观点。《看得见风景的房间》体现了作家冲破传统道德思想的桎梏，冲破旧秩序，追求自由、爱、美、真的理想。"房间"尖锐地讽刺了英国中产阶级迂腐的道德伦理观念，批判了中产阶级"发育不良的心"。霍华德庄园对英国人来说是一剂良方，回归自然可以治愈"发育不良的心"。这是小说的中心意象，具有很强的象征性。它们赋予作品深刻内涵和现代主义特征。它们与自然意象一起，表达了作家追求灵魂与肉体的统一，以及人与人、人与自然沟通与和解的理想。"房间"的核心内涵是社会规范对思想的束缚。小说主要描写中产阶级的人物形象，"房间"围攻的是中产阶级人物的内心世界。18世纪以来，中产阶级在英国社会生活中逐渐占据主导地位，他们通过工业革命敛财。福斯特时代，他们已成为英国社会的主要政治力量，与大英帝国的形成和崛起有着密切的联系。他们制定和遵守的一系列社会道德标准和行为准则已经成为英国社会的核心标准，可以用来衡量一个人是否被社会认可。任何不按规范行事的中产阶级都被视为异类。这些原则显示了英国中产阶级的稳定、谨慎和高效的特点，但是他们的主要缺点是缺乏想象力和虚伪。这些"房间"构成了作者所批判的英国中产阶级"发育不良的心"的生存空间。

它的具体表现形式包括贝尔托里尼寓所中的封闭式房间、英格兰"风角"的客厅、公立学校的"房间"、莫里斯住的红棕色的房子。从令人窒息的贝托里尼公寓到窗外美丽的佛罗伦萨风光，从索恩公立学校的严格秩序到剑桥大学自由的人文氛围，从庞格庄园深褐色的房子到威尔特郡朴素的乡村风光，这些意象都有二元对立关系。正是通过两个形象的对比，作者批判了英国中产阶级对人们手脚的束缚，以及对人们思想感情的禁锢。

四

"自由"人文主义

　　法国大革命期间喊出的口号是"自由、平等、博爱"，激起了无数英雄的豪迈信心。然而，福斯特小说中的悲剧因素基本上也归结为这三个方面。自由人文主义思想的力量足以改变整个世界的面貌。但是大规模的经济发展，人类生产力得到解放，生活必需品的生产翻倍增长，在爱德华时代及其以后，这种对自由主义的赞美就几乎淹没了。世界不再想理解自由主义。尽管英国仍有自由主义者，但他们大多数只是名义而已。事实上，他们只是社会主义者。①也就是说，福斯特似乎只是名义上的自由主义者。作为一位自称自由主义者的小说家，他表达了对自由及其相关概念的怀疑，这也反映了这个时期英国的信仰危机。可以说，小说《霍华德庄园》在艺术上崇尚法国印象派，在政治上却倾向于自由主义。维多利亚时代的自由主义强调仁爱、博爱、人性和智慧，主张言论自由以及种族平等，相信社会进步。这种温和的氛围促使福斯特形成了他的个人主义。他清楚地认

---

　　① E.M.Forster, *Two Cheers for Democracy*[M], Mariner Books, 1962: 20.

识到了自由主义包裹下的资本主义的弊端。

他的人文主义思想主要体现在对人的理解上。与所有人文主义者一样，他把人视为上帝最精致的杰作，欣赏高尚的智慧、无限的能力和高尚的人格。但福斯特更客观地看到人的弱点。他认为人生来就有"枷锁"，并不是完全自由的。"人类已经从其他生命形式转化而来，在禁忌中进化，几个世纪以来，人类一直懦弱，害怕外面的世界和他生活的群体。因此，即使愿意，也很难获得自由"。①他认为，希腊人在文学和艺术方面贡献很多，他们想成为自由的个体，但因"枷锁"梦想最终还是破灭了。

福斯特关注的是 20 世纪初英国的社会现状及西方现代思想影响下的英国中产阶级的生存状况和心理变化。他认为，现实中许多人生活在黑暗的笼子里，真实的自我不同程度地被社会的世俗所腐蚀。为了保持真实自我，防止人性的毁灭，应该及时唤醒他们被压抑和囚禁的心灵，让他们重获自由，享受充满阳光的自由生活。与此同时，心灵的进化还会继续，因为在人类的内心深处隐藏着巨大的能量。只要人类能够释放它，它就会摧毁影响人类的经济和政治方面的丑恶势力。这些势力不仅摧毁了人们的体质，也摧毁了人们的心灵，使他们失去了理解力和洞察力。

---

① E.M. Forster, *Two Cheers for Democracy* [M], Mariner Books, 1962: 20.

（一）人文主义思想对福斯特的影响

西方人文主义思想最早可以追溯到14世纪到17世纪欧洲。文艺复兴时期的主要思想观点是反对宗教压迫，倡导新文化、新道德。这种崇尚人权、蔑视神权的思想被后世诸多思想家和作家所接受。随着人类社会的进步，一系列现代科学发明的出现，传统的思想观念已经不能够满足发展的需求。因此，人文主义思想敦促包括福斯特在内的知识分子们进行变革。福斯特的人文主义思想来源于欧洲传统文化，其中主要来源于他早年在剑桥的求学生涯。剑桥活跃的学术气氛和"使徒学社""布鲁姆斯伯里社团"等让福斯特体会到了民主的文化氛围，找到了精神的归宿。他在吸收了当代人的许多理论精华之后，最终形成了自己独特的人文主义思想。

福斯特的人文主义思想诞生于英国社会发生重大变革的时代，科学技术、经济、政治高度发展，人的思想和精神却陷入了危机之中。在福斯特眼中，英国人虽然有着丰富的物质基础，但仍然感到苦闷和彷徨，他们想要获得"自由"，成为真正的"人"，有完成"联结"的需求和渴望。为了"解救"他们，福斯特为其指明了道路。福斯特认为，工业社会中人与人之间的冷漠与隔阂为生活带来很多痛苦，所以才有那么多"发育不良的心"。完成"联结"是福斯特唯一的希望，他把温情与智慧倾注在小说的世界里，以此来改善冷漠的人际关系。换句话说，福斯特希望通过传达人文主义思想，让不同种族、不同阶级和国家的人真诚沟通和交流，这就是他对于社会发展的美好愿景。

然而事实上，这种和谐共处只能是一种愿景，"联结"失败我们已然知晓。福斯特的人文主义思想并不适用于所有人，或者说，适用于所有人的人文主义思想还没有出现。人心的复杂是任何一位思想家和文学家都无法预判的，更何况现存人类的社会阶级和民族意识、思想文化等诸多方面都存在着巨大的差异。因此，福斯特理想中的人类之爱、人与人和谐、平等共处的社会环境很难实现。

（二）在意大利获得的"自由"观念

游历过欧洲大陆其他国家的福斯特更加理解现代思想和自由的意义，在这些国家当中，意大利的"自由"观念更加符合福斯特对于自由的理解。他认为，意大利有着深厚的人文传统和尊重人类价值观的理念。因此，他鼓励周围的人去意大利旅游，相信在那里生活一段时间的人都会变得"纯洁高尚"。这个观点在《天使不敢涉足的地方》中菲利普的身上得到了充分的体现。

菲利普在得知莉莉娅离世并留下一个婴儿后，带着母亲的使命开启了三次意大利之行。旅行使他感受到了意大利文化中的自由人文主义和热情，这对于接受传统公学教育的菲利普来说，不失为一场精神顿悟和心灵拯救之旅。菲利普在面对莉莉娅是否应该把孩子带回英国接受传统教育这个问题时陷入抉择困顿。如果他没有到过意大利，他会毫不犹豫地把孩子带回国，给这个孩子增添传统的"绅士风度"和"艺术修养"，在英国公立学校制度下，这个孩子也将成为情感冷漠的又一受害者。这样的结果是来到意大利的菲利普不愿见到的。因而他决定即使辜负了母亲的信任，也要将孩子留在缺乏"良好的教养"但却充满亲情和关爱的地方成长。菲利普的抉择让我们看到了他的转变。被意大利人的热情所感染，他感受到意大利人对生活的虔诚态度。

面对意大利的剧院，菲利普开始认为自己不是一个游客，而是一个真正属于那里的人。

热情、自由的意大利文化与英国公学制度下形成的英国传统文化的对比，使菲利普意识到当时的英国社会中人们所缺少的"东西"，或者说他自己身上缺少的"东西"，这种"东西"有可能是人性中的温情，也有可能是对自由的向往和敢于打破传统的决心。让当时英国社会中的人们丧失这些东西的，正是英国中产阶级的那颗"发育不良的心"。幸运的是，菲利普逐渐意识到自己的不足，反思了英国人的价值观和道德观，转变成一个具有现代思想意识和充满人性关怀的人。这是一个由"冰冷""坚硬"的人向"有血有肉"的人的转变，或者说是这三次的意大利之行让菲利普得到了成长。"他感到很高兴，他相信世界上有伟大的存在，没有歇斯底里的祈祷，没有敲锣打鼓，菲利普悄悄地完成了他的转变，得救了。"①"得救"的过程虽然艰难，但是在菲利普看来，这一切相当值得。

福斯特认为，自由、平等的意大利文化是当下英国社会中

---

① E.M.Forster, *Where Angels Fear to Tread* [M], London: Edward Arnold, 1979: 45.

人们极度需要的。作为古希腊和古罗马文明的传承地、文艺复兴的发源地，意大利不仅仅是一个地域，更代表着一种价值观念和伦理标准。同时，意大利的文化还具有更深层次的文化思想内涵。它继承和发扬人文精神，尊重个体价值，倡导自由平等，鼓励人们追求自己的幸福。这种价值观与英国传统社会伦理文化中压抑的人性和情感形成强烈对比。因此，福斯特的两部意大利小说《看得见风景的房间》和《天使不敢涉足的地方》都将意大利赋予了"文化自省"的功能。在意大利文化的衬托下，英国中产阶级所呈现出的思想困顿、性格缺陷，以及待人接物的冷漠态度，与当时英国社会中价值观念产生了强烈的碰撞。小说中的意大利文化，也是福斯特对于当时英国社会发展的一种期望。他认为，对于解救当时英国中产阶级空洞的精神世界，完成对英国中产阶级心灵的救赎，学习意大利文化至关重要。

因此，在福斯特的作品中，意大利文化已经成为拯救中产阶级"发育不良的心"的文化参照系。《天使不敢涉足的地方》中，福斯特希望主人公们都在意大利文化这个区别于英国传统文化的体系的影响下，完成对那颗"发育不良的心"的救赎。困在波士顿小镇的莉莉娅和前来完成母亲任务的菲利普，都是到了意大利后才逐渐认识到自己的不足，并逐渐成了一个"独立的人"。在意大利文化的背景下，意大利青年吉诺朴素、自然、充满活力的性格感染了菲利普，使他摆脱了英国传统文化的束缚，最终使菲利普拥有了人性中最原始的情感。虽然莉莉娅的孩子在意大利有着更加美好的未来，但是在回英国的途中夭折，最终永远留在了意大利。这样的情节设定是否代表着孩子回到英国和他死亡没有差别了呢？无论如何，这个孩子是一众主人公心灵救赎之旅的开端，因为这幼小的英意混血婴儿，最终使众人寻求到了真正的和谐。

现实世界中的自由主义确实是建立在自由放任的经济体系之上的。然而，很难确定自由主义理论何时完成，大概可以确定到19世纪下半叶。①与此同时，人们对于自由主义的观念也由于时间的推移发生了很大的变化。在英国传统文化的影响下，以基督教原罪论为基础，人们普遍认为，胡作非为的行为需要管制。不过现代思想中的自由主义者认为，如果我们放手，我们的日常生活就会相当和谐。然而，事实却给了人们当头一棒：1882年出版的《牛津英语词典》首次将"失业者"形成专有的英文词条。在经济社会的实践中，"自由"遭到了最猛烈的攻击。作为"自由"的英国人，福斯特首先是"自由"的鼓吹者，也自称"属于维多利亚自由主义的遗老"，主动加入了对关于"自由"的一切观点和问题的讨论中。福斯特对自由主义的思考由来已久，早在《莫里斯》手稿的"结尾说明"中就提到这部小说的创作起因是受到"高贵的出身胜过其力量的惠特曼式诗人"、鼓吹自由意志论的哲学家爱德华·卡彭特（Edward Carpenter）的启发。而《最漫长的旅程》则是将英国的传统文化与地中海的古希腊文化相结合，甚至融入了来自东方的伊斯兰教等其他宗教信仰的力量，以期为人类建立更加富足、友爱的精神家园。在多种文化的影响下，

---

①约翰·麦克里兰．西方政治思想史 [M]．彭淮栋译，北京：中信出版社，2015: 56.

福斯特的自由人文主义思想逐渐成熟，他不再受制于英国传统的文化和思想，极力推崇"新思潮""新文化""自由"，希望当时的英国中产阶级能够在艺术、文学等精神层面上有新的追求，从而将自身从权利与欲望的泥潭中解救出来。

随着工业革命的持续性进展，英国城市化的进程逐步加快。福斯特在《霍华德庄园》中怀念曾经的乡村生活，用期盼的思绪书写着霍华德庄园曾经的辉煌和正在发生"联结"的现在和未来。他将以往的英国乡村生活浪漫化，让人们感受到田野间畅快、恬淡的生活，也根据目前的社会现状，来预判未来英国社会的发展趋势。这些努力在一定程度上都取得了成功。但《印度之行》中体现的印度文化虽然"神秘"又"混乱"，但人们却相当"自由"，然而这样的"自由"让印度人永远成为不了"上等人"。因而福斯特只能在《印度之行》中以英国中产阶级的视角，来观察"自由"的印度人。事实上，《印度之行》中"神秘""混乱"都是马拉巴山洞内自然、真实的印度景象，也是印度实际生活的一种写照，但正是这样的真实存在使穆尔夫人离开了印度，也使得两个民族之间的"联结"最终走向失败。

福斯特的长篇小说大部分表现了爱德华时代中上阶层的所感所想，他用自成一格的语言，极富表现力和洞察力地在小说中再现了英国中产阶级的社会生活。他的作品关注的不是国家或政治、经济，而是人间友谊、人的价值、人性的完美以及不同文化之间的沟通，或者说，他对人与人之间的关系以及这些关系所反映出的冲突、疏远、偏差和分歧感兴趣。这种执着的追求使他的作品饱含丰富的人文思想。

福斯特的人文思想吸取了启蒙主义和浪漫主义的观点，具有理性和怀疑的特点。在他的灵魂深处，总是有着神话或狂想。他在《机器停了》的结尾依然相信地面上藏在雾中、花草中的人们会重建社会。在《另一王国》《树篱的另一边》《一个怪人的故事》等小说中阐述的也是这一见解。

福斯特人文主义思想的独特性主要表现他对人的无限能力和崇高个性的欣赏，同时他也清楚滴认识到了人性的弱点。他信仰个人主义，极为关注现代条件下人类个体与整体的完整与幸福。他提出了著名的"联结观"，主张将传统与现代连接起来，实现内在生活和外在生活的统一。此外，福斯特还把人类趋于完整的可能性寄托在民主和自由上。福斯特珍惜每一个有创造力的人，并坚信维多利亚时代的自由主义。维多利亚时代的人文主义强调博爱和智慧，提倡言论自由、承认个人差异并相信社会进步。福斯特透过维多利亚时期繁华的英国社会，看到了资本主义的弊端，同时深刻体会到了维多利亚时期无产阶级和英国殖民统治下殖民地人民的悲惨生活。所以说，福斯特追求的是人的自由和平等，而不是传统的英国社会中的信仰。

许多研究者认为，福斯特的人文主义思想对当代社会研究具有积极的现实指导意义。有人认为，这是因为他的思想冲破了阶级地位的屏障，把每个人置于同等的平台之上。福斯特的观点是，在自由平等的社会中，每个人都是个体，他强调社会进步过程中"人"的力量，并将"人"的力量与社会的发展结合起来。福斯特看到了英国殖民者在对殖民地进行统治时的冷酷与无情，象征性地指出统治阶级实行种族歧视和阶级压迫是不道德的。同时，福斯特发现现代社会的人们只注重外在的舒适，却忽视了精神世界的充实与完善。机械化的城市逐渐取代了平静的乡村生活，传统生活方式和生活习惯也随之遭到了破坏。因而，对于福斯特来说，他的人文主义思想表达了他对"人"的力量的肯定，也表达了对英国社会现状的忧虑。

（三）希腊人文主义的影响

人文主义者培根曾说过：人是自己命运的建筑师。有人把福斯特比作现代的西绪弗斯。古希腊神话中的西绪弗斯体现了悲天悯人的人文主义情怀。他知道不幸是不可避免的，但他继续把石头推到山上；福斯特也清楚地意识到，人与人之间真正的相互理解和交流并不容易，甚至只能是一种永远的美好愿望，《霍华德庄园》的结局其实就隐含着作者的想法。然而，他还是一开始就以消除人与人之间的隔阂，构建和谐、宽容的人际关系为创作主题。

在艺术创作中，人文主义作家经常通过文学形象表达人文关怀。支持正义、同情弱者、崇尚平等、追求自由、崇尚博爱、鞭挞邪恶，都是作家关注人类命运的具体表现。要指出的是，人文精神是个动态开放的概念，不同地区、不同民族在不同时期有着不同的人文精神。西方文学中的现代人文精神继承了文艺复兴、启蒙和浪漫主义以来的传统，同时又有明显的现代性特征。与其他严肃而有责任感的作家一样，福斯特对现代人的困境深表关注，而方式是独特的"福斯特式"。这主要以下几个方面有所体现：首先，人类面临着困难，但毕竟不是无可救药的；其次，人类的困境要靠自己来解决，即通过"友谊和真诚"，而不是靠宗教或超自然力量；最后，生命高尚而伟大，值得被尊敬和珍惜。

《印度之行》用白描的手法呈现了恒河沿岸凌乱肮脏的印度居民区："街道狭窄而简单，寺庙显得微不足道。虽然有几栋像样的房子，但它们不是被花园覆盖着，就是被肮脏的道路包围着。"①爱德华时代的知识精英们或多或少继承了帝国主义殖民意识，这与殖民传统有关。殖民扩张政策使他们很难完全摆脱殖民主义的观点。福斯特的双重文化身份和意识在此显露无遗：他倾心于神秘的东方文化，但又留恋理性的西方文化；他对印度人民反殖民统治的斗争表示同情，但潜意识里又留恋英帝国的辉煌；他真诚地对待印度人民，但又不自觉地流露出种族偏见。

福斯特博大精深的人文思想在《印度之行》中表现得最完整、最充分。虽然书中有很多对印度的批判，但这并不是小说的主题。他真正关心的是人与人之间的交流与沟通。东西方文化能否平等对话，印第安人能否成为英国人民真正的朋友，是作者研究和探索的重要课题。

正是这种无法摆脱的殖民视角，使福斯特的思想受到了评论界的诟病。这体现了20世纪初小说家的矛盾心态，体现了从传统到现代过渡的思想转变过程。福斯特认为希腊人在文学和艺术方面为人类文明做了大量的贡献，他们想成为自由个体，但由于最原始的"枷锁"，他们的梦想破灭了。福斯特甚至认

---

① E.M.Forster, *A Passage to India* [M], New York: Harcourt, Brace Jovanovich, 1984: 3.

为哲学中没有自由的可能性，"根本就没有任何一个人是超脱的，观察者和被观察者都被锁链束缚着"。①这也是由于他看到了种族和阶级的局限性。他认为，自由是人类实现幸福和完整的前提，也是人们保持真实个性、充分发挥创造力的必要保障。但是这样的"自由"是十分难得的，不仅需要将社会建立到一个平等的平台上，也需要社会中的每一个个体都能够得到尊重。只有民主才能让人们充分享受自由，释放能量，创造出属于自己的生活方式。福斯特在意大利小说和英国本土意象小说中展现了他寻求不同阶级、不同文化背景的人与人之间，以及人与自然之间交流的理想，体现了他一贯倡导的联结观念。通过联结，英国中产阶级"发育不良的心"是可以被治愈的，条件是只有现代人恢复崇尚希腊精神才能实现。虽然希腊精神和希伯来精神有着相同的终极目标，即对人类的救赎，但在以希伯来精神为主导的英国社会，随着现代工业的不断发展，英国传统的乡村文化被城市文明吞没，人与自然的关系不再和谐，失去了生命力，被现代文明和传统道德思想的双重枷锁所束缚。20世纪初，基督教信仰遭到英国知识分子的质疑。希伯来人精神的自我约束和行动高于知识的基本倾向，并不能帮助现代人解决所面临的社会矛盾。只有重拾文艺复兴以来的希腊精神和人文主义思想，才能摆脱无知，看清真相，认识真善美，才能获得马修·阿诺德所指出的"美好和光明"。

---

① E.M.Forster, *Two Cheers for Democracy* [M], Mariner Books, 1962: 33.

五
反智主义思想

　　反智主义最初是由美国历史学家理查德·霍夫斯塔特（Richard Hofstadter）在《美国生活中的反智主义》一书中提出并定义的。福斯特的短篇小说《机器停止运转》就体现了这样的思想，它批判了赫伯特·乔治·威尔斯早期提出的科技乐观主义，在幻想世界中展现了科技发展令人恐惧的一面。这部短篇小说还是早期反科技的反面乌托邦代表作之一。即便是在我们当下的社会环境中，这部作品依然能受到足够的重视。

　　福斯特一生的创作，不是与国家或政治、经济有关，而是人与人之间的友谊、人的价值和人性的完善、不同文化之间的交流相关。这种执着的追求使他的作品充满了丰富的人文主义思想。《机器停止运转》体现了自工业革命以来，人们对待机械化生产的两种态度。这两种态度并没有对错之分，但是截然不同的两种思想意识。显而易见的是，机器和科技不断进步使人民的生活变得更加便捷，但也有人开始担忧这样的机械化是否会对既定的生活方式产生影响。事实证明，这种忧虑并不多余。机械化确实在一定程度上影响了英国传统的乡村生活。在这样的时代背景下，福斯特同时期的文学家和思想家开始着手研究机械生产对人类的生活到底会产生多大的负面影响。

在《机器停止运转》中，福斯特用怀疑的眼光看待当时的许多科学家、工业资本家，就像他曾经怀疑英国的传统信仰一样。在他看来，机械化生产正在挤压着人们的生活环境，环境污染、精神紧张等各种因素正在摧毁原有的平和安逸、秩序井然的社会。这篇小说是在幻想世界中运用寓言的方式来推演未来世界的发展境况，也是用"奇想"的叙事方式表达着福斯特对于大规模机械化生产的忧虑，以此来表达反智主义思想。现代世界秩序混乱。人类发明机器来解放人类，而机器却成为人类的敌人。人类追求真理和科学，但科学的高度发展却使人们对千年的信仰产生怀疑。悲惨的世界大战让西方人看到人性的丑陋，对现代社会感到无望。福斯特对此非常清楚，他试图找到重建世界和拯救人类的方法。他认为，道路就是重建人与人之间的真诚、信任、友谊和爱。正如《霍华德庄园》的扉页上所写的，"只有联结。"

六
生态文学思想

生态文学思想由来已久，希腊神话、北美印第安文学以及现代文学的众多思想流派对西方生态文学思想的形成和发展起到了巨大的推动作用。20世纪末，西方"生态文化"理论和"生态批评"理论成为一种新的跨学科文学理论研究方法。60年代，瑞狄·卡森发表了长篇报告文学《寂静的春天》，标志着西方当代生态文学的开始。约瑟夫·米克在70年代在《生存的喜剧》一文中提出"文学生态学"的概念，接着，密克尔在《生存的悲剧》中指出文学生态学这一术语，批评应该探究文学所揭示的人与其他物种的关系，认真、真诚地审视和探索文学对人类和自然的影响。他还试图从生态学的角度批评文学作品。另一位美国学者克洛伯尔在《现代语言学会会刊》上提出将"生态学"和"生态的"概念引入文学批评。几年以后，鲁克尔特发表题为《文学与生态学——生态批评实验》疑问，首次使用了"生态批评"这个词，明确将文学与生态学结合起来的意义，强调评论家和作家必须从生态学视野构建出生态诗学体系。生态批评的特点决定了它既不是单纯的文学批评，也不是单一的方法论。就现实意义而言，生态批评坚持系统整体论的观点，倡导和谐、平衡、适度原则。生态批评作为一种文学文化批评，从探索生态危机根源的角度出发，有其自身的特点和通过文学重新审视人类文化的独特价值，它探讨人类的思想、文化和社会发展模式如何影响、决定人类的态度和行为以及它们如何导致环境恶化和生态危机。

这一理论的基本目的是通过文化变革的要求，完成以生物为中心的世界观的变化、伦理的扩张以及人类思想的发展。为了完成这一使命，不能只依靠生态中心主义。因此，生态文学批评结合文学与其他学科，吸收生态学、人类学、伦理学等学科的阐释模式，形成多种新视角的融合，丰富其批评实践。生态文学批评最终成为多学科生态思想融合的产物。

在当时的英国社会中，人们肉体上的舒适度正在逐渐攀升，然而，福斯特更加关注英国中产阶级思想上的完整、幸福与否。当他看见平静的乡村生活被喧嚣的机器和工厂代替，而传统的生活方式统统遭到破坏时，他的内心尤为伤痛。随着工业化的进一步发展，福斯特觉得一些不可替代的东西被摧毁了，英国的一部分已经死亡，就像一颗炸弹轰然落地。我不知道在精神世界里要补偿什么，因为这里的生活传统已经被毁灭。①。

科学技术的发展，催化和扩大了人类抗击世界的野心，加速了人类征服自然的进程，扩大了人类控制自然的规模，创造了人类超越自然的奇迹。但是自然真的能被人类征服吗？人与

---

① E.M.Forster,Two Cheers for Democracy[M],Mariner Books,1962: 55.

自然、与周围环境、与地球上所有生物的关系，真的是一种征服与控制的关系吗？答案可能部分隐藏在频繁发生的自然灾害中。此时，作为一门新兴学科，生态文学批评理论早已不复存在。短短几十年，它以燎原之势迅速发展，逐渐成为一种极具影响力的文学批评思潮。目前，德、英、日、韩等国都成立了文学与环境研究协会。

生态批评家从深层生态、女性生态、环境保护、对自然的描述、文学复制理论、田园诗再现、人与自然关系意识觉醒等方面探讨了人与自然的关系。工业文明对自然生态造成巨大破坏的发展趋势虽然不可能逆转，但生态批评可以与生态学等人文学科共同批判人与自然对立的世界观，它颠覆了人类中心主义征服自然、控制自然、滥用资源的意识形态，唤醒了被功利主义驱使的工具化的麻木意识，重新找寻工业文明中迷失的人与自然统一的理想。

福斯特认为，英国的乡村是所有英国人的精神家园，更是所有英国人心灵的寄居之所。他在多部小说的写作中都渗透了大量的生态思想，以此来追忆以往平静又恬淡的英国乡村时光，以及英国现代社会中那些优良的传统品质。福斯特痛恨工业化对自然生态的无情蚕食以及对人精神家园的掠夺，谴责一味追逐利益、阶级地位等商业化思维。在他的思想意识当中，商业和科学只能服务于生活，但不能高于生活。福斯特试图通过生态文学思想，唤醒深陷其中的英国中产阶级。他期望读者通过小说来深刻领悟人与人之间联系的重要性，使人们在"混乱"的现代社会中找到属于自己的秩序与和谐。这种联系是真实、温暖的社会关系，而不是尔虞我诈的商业联系。

　　有研究认为，生态文学作品的特征应该体现生态保护意识，甚至要体现生态的和谐和平衡。福斯特的文学作品不单单体现了对环境的关注，更重要的是体现了人与人之间的矛盾处理和人与自然之间的矛盾处理。例如，在《霍华德庄园》中，庄园内部的景致描写影射了玛格丽特与亨利之间逐步走向和谐的沟通过程；在《天使不敢涉足的地方》中，美丽、谦恭、天生浪漫的莉莉娅遇见了懒散的意大利青年吉诺。吉诺的行为与当时的英国人有很大不同，虽然看起来无所事事，却沿袭了意大利一贯戏剧性的浪漫、慵懒姿态，这种姿态不仅让莉莉娅心动，也让他看起来更具人情味。所以说，这种生态文学思想下人与人之间、人与自然之间的和谐，也是福斯特关心且不懈努力的目标。

七
东西方文化的冲突与碰撞

在小说《印度之行》的结尾，福斯特详细描写了阿齐兹与菲尔丁之间的友谊无法继续的种种"原因"。然而，福斯特的"联结"不能在英国人与印度人之间形成的真正原因不仅仅是种族的差异、民族传统文化的差异，还有思想上的差异。当时的英国社会虽然残存着许多传统文化的桎梏，但受过高等教育的青年知识分子都具有较强的现代思维模式。而印度在长期的殖民统治之下，文明的发展速度较慢。同时，两种文化间殖民与被殖民的不平等关系，也加剧了这种不和谐。

随着印度高级知识分子对西方现代思想学习的逐渐深入，许多有志青年认为应该改变英国与印度之间的关系。从19世纪后期开始，印度解放、独立的思潮愈演愈烈。这一切并不在英国殖民统治者的掌控之中，压迫之下的反抗远远超出了他们的预估。虽然在《印度之行》中并没有体现出文明与文明之间的剧烈对撞，但从某种意义上讲，西方文明既包含着英国传统文化，也包含着英国的现代文化。而印度文明和伊斯兰文明都包含着印度的传统文化。从根本上说，文化间的巨大差异使两种文明的冲撞不可避免。

福斯特提到过的英属印度殖民地包括现在的印度、巴基斯坦、孟加拉国和尼泊尔等。当时的印度文明普遍存在于这片土地上。在几千年演变过程中，印度文明也深受其他地区的文明的影响，这些文化信仰在这片土地上与各族人民一起繁衍生息，并代代传承。印度各民族之间文化信仰的冲突与对立是存在的，而当时的英国是世界大国，英印两国的矛盾与冲突更加尖锐，最终导致了印度局势的复杂性。之后，在西方文明的推动下，印度地区的多种文化和信仰在战争当中碰撞、融合，最终使当时的英属印度殖民地四分五裂，并形成现在的国家构成。

从人类历史的发展的角度来看，《印度之行》是政治学专著《文明冲突》的文学版本。在分析基督教与伊斯兰教发生冲突的根源时，亨廷顿指出，西方现代文明的科学技术、文学、音乐、艺术甚至政治制度等方面的主要成果，只是基督教文明演进的结果。但福斯特意识到英国传统文化和传统信仰有很多不可取之处，未必会为印度带来真正光明的前途。接受过西方现代思想教育的福斯特，并不认为英国在印度的殖民统治一定会长久。他甚至预料印度与英国之间的冲突一定会爆发，所以他才会在小说结尾留下阿齐兹与菲尔丁友谊的伏笔。当然，他没能精准预判之后的英印局势，也无法找到解决当下社会矛盾的最好办法。

在小说中，福斯特面对当时印度社会的局面，通过人物关系表达双方能够实现有效沟通和共存的愿望。这也是福斯特倡导的跨民族的"联结"观。小说开始，作者就对英国与印度之间的"联结"抱有乐观态度，希望两个国家和民族之间通过沟通和了解来实现文化的共存。小说结束时"联结"的失败可以看出，英印之间的天然鸿沟无法弥合，冲突也无法避免。由此可见，英国与印度之间的对抗不仅是思想、文化与政治的对抗，还有生命与尊严的对抗。虽然小说尽可能地规避了这些非常严肃的政治话题，但事实是英国与印度确实存在站在不同的政治视角上的对抗。例如，阿德拉对印度的态度虽然没有传统英国殖民统治者的冷漠和无情，她对人生和婚姻也有自己的见解，但她的性格当中仍具有两重性和摇摆性。她对印度人很讲礼貌，也从未有过看不起的心态，但是在自己疑似被侵犯时，她还是将错误都推到无辜的阿齐兹身上。这表现了她自我意识的觉醒，同时也体现了她虽然对印度人很友好，但是内心仍然心存芥蒂。事情水落石出之后，阿德拉并没有主动向阿齐兹道歉，这也是一种高高在上的姿态。阿德拉与阿齐兹代表着两种文化，在这两种文化相互碰撞的时候，英国文化毫无顾忌地去中伤印度文化。人和人之间也许可以凭着一丝善念平等交往，但是两种不同的民族文化却需要漫长的时间进行磨合。然而当时英国与印度的社会状况并不具备这样的条件。不出意外的是，印度人进行了强烈的反抗。即便阿德拉最后撤销了对阿齐兹的指控，但这一切不足以平息当地人的愤怒。当地印度人甚至威胁马哈默德·阿里律师要发动一场骚乱，来报复英国殖民者和法庭对阿齐兹的审判。

在这样的对抗下，小说中人物之间的关系也发生了很大的变化。年轻的印度医生阿齐兹从亲英转变为坚定的反英主义。他对菲尔丁的信任也几乎消失，两个人之间的友谊变得岌岌可危。菲尔丁先生因此心灰意冷，离开印度返回了英国。在他之前离开的还有穆尔夫人，穆尔夫人与阿齐兹的友谊也在印度人民的反抗下随之终了。小说中的印度教智者古德布尔教授的定力无人能及，但他的心态也发生了一丝变化，最终导致了他的离开。这反映了福斯特对人性和信仰宽容态度的幻灭，以及对人类"联结"未来的无比失望。令福斯特惊讶的是，由于英国与欧洲列强的冲突，印度实现了独立，但宗教与文明的冲突却导致了印度内部的分裂。以阿齐兹和马哈默德·阿里为代表的穆斯林与古德堡各走各路，建立了如今的巴基斯坦和印度。

在大部分情况下，福斯特在作品中表现出的是个人的精神诉求，如《霍华德庄园》扉页点明的"只有联结"。而《印度之行》则体现的是不同民族之间的精神诉求。虽然福斯特不信仰宗教，但在描写两种民族文化相互交融的过程当中，无可避免地会涉及些许宗教文化信仰。福斯特一方面描写了宗教文化信仰，另一方面对东西方的饮食、服饰、庆典等进行了一定笔墨的描写，这从侧面反映了东西方以及欧洲的其他国家的民族文化。这些文化更加吸引人，也更加具有趣味性，能够引发更深的跨民族文化的思考。当然，各民族间也有诸多饮食方面的禁忌。这是民族文化的一部分，源自各民族的自我标识，也是排斥"他者"的手段之一。这表现了东西方民族之间的排斥，或者说穆斯林、欧洲人和印度教徒在思想、信仰、文化方面的互不相容。

小说中固然体现了殖民与被殖民之间的利益冲突，这是由于印度和英国两种不同的信仰和生活方式的巨大差异引起的。

正如汉廷顿指出的，现代社会中各个角落的人们之间的距离在缩短，因此思想和意识上的不同，甚至是文化和信仰生活方式的不同都会引起冲突。这样的冲突在理论上是可以避免的，在现实生活中却难以消除。这不仅仅是国家利益上的冲突，更是人心的相斥。

托马斯·莫尔的《乌托邦》描绘了人人平等、人人幸福的"天堂"，也成了福斯特心中的理想居所。这样的人间仙境也使福斯特重新审视了自己的信仰，这对他的文学创作有着很深的影响。他的作品中带有浓郁的理想主义，这样的理想主义色彩更能突显社会中淡薄的人情和冷漠的人际关系。

福斯特的好友 D. H. 劳伦斯

V. 沃尔夫

第五章
福斯特作品中的人物形象

一

不同类型的女性形象

福斯特的作品始终渗透着对人性的深邃理解和高度关注，他更倾向于从哲学的角度去审视和透视人性、揭示真理，通过深刻的思考和丰富的体验，形成自己独特的观点和思想。正如前文所说，在福斯特的思想意识里，人性有光辉的一面，也有灰暗的一面。福斯特通过对人物的性格特点和心理活动、行为变化等进行的全面分析和细致刻画，使我们看到了不同社会价值取向的女性在面对当时的英国社会时所表现出的不同态度，也让我们看到了幻想中的世界和打破了种族、文化障碍的友情。由于创作时期的特殊性，福斯特的长篇小说几乎都反映出当时英国社会中上层阶级精神方面的狭隘与思想上的贫瘠，且每部作品中的主人公都具有强烈的反抗意识，试图挣脱传统的束缚与压迫，并通过自己的努力最终求得个人的解放。

福斯特擅长剖析人物心理，并对人物进行深入和复杂的探索，这为整部小说中人物关系的架构提供了充分的基础，通过人物、剧情的一步步铺垫，使小说所要表达的自由、平等的现代主义精神和人道主义精神，为读者所感知。福斯特作品中的许多经典人物形象，是构建整个小说故事情节不可或缺的因素。

在当时的背景下，即便某些女性具有非常优秀的品行和性格但仍然没有任何社会地位可言，仍然属于弱势群体的范畴。即使几乎无从选择，她们也时刻保持着积极向上的心态和人性中最初的善良，以及对爱情等一切美好事物的向往。福斯特将这些美好的女性形象塑造出来，为那个并不美好的时代添上了一抹亮色，也寄托了自己对美好的期盼。

在福斯特看来，人性本身有其复杂性，任何事物或者任何人都没有绝对的善恶，而是善与恶相互交织。所以他的作品体现的是对善意的弘扬和对恶意的压制。小说中固然有可恶的人，但也会出现让人感觉到温暖的人，能够在善恶面前做出勇敢选择的人。

正是这些"特别"的人，让我们在现实生活中里感受到一丝丝的暖意，也让我们知道在这个世界中不是只有一种生活方式可以选择。从福斯特的小说中我们可以看到，很多女性为了挣脱束缚自己的"牢笼"和打烂身上的"枷锁"，付出了全部的努力。虽然最终的结果无法预计，但是她们能够迈出这一步，已经是极其勇敢的了。她们的举动唤醒了被压抑和禁锢的心灵，为自己重新赢得了自由的人生。

福斯特小说的创作时间与我们的时代有一定距离，但他所描写的人际关系、敢于反抗传统思想的精神，不仅对当时人们形成现代思想有一定帮助，而且对于当代社会的发展以及良好人际关系的形成具有重要的借鉴意义。

（一）自命清高却麻木不仁的女性形象

自命清高却麻木不仁的女性是福斯特笔下的第一类女性。这一类人物大多是老一辈的女性形象，包括特尔顿太太、霍尼丘奇太太、哈里特以及她的母亲赫林顿太太等。对于这些人物，福斯特在小说中一直持批判态度，描写了她们性格中精神匮乏、狭隘、虚伪、做作、不真实等弱点。小说《天使不敢涉足的地方》中就有很多类似的女性。傲慢、狭隘的赫林顿夫人是典型的代表人物。她认为自己的儿媳去意大利旅行、与意大利青年相爱是非常有损英国中产阶级体面的事情。因此，她冷漠地派自己的儿子和女儿去意大利将儿媳莉莉娅带回英国。她的此种举动并非为儿媳莉莉娅考虑，只是因为儿媳的所作所为让自己丢脸。这样冷漠的心态，使得她最后得知儿子与女儿没有完成她交代的任务时，表现得非常气愤。赫林顿夫人不仅坑弄权术，而且十分虚伪，她内心十分讨厌吉诺与莉莉娅的孩子，但不得不表现出很关心、很在意的样子。为表现自己虚假的同情心，装作"好心"收养了吉诺与莉莉娅的儿子，但她的冷酷最终使这个幼小的孩子夭折了。

《天使不敢涉足的地方》是以20世纪初作为时代背景，以英国与意大利作为两种不同文化背景，创作的关于自由和爱情的故事。莉莉娅因为寡居多年，同时不堪婆婆赫林顿夫人的轻视，最终选择去意大利旅行。她在旅行途中遇到了热情、爽朗的意大利青年吉诺。在与吉诺交往的过程中，莉莉娅感受到了真正的爱，也感受到了真正的自由。因此，莉莉娅选择与吉诺成婚并定居意大利。刻薄、傲慢的赫林顿夫人看到自己的儿媳与牙医的儿子相爱并结婚，同时儿女们纷纷叛离英国中产阶级的身份，她心中早已怒火冲天。不过顾及自己中产阶级的身份，她不得不强行压制自己的愤怒。赫林顿夫人如此傲慢、狭隘、刻薄、虚伪、麻木不仁，实在是当时英国中产阶级人性丑恶面的最典型代表。

《看得见风景的房间》也同样描写了一位内心麻木却又自命清高的女性——霍尼丘奇太太。霍尼丘奇太太的虚伪程度与赫林顿夫人相比有过之而无不及。她明明知道女儿对来自社会底层的乔治有好感，却装作对此一无所知，希望同样是英国中产阶级出身的塞尔西做自己的女婿。唯一的原因就是塞尔西的母亲维斯太太很有钱，又有许多重要的社会关系，女儿露西嫁给他会很有面子，对自己家庭的地位也有巩固作用。而出身于社会底层的乔治，即便是再热情、真诚、年轻有为，在霍尼丘奇太太眼里也是逊色于塞尔西的。虽然她知道女儿并不喜欢塞尔西，甚至她自己也认为塞尔西十分虚伪，但她还是要女儿露西与塞尔西成婚。在霍尼丘奇夫人看来，英国中产阶级的地位远胜于女儿一生的幸福。

（二）先天不足但后天努力的女性形象

第二类女性可以概括为先天性发育不良，但逐渐觉醒的女性形象。她们是福斯特希望的寄托，福斯特希望，通过这样的女性，这颗发育不良的心会逐渐得到治疗。这种情况在福斯特的许多作品中都有体现。福斯特在《英国性格琐谈》中，强调英国是一个怯懦的国家。虽然英国人有强壮的体魄和发达的心智，但他们的心灵并没有得到完全进化。福斯特在小说《天使不敢涉足的地方》中就描写了这种形象的代表人物——卡洛琳。不可否认的是，卡洛琳是一个非常善良的女孩儿，她在整部小说中一直非常坚定地鼓励莉莉娅去寻求新的生活。可能因为她自己也是在这样的束缚下度过了自己的青春，所以她希望嫂子莉莉娅能够寻找到真正的幸福，不要走自己的老路。就连她那个刻薄又虚伪的母亲赫林顿夫人，都不住地夸赞她，甚至认为任何人同卡洛琳·艾博特一起生活三个月，都会变好的。

　　然而赫林顿夫人不知道的是，正是卡洛琳的鼓励才促成了莉莉娅与吉诺的婚姻。这不仅是因为卡洛琳的善良，更是因为卡洛琳在接触意大利的自由与爱时深受震撼：她认为吉诺虽然粗犷、鲁莽，也没有丰厚的物质基础和社会地位，但他对于孩子的爱毋庸置疑，这让她对以往的生活进行了反思。最后，卡洛琳不仅爱上了意大利的自由与爱，同时也爱上了热情、真实的吉诺。虽然她表面上"文静""和蔼可亲""小心翼翼"，但她是福斯特笔下的"女探险家"，她心中对吉诺有爱却不曾表达，只是极力促成莉莉娅与吉诺的婚事。由此可见，卡洛琳善良、乐于助人，还十分勇敢。她勇敢地帮助嫂子莉莉娅追逐自己的爱情和自由，也懂得退让，让真正相爱的人结婚。在意大利的经历促使卡洛琳人性觉醒，她的所作所为也是对自由和爱的追求，是对英国资产阶级体制束缚的一种抗争。

《看得见风景的房间》中的夏洛蒂也是英国中产阶级的典型代表人物之一。在小说情节的推进过程中，夏洛蒂对露西与乔治的爱情的态度逐步发生改变。起初，夏洛蒂刻板的规矩让露西感到厌烦，当乔治与露西在紫罗兰花园中第一次接吻时，夏洛蒂也前来"搞破坏"。虽然夏洛蒂的形象看起来与那些刻板、保守的英国中产阶级女性并无区别，但夏洛蒂的心是柔软的。在她看来，她的一切做法都是在保护露西，因为她知道，女子的清誉有时甚至比生命更重要。所以，夏洛蒂才及时制止乔治接近露西。其实，夏洛蒂也是被英国传统文化束缚住的女子，也有一颗向往自由的心，只是被生生压制住了。她日常生活中表现出来的那颗被束缚住的心，并非她的本心。小说最后，夏洛蒂逐渐被乔治与露西的爱情感动，想方设法为乔治与露西的和好提供机会。总之，夏洛蒂和卡洛琳都是身陷困境，却保持着对自由与爱的向往之情的女性形象，她们看似"循规蹈矩"，其实都很有自己的主张，颇有一种出"淤泥而不染"的气质。

（三）知识渊博且聪明年轻的女性形象

有一类知识渊博、聪明伶俐的女性，也是福斯特在作品中经常提及的。在描写此类女性时，福斯特的笔端充满了爱和尊重。她们不仅年轻漂亮，而且聪明、智慧、好学。可贵的是，她们善于思考自己的社会关系和社会角色，追求自身生命的价值和意义。《霍华德庄园》中的玛格丽特和《印度之行》中阿德拉正是这类女性的代表。

《霍华德庄园》中的玛格丽特是一个知识渊博、勤奋努力的女性形象，同时担负着整部小说的"联结"任务——毕竟最终的"联结"通过玛格丽特的努力才得以实现。玛格丽特能够实现"联结"得益于她思想上的成熟。首先，她对不同阶级地位的人有着相同的态度。她热情并富有包容心，并愿意将这份热情带给其他人，也愿意用包容心去体谅别人，这最终促使她和亨利"联结"式婚姻的胜利。其次，玛格丽特有很好的自省能力，她十分清醒地看到了自己的弱点和优势，因此她找到了"联结"的关键。她对于小说中亨利一类的"生意人"有着感恩和敬仰的心，她知道正是因为这些人的不断努力，她才能获得当下的生活状态。因而她主张主动理解这些"生意人"，而不是盲目仰慕或者从精神世界鄙视他们。她认为世界需要用一种公平的态度去对待他们。当然，对亨利的缺点玛格丽特并不是视而不见，她希望通过努力来填补亨利精神世界的空白，通过与亨利的婚姻或者说是"联结"来实现自己对美好生活的向往。可以说，玛格丽特是非常聪明的一类女性，她有良好的教育基础，也有对自身和社会现状的深刻思考和理解，可以根据自身的实际情况做出正确的判断。虽然玛格丽特的做法没有得到妹妹海伦的认可，但玛格丽特追求的"联结"获得了成功。

　　相对于有着丰富社会经验的玛格丽特，《印度之行》中阿德拉小姐则是一个初入社会的单纯女孩儿。她虽然没有过多的社会经验，却有着一片赤子心，又十分聪慧。这些性格特点也导致了她后来因为一时头脑混乱而伤害了其他人，但她会在经历重大事情之后尽快做出思考，并且坦率承认自己的错误。她在进入马拉巴山洞之后，怀疑自己受到了性侵犯。对此她没有犹豫，而是勇敢地说了出来。但她在冷静下来后也会反思自己。当意识到一切都是幻觉之后，她勇敢地站出来承认并纠正自己的错误。很难想象，在对女性有诸多束缚的英国传统文化下，阿德拉可以独立、坦率地凭借自己受到的"伤害"来指责别人，在认识到自己的错误时也能够及时纠正。后来，阿德拉毅然选择回到祖国，即便是面对孤独的回程和仆人遭受到恐吓与诱惑，她也没有惧怕和退却。回国后，她在穆尔夫人精神的鼓舞下，准备在英国发展一项长期的事业，使自己能够真正做到自力更生，实现经济上和思想上的独立，同时帮助需要帮助的人。这样的选择使她不仅能够面对新的生活，也可以在未来的生活里真正主宰自己的人生。

（四）宽容又仁慈的女性形象

穆尔夫人在福斯特的所有中年女性形象中，是最为特别的一位。她没有传统英国中产阶级女性固有的刻薄和虚荣，相反，她是一个极好相处的女人。她信奉基督教，是一个带有神秘主义色彩的基督教人道主义者。因此，她也具有基督教智慧、敏感、宽容和仁爱的特点，因而成了福特斯心目中标准的女性形象之一。到达印度后，穆尔夫人看到儿子朗尼对印度人的恶劣态度和行为后，对他进行了严厉批评和教育。穆尔夫人积极、友好地与印度人相处，希望自己的所作所为可以影响到朗尼，促使他摆脱对印度民族的偏见。因此她产生了与儿媳阿德拉小姐一起游历印度的想法，希望通过旅行与印度人展开交流和互动，在旅途中，她与印度医生阿齐兹建立起了深厚的友谊。在审判阿齐兹的法庭上，她拿出了自己诚实守信的做人理念，坚决不做任何伪证。在穆尔夫人的意识里，"英国人来这里态度应该是友好的、令人愉快的，因为印度是世界的一部分。上帝让我们出生在这个世界，是为了让我们和谐而幸福地生活。上帝就是爱，上帝让我们去爱这个世界上的人，并把这种爱变成实际行动"。①她将这种"纯真的人性之爱"融入实际行动中，即使后果是离开印度回到英国，她也从没有做出任何有违良心的事情。穆尔夫人表现出一种宽厚的善良和仁爱精神，她的社会经历也让她对于人生中的一切事物都有自己深刻、透彻的理解。

（五）敢于接受爱、付出爱的女性形象

福斯特认为，人性中有三个永久性的特征，那就是"恐惧、爱、自由"。在他看来，人并非生来就是自由的，相反，恐惧是与生俱来的，人害怕失去，也害怕种种未知的危险。这种恐惧表现在生活中就是选择群居的生活方式来抵御危险和孤单。人很害怕与其他人不同，因为这意味着有可能会让人觉得自己是"异类"。对传统文化背景下的女性来说，与其他人不同更

① E. M. Forster, *A Passage to India* [M], New York: Harcourt, Brace Jovanovich, 1984: 39.

是一件令人无法想象的事情。从古至今，女性的形象、生活方式、人生轨迹已经有了太多的束缚，人们似乎都忘了女性也是人，可以选择过自己想要的人生。

福斯特所处时代的女性，对于婚姻的选择具有很大的局限性。她们不可以选择与她们阶级地位不同的男性，否则，一定会被认为是"错误的"。这使得《看得见风景的房间》的露西和夏洛蒂以及《永恒的时刻》中拉比小姐在面对爱情时都选择了传统意义上的女性的可选项。这样的做法虽然符合社会传统，却不符合她们的内心。相比之下，露西在夏洛蒂等一众善良、懂爱的人的帮助下，大胆接受了来自另一阶层的乔治的爱，并且通过为世俗所不容的爱情驱散了自己内心的恐惧，获得了自由和幸福。夏洛蒂和拉比小姐则因为没有选择爱情而抱憾终生。拉比小姐终身都在怀念那年自己被求爱的瞬间，在二十年之后故地重游时，她发现即便心中保留着对爱最初的幻想，却早已时过境迁。所以，她终身未嫁。夏洛蒂也因为拒绝了爱情而一直没有获得幸福的可能。也许她看到露西与乔治相爱会动容，甚至可能后悔，但一切为时已晚。

为爱付出的还有《霍华德庄园》里的玛格丽特·施莱格尔。她一直倡导人与人之间的"联结"，并且用真诚的心去爱亨利。故事结尾，她用爱接纳了妹妹的私生子。从爱的角度来看，玛格丽特有和亨利之间情人的爱，也有和妹妹之间亲情的爱。正因为拥有博爱之心，她看起来才如此的完美。

二

幻想世界中的人

福斯特的小说继承了英国风俗小说的传统，同时也体现20世纪初英国中产阶级最真实的思想意识形态，因而在他的作品中经常可以找到幽默且略带嘲讽的语言。在他的短篇小说当中，这种嘲讽性的口吻随处可见。与他的长篇小说不同的是，他的短篇小说受希腊神话影响较深，往往具有很多神秘色彩和寓言化的形式。同时，短篇小说在对主人公的塑造方面也与长篇小说有很多不同。短篇小说中的主人公往往崇拜自然、向往自然，能够看到常人所不能看到的美好。这反映了福斯特所要表达的主题，那就是只有在人没有成为被误导的青年时，按照自己的本来面目与宇宙万物建立关系，而不是通过人为的屏障去交流，才能真正拥有丰富和谐的生活。

在福斯特的奇幻短篇小说中，有一些逃避现实的消极倾向，其目的是为那些心性善良的主人公们寻求一个美好的精神世界。诚然，幻想世界的本质的就是超出现实世界的想象，没有现实世界的限制。这在很多人眼中是一种孩子般的想入非非，实际上福斯特是期望在幻想的世界当中为现实问题寻求一种新的解决方式。

这个幻想世界里，有和新朋友一起飞向天国的安德鲁斯先生以及和自然无法分割的"自然的宠儿"。他们在现实生活中没有办法存放情感，却可以在幻想的世界里自由飞翔。他们是独特的，更是幸运的，因为他们在幻想世界中获得了现实世界没有办法给予的快乐与自由。福斯特借幻想世界的旅行，将旅游叙事和以成长主题为核心的旅游作为隐喻，并在作品中反复出现，通过场所精神和跨文化交流的反衬，揭示了英国所处的状况。从某种意义上讲，福斯特短篇小说与长篇小说所表达的主题基本相同，但幻想世界的独特性会使人物形象的特点更加鲜明。这些人物在自然中领悟生命的真谛，又通过与自然的接触，促成人与自然的"联结"。这种"联结"是非现实的、充满奇幻色彩的，印证了"联结"在现实世界中的艰难境况。

福斯特的短篇小说基本上都是以幻想世界作为背景的，《永恒的时刻》除外。尽管如此，《永恒的时刻》中的主人公拉比小姐似乎也置身于幻想世界之中。她在二十年后重游意大利时，向曾经对她表白的当地向导询问，当年对她的表白是否出于真心。这时，读者可以体会到时过境迁的悲凉。所以说，拉比小姐虽然身处现实世界，但她的内心时时刻刻处于幻想之中。她怀念着当时的情景，却忘记了二十年的时间足够摧毁一个人的天真与热情。

（一）一起飞向天国的人

《安德鲁斯先生》在福斯特的短篇小说中非常具有代表性。

这篇小说想象力丰富,代表了福斯特在短篇小说领域内的成就。两位主人公结伴而行,看过了许多风景,遇到了不同类型的人,也体会到了不同文化和信仰之间巨大的差别。小说讲述了一个非常有趣的幻想故事。对于已经死去的安德鲁斯先生来说,这时重要的事情就是到达天国。因为这是他从自己的信仰中得知的人的最终结局。在飞向天国的过程中,他遇到了一个拥有其他信仰的土耳其人。在现实生活中,安德鲁斯先生和这个土耳其人也许在思想上有很多不同,但在同是灵魂的情况下,两人相处得非常愉快。因为信仰上的巨大差异,两人都很担心对方能否进入天国。因此,他们都尽力用各自的信仰祈祷神明保佑对方与自己一同进入天国。

在很多人看来,进入天国是一个非常完美的结局,对于福斯特来说并非如此。这体现了前文已经阐述过的他对信仰的质疑。基于这个原因,福斯特没有给小说一个俗套的结局,例如两人同时飞向天国、完成心愿,等等,而是将所有的笔墨都集中在两个人之间的交往和前往天国的旅程当中。可以肯定的是,这种情况在现实生活中是不可能存在的。虽然《印度之行》中的阿齐兹和菲尔丁之间也存在着跨越种族与文化的友谊,这两个人身处现实世界当中,虽然彼此之间非常信任,但两种文化之间的巨大隔阂以及不对等的阶级地位等因素,让两人的友谊几度陷入僵局。写完这部小说的十多年后,福斯特在一次演讲中曾提到,20 世纪初的人际关系已经被提升到政治高度。相信只要人际关系问题解决了,文明进程中遇到的其他问题自然而然会迎刃而解。“现在看来,我的当时的认识真的很肤浅。”

两个人之间的关系容易解决，但是两个国家、两个民族，甚至两种文化之间存在的巨大差异和隔阂很难消除。所以，阿齐兹和菲尔丁之间的友谊最终难以修成正果。

安德鲁斯先生与这名土耳其人之间的友谊，因为两者之间都是灵魂形态，所以没有受到现实生活和其他人的影响，两个人能以非常平等、真诚的信念去交往。从这个意义上说，小说中的安德鲁斯先生就是福斯特本人的化身。福斯特对于宗教的观念，也是从最初虔诚而忠实的信仰逐渐产生怀疑的。尤其在进入剑桥学习后，福斯特受到了多种思想和文化的熏陶，对于信仰的质疑也愈发强烈，其结果就是将它们统统摒弃。由此看来，《安德鲁斯先生》与其说讲述的是安德鲁斯先生和那名土耳其人信仰的变化，不如说是福斯特信仰发生变化的全记录。

《安德鲁斯先生》将世俗中的很多因素刨除，只留下人与人之间最基本的信任和友爱，这促使两人在平等、和谐的世界中构建了真挚的友谊。故事中闪烁着非常令人感动的人性光芒，比如说，互相信任的两人为对方做了最真诚的祈祷。这对只信仰本派别宗教的人来说确实是无法完成的任务，但他们做到了。有趣的是，在进入天国后，他们发现天国根本不是想象的样子，虽然在这里每个人都得到了他们想要得到的，但他们的内心并不快乐。

我们通过安德鲁斯先生的眼睛，看到了幻想世界中的天国，也印证了福斯特对于信仰方面的所有质疑。即便安德鲁斯先生与那位土耳其人的信仰不同，两人最终还是进入到共同的天国，这说明信仰和信仰之间没有任何差别。这种结果颠覆了安德鲁斯先生对于信仰的认识，他开始对传统的信仰产生怀疑。当然，不仅仅是安德鲁斯先生，他的新朋友也对此产生了怀疑。在小说中，福斯特颠覆传统地表达了个人对信仰的看法。《安德鲁斯先生》中的两人虽然如愿以偿地进入天国，但正是由于这个过程如此轻松，才让人体会到天国的无趣和乏味。在这里，凡是如安德鲁斯先生一般信仰的人，都会得到用柔软的窗帘做成的白色长袍和用黄金制成的竖琴。一个有土耳其信仰的人会拥有《古兰经》中预言的美人。每个人都是这样，无一例外。

"乌托邦"似的终极乐园将一切都设定好了，什么都有，反而让人失去了努力带来的喜悦。所以，这里的人都不快乐。一切固定式的设定让这里不再存在探索的意义。没有探索、没有努力，这不仅对于现实生活中的人来说非常可怕，在福斯特所构建的幻想世界里也同样令人生畏。所以安德鲁斯先生与那位土耳其人再次相遇后，他们毅然离开天国，重新回到"世界灵魂"之中。这是两个人对信仰的妥协。他们曾经度过了完全不同的人生，但是他们在前往天国的过程中寻找到了生命的真谛。他们消除了彼此间文化、信仰的差异，灵魂得到了完美的契合。

在这篇小说中，福斯特歌颂的是真正的友谊，而不是两种文化。两个人离开天国这片安乐的净土，保存着心中的友爱和智慧，投身到未知的茫茫宇宙中，一同面对困难、反抗世俗的偏见，重新经历人世的困苦与压力。福斯特将"联结"观带到幻想世界中并最终成功了。当然，这样的"联结"只能在幻想世界中存在。安德鲁斯先生与那位土耳其人之间的友爱、和谐的关系，也是福斯特向往的人际关系。福斯特曾经在《安德鲁斯先生》中提出了解决社会变革问题的方法，就是说，只有照顾好自己，才能推动历史的不断进步，在现实世界中创造"天堂"。

（二）"自然的宠儿"

福斯特创作短篇小说时，多采用"奇想"（fantasy）的形式进行创作。他"把神、鬼、天使、猴、怪兽、矮人、女巫引入日常生活；或者把普通人引入无人之境，进入未来、过去、地球内部、第四维空间；或者将人格分离；最后一种方法是模仿或改编"。[①]最终，他开辟出与长篇小说截然不同的创作思路。这些"奇想"形式的短篇小说体现的依然是英国资产阶级的弊端。相较于长篇小说中塑造的英国中产阶级的中流砥柱形象，这些被社会主流阶层所排除的普通人，依然保持着孩童般的纯真和善良，他们向往自然，最终也走向自然，逃离俗世的喧扰，成为福斯特心中"自然的宠儿"。

这些短篇小说中的许多人物都给读者留下了深刻的印象：《惊恐记》中逃离狭小的石墙房间，进入到大自然的十四岁少年尤斯塔斯；《另类王国》中不受驯服最终消失在山毛榉小树林的爱尔兰少女博蒙特·伊夫林；《始于科娄纳斯的路》中在一处树穴内领悟到生活真谛的英国老人卢卡斯；文学阅读经验

[①] E.M.Forster, *The Hill of Devi and Other Writings. ed. Elizabeth Heine* [M], London: Edward Arnold (Publishers) Ltd., 1983; 45.

不多、却能感受到天上所有美好事物的《天国驿车》里的无名男孩；在《助理牧师的朋友》里遇到牧神的牧师哈里，等等。这些人物当中没有一个人被英国传统社会认同，因为他们或多或少都有这样或那样的小毛病：幼小、年老或来自异域。总之，他们都是与英国中产阶级完全不同的人。

1. 前往"另一个世界"的尤斯塔斯

《惊恐记》中的尤斯塔斯有着苍白、不健壮、害怕游泳的身体，在小说的叙事者"我"看来完全不合格，是未经过公学制度"打磨"的"粗糙品"。而懒惰、随意、不遵守纪律的性格，更认证了尤斯塔是"一个被宠坏的男孩"，缺乏真正的纪律与约束。即便在这个远离英国的意大利古镇上，也有由集聚在此的英国人形成的"英国文化圈"。这些"英国文化圈"中的"英国绅士"们看到如此"糟糕"的尤斯塔斯，都会忍不住想要管教他一番，使他能够成为一名真正的"英国绅士"。

小说中的"我"即泰特勒先生和助理牧师桑德巴赫先生以及自诩为画家的莱来先生，对尤斯塔斯的要求都是基于传统英国中产阶级和公学制度思想的。"我们"理所当然地认为"我们"所做的一切都是对的，即便是怒指侍者热内罗是"意大利的穷渔民"，并使用十里拉的钞票命令热内罗将出逃的尤斯塔斯找回。因为"我"认为尤斯塔斯虽然是未经过公学制度"打磨"的"粗糙品"，但也是"年轻的英国绅士"，所以"贪婪的意大利南方人"必须将他找回。然而，即便"我"提出这种具有偏见性的无理要求，在场的人没有一个反对，因为"我们"都是英国人，都是"英国中产阶级的一员"，所以我们可以站在意大利人的对立面，指责他们"卑微"的出身，恶意诽谤他们对金钱的贪婪。这使得"我们"这些英国中产阶级与意大利人之间的隔阂逐渐加深。与"我们"不同的是，14岁的尤斯塔斯依然童心未泯，能够与意大利侍者热内罗平等亲密地交流。尤斯塔斯没有英国中产阶级的偏见，根本不屑于成为"我们"眼中的"英国绅士"。当然，在福斯特的眼中，尤斯塔斯具有率真的性格特点，

是因为他还没有英国人稳固、谨慎、富有效率、缺乏想象力、伪善等国民特点，这是他最终能够融入自然的基础条件。在与大家一起面对自然时，他能够感受到别人感受不到的欣喜与平静，能够从栗树林里获得成长的力量，最终成为一个真正的男孩。

英国中产阶级的传统思想极其腐朽，满脑子保守观点的英国人因为感受不到自然的美好，才会从野餐（picnic）时的欣喜转变为惊恐（panic），才会声称这些美好的风景"根本不能入画"。自诩为画家的莱来在众人面前夸夸其谈道，"这座小山在天空的衬托下太垂直了，需要做些改变。从我们的立场来看，整个景观都是不成比例的。而且，颜色也很单调"。一行人当中只有尤斯塔斯看到了自然的美好，欣赏到了自然的树木、山峦、星星和流水。英国少年尤斯塔斯做出的是一种被动的选择。在野餐过程中当人们感到惊恐时，人的本能反应应该是落荒而逃。但这些英国中产阶级们又怎么会在众人面前承认自己的弱小呢？他们只能用自我欺骗的方式来保持颜面。因此，他们才会记恨尤斯塔斯，因为他的不一样使他们显得格外懦弱。当尤斯塔斯表现出镇定姿态，看到他们惊慌失措的样子的时候，

他们对他的记恨已经无以复加了。故事最后，这位英国少年消失在晨光熹微的卡罗佐喷泉谷的树林中，意大利南部的海滨小镇拉韦洛和大海形成了一个"另一个世界"，让读者身临其境。

虽然这样的结局看似非常美好，实际上，我们看到的是尤斯塔斯被迫离开人类文明、回归自然的情景。这对于十四岁的尤斯塔斯来说，是一个不得已的选择。因为他与其他人不一样，所以他要被迫选择离开。但福斯特还是希望尤斯塔斯在幻想世界当中有个不一样的未来，就像小说结尾描写的那样。也许在幻想世界中这是一个逃离传统势力的最好办法。但遗憾的是，现实生活中的尤斯塔斯并没有退路。

2. 野性未驯的"小精灵"

《另类王国》中极端漂亮也极端可笑的"小精灵"伊夫林，既没有钱和社会关系，也没有显赫的家世，但她有一个富足的英国实业家未婚夫。对于"一无所有"的伊夫林来说，这是一个并不对等，而且处于绝对劣势地位的男女关系。但这个来自爱尔兰的女孩未曾去取悦甚至讨好她的未婚夫哈考特。相反，她的未婚夫哈考特总是在计较他这个"小新娘"能否在某一天被驯服，并且会"成千百倍地回报他"。然而，即便伊夫林一无所有、所知甚少，却拥有对自然和古希腊罗马文学的热情。她努力学习希腊文和拉丁文，却遭到了未婚夫哈卡特的禁止；她反对未婚夫哈卡特为小树林建栅栏，但未婚夫哈卡特充耳不闻、一意孤行；她想要融入自然，融入古希腊罗马文学世界，却因为自己缺乏对人生的掌控能力，导致她的反抗与拒绝是那样的苍白无力。 随着哈卡特为小树林建了栅栏、桥梁，修了柏油路，伊夫林也与她的另类王国失去了联系。最后，伊夫林在自己的歌声和舞蹈中，慢慢地奔向自己的另类王国，并消失在其中，成为这个王国的一部分。

伊夫林消失在树林后，哈卡特对伊夫林的驯服计划落空，最终彻底失去了伊夫林，也彻底失去了这份私有财产。福斯特用一种浪漫的悲剧方式使伊夫林逃离了哈考特的占有与掌控。小说结尾处指出："她（伊夫琳）绝对从你身边逃走了。只要世界上还有枝丫遮蔽人类，她就会永远地逃离你。"①这是伊夫林的决绝，也是伊夫林在幻想世界中获得自由的唯一办法。与《惊恐记》相像的是，主人公通过逃往自然世界来寻求解决问题的办法。但同样，这在幻想世界中能够行得通，在现实生活里却无法付诸行动。

3. 被"治愈"的英国老者

短篇小说《始于科娄纳斯的路》中的卢卡斯先生是一位逐渐衰老的英国老人，他开始对一切失去兴趣，任何新鲜的事物在他面前都没有丝毫意义。然而就是这样一位普通老人，在旅行中发现了一处神奇的树穴。老人在古老的空心梧桐树周围探索自然世界的意义，感受到了和谐与辉煌，懂得了人的灵魂的

---

① [英] 爱·摩·福斯特. 福斯特短篇小说集 [M]. 谷启楠译, 北京: 人民文学出版社, 2009: 23.

回归和生命的真谛，"不仅找到了希腊，而且找到了英国和整个世界，找到了生命"。①卢卡斯先生被与自然"联结"的独特感觉深深震撼了，然而这种在幻想世界中超自然的"联结"体验，并非人人能够感受到。女儿埃塞尔对此毫无感觉，"他们受不了，他们的热情是肤浅而平庸、忽冷忽热的。他们没有注意到在他们周围流动的自我认同之美。"②

当埃塞尔得知卢卡斯先生要留在这里生活时，她极力反对。卢卡斯先生发现他没有办法融入这群结伴旅行的英国人中，他与这些英国人之间的裂痕随之产生。同行的所有人都不能理解他。女儿埃塞尔不理解他的想法，也不理解他的做法，她觉得父亲年事已高，已经不能够独自旅行，而应该回家。她不顾父亲想要留在那里的强烈愿望，将他带回了英国。很快，埃塞尔得知他父亲想住的旅馆在他们离开的当晚被一棵大树压坏了。旅馆里的人都无一幸免。埃塞尔认为是她帮助父亲逃离了一场灾难，因此更坚信父亲已年老无能。然而她不知道，在发现那个树洞前，父亲卢卡斯还是一位感觉迟钝的英国老人，他一边忧虑着逐渐衰老的身体和精神，一边试图占有自然并对动物施暴。但进入树洞后，他被空树洞之中的泉水彻底"治愈"了。他不再恐惧衰老，他的精神也不再麻木。正当他要留下来度过余生时，却被女儿埃塞尔强行带回了英国。埃塞尔虽然给了卢

① [英] 爱·摩·福斯特. 福斯特短篇小说集 [M]. 谷启楠译, 北京: 人民文学出版社, 2009: 26.

② [英] 爱·摩·福斯特. 福斯特短篇小说集 [M]. 谷启楠译, 北京: 人民文学出版社, 2009: 42.

卡斯先生优渥的物质生活，"她很无私，很了解家人。人们普遍认为她会把一生献给父亲，作为他晚年的安慰"，①但是她不懂得尊重卢卡斯先生的精神世界，只是一味将自己的想法强注于父亲的头脑里。

这样的父女关系怎么能够平等？这样不平等的关系也让他们无法理解对方的内心世界。没有办法反抗的卢卡斯先生只能回到英国，他的"治愈"过程在离开普拉塔尼斯特时中止，他在希腊悬铃木树洞的遭遇仿佛只是一闪而过的光，早已消失不见。他只能继续面对刺耳的门铃声、每天从早上起就不间断的鸟鸣声、附近猫猫狗狗的吼吠声、凌晨三点的小流氓的歌声、水管里不断流动的水声等无聊又惹人厌烦的声音。这些嘈杂的声音也让他夜夜失眠。生活没有一丝的趣味，他又慢慢地变成了原来那位麻木迟钝的英国老人，沉浸在对周遭的声音的厌倦情绪中。尽管在希腊时他还深信自己再也离不开纯净泉水的音乐，尽管他在树洞中曾对生活充满向往，但现在他能做的，只有对周围环境无休止的抱怨。

卢卡斯先生在女儿埃塞尔的眼中已然年老，这也代表着他在英国中产阶级中已经"年老"。他不再有活力，也不会再创造社会价值，因此他的精神世界不再需要被人关注和尊重。尽管被空树洞中泉水"治愈"的卢卡斯先生恢复了活力，但女儿埃塞尔的一意孤行，使卢卡斯先生只能又屈服于世俗社会，与

---

① [英] 爱·摩·福斯特.福斯特短篇小说集 [M].谷启楠译,北京：人民文学出版社，2009：50.

自由与活力失之交臂。世界上最大的悲哀莫过于此，难怪他重归死寂。这种"疗愈"就像现代的俄狄浦斯式悲剧，人与人、人与自然、人与社会之间的"联结"都只是短暂的，而后依然如故。

在现实生活中，我们不会遇到卢卡斯先生的奇遇，但是在某种情况下，无数个年老的"卢卡斯先生"可能会陷入同样的境地之中。被子女悉心供养，却不能朝自己向往的生活。子女们因为"卢卡斯先生"的衰老，开始禁止他做选择，陈旧、僵化、年老是"卢卡斯先生"的标签，他最后被困在"衰老"中。不能做出选择的"卢卡斯先生"慢慢失去探索外在新鲜事物的兴趣，开始觉得人与人、人与自然、人与社会之间的交流和沟通毫无意义。他只能每天听着令人厌烦的声音，咒骂着生活的无趣和压抑，然后夜不能寐。《始于科娄纳斯的路》里的卢卡斯先生代表了人与自然全然分裂的状态，福斯特借这个人物，将受困于"牢笼"的人的必然结局呈现了出来。

4.可以抵达美好天国的小男孩

短篇小说《天国驿车》中的小男孩儿之所以能够看到美丽的天国，是因为他从来就没有将文学当成一种资本来炫耀，他的心里只有对文学的纯粹喜爱，以及对天国的向往。在他的幻想世界中，天国真的存在，那些已故的著名文学大师，会驾驶着前往天国的列车，把真正喜爱文学的人带到那里。虽然这个小男孩儿并不知道谁是但丁，也不知道谁是托马斯·布朗爵士，但他真心喜爱文学。但邦兹先生教导他要成为一个有教养的人，

"时间不应该浪费在阿甘夫人或汤姆·琼斯身上，但荷马、莎士比亚和但丁的作品完全可以满足他。"①他还提醒他说："我们到了天国，请不要让我蒙羞，别乱说话，别到处乱跑。"②很显然，邦斯先生的做法被小男孩儿忽视了。

没有人会相信小男孩儿所说的景象真实存在。他们认为这是一个孩子的偏执与妄想。小男孩儿是不被这些"大人"认可的形象，就像这些"热爱"文学的英国中产阶级群体一样，他们"热爱"的只是那些有名的作者和文学作品，而不是内心真正喜欢的东西。所以，他们来到文学的天国时看不到那些瑰丽的景色。就像大人不会相信孩子说的话一样，这些"大人"又怎么会相信这个世界上真的存在天国呢？他们又怎么能想到，正是因为对于文学的纯净、真实的态度，小男孩儿才体验到了天国的美好。

《天国驿车》中的邦斯先生无疑是这些"大人"的代表。邦斯先生对于文学是有偏见的，虽然他博学多识、藏书众多，但他把文学当作炫耀的资本：他可以毫不犹豫地说出自己拥有的七本雪莱的诗集。他将文学作品分为优秀可读的或者可以拿出炫耀的两种类型，而不是将文学放到一个平等的天平上去慢慢欣赏。在他眼里，把文学当成一种资本，似乎是一件极引以为豪的事情。而小男孩儿没有这些可以炫耀的"资本"，因为

---

① [英] 爱·摩·福斯特. 福斯特短篇小说集 [M]. 谷启楠译, 北京: 人民文学出版社, 2009: 63.
② [英] 爱·摩·福斯特. 福斯特短篇小说集 [M]. 谷启楠译, 北京: 人民文学出版社, 2009: 66.

他只有三本雪莱的书，这在邦斯先生眼中是如此不值一提。但是，小男孩儿拥有邦斯先生对于文学作品所没有的敏锐又细腻的欣赏力，所以小男孩儿看到的天国景象，邦斯先生看不到，当邦斯先生走下马车时，也因为没有真正见到天国而坠落身亡。福斯特在自己创造的幻想世界中，用小男孩儿的形象对如邦斯先生般的人进行了嘲讽。

三

阿齐兹的朋友们

　　《印度之行》中描写的驻印度殖民地的英国人与印度人之间存在着巨大的文化差异。同时，殖民者与被殖民者这层关系也让两者之间很难真正建立平等基础之上的友谊。他们的居住环境差别很大。小说的开篇对印度小城的居住环境做了生动描述。街道脏乱、污物成堆，到处充斥着极难闻的味道，甚至这里的人也好像"泥土"，像"一种低等而又无法毁灭的生物体，在街上移动"①。与之形成鲜明对比的是英国人的居住区。这里的行政官署是通过精确的设计建造而成的，完美符合英国人追求的建筑美学，福斯特也说"这里没有丑陋的东西，只有美丽的风景"②。居住环境的鲜明对比，凸显了英国人与印度人之间存在的种族隔阂。在绝大多数英国驻印度官员及其家眷们的眼中，印度人是不值得一提的存在。在英国人的意识中，自己的国家始终是"日不落帝国"，他们强盛、优越，是所有殖

---

　　① E.M. Forster, *A Passage to India* [M], New York: Harcourt, Brace Jovanovich, 1984: 2.
　　② E.M. Forster, *A Passage to India* [M], New York: Harcourt, Brace Jovanovich, 1984: 3.

民地人民的"贵族"和"救世主"。他们如此高高在上，不过是身为"贵族""救世主"的日常姿态而已。面对英国人，印度人总是小心翼翼，《印度之行》中阿齐兹的马车被两位女士毫无礼貌地占用时，女士们冷傲的姿态让阿齐兹心生恐惧。英国人这种从心里表现出的不屑和轻视的态度加深了两个民族之间的矛盾。所以说，指望英国人尊重印度文化、尊重印度人，宛若天方夜谭。

但是，小说中阿齐兹的两位朋友穆尔夫人和菲尔丁是例外。穆尔夫人是福斯特笔下最完美的人物形象之一，菲尔丁则完全是福斯特的代言人。菲尔丁的思想，在一定程度上代表了福斯特的思想，即"不相信信仰，但相信真诚"。穆尔夫人是一位传统的英国中产阶级女性形象，她的信仰把她培养成为一个仁爱、富有同情心的人。菲尔丁是一个笃信教育事业的学者，他不仅有着丰富的教育背景，还有着丰富的人生经历，性情十分温和。在与他们交往的过程中，阿齐兹是真诚的，穆尔夫人和菲尔丁也是真诚的。从与穆尔夫人在清真寺第一次偶遇，到后来的每一次交谈，阿齐兹都十分欣赏穆尔夫人的仁爱思想，以至于后来他专门为穆尔夫人安排了马拉巴山洞之旅。阿齐兹更是在与菲尔丁的第一次见面中就毫不犹豫地捵下了自己衬衫上的金扣子。即便阿齐兹心中十分清楚这套金扣子来之不易，他还是怀着对朋友的真诚把它赠予了菲尔丁。随后，阿齐兹与菲尔丁多次一同游玩，互相交换秘密，两个人之间的关系十分自然、融洽。

如果说《霍华德庄园》探讨了当时英国社会中人与人之间

建立真诚关系的可能性以及面对的困难，那么《印度之行》中人与人之间的关系则更为复杂。这是由英印两个民族的哲学、信仰、文化等多种方面的碰撞导致的。福斯特的思想中有着浓厚的英式文化传统，他笔下的印度最终也是英国人眼中的印度。虽然穆尔夫人与阿齐兹之间的友情纯粹而美好，甚至超越了文化和民族的阻隔，但想要长久维系还是非常艰难的。最后，穆尔夫人回到了英国，而菲尔丁与阿齐兹之间的友情也陷入了尴尬的境地。可以说，这种境况是由英国与印度之间的不平等关系造成的。

（一）好朋友穆尔夫人

小说开始，穆尔夫人与阿德拉小姐一起来到了印度。随后阿齐兹与穆尔夫人在伊斯兰教的清真寺中相遇。阿齐兹看到了穆尔夫人对伊斯兰教的理解和尊重，所以发自内心地尊敬她、爱戴她，把她当作最好的朋友，甚至为她精心安排了马拉巴山洞之行。而穆尔夫人对待印度人民的友好态度也获得了印度人民的强烈好感，他们将穆尔夫人当成神来膜拜。对于大多数英国殖民统治者来说，穆尔夫人对印度人的态度非常"奇怪"。这些英国驻印度的官员和家眷们非常不理解穆尔夫人的做法。但穆尔夫人始终秉承着一颗真诚的心与阿齐兹交往，两个人真诚构建着纯粹的友谊。穆尔夫人全心全意地信任着阿齐兹。他们之间的友情超越了民族与文化。即便是马拉巴山洞事件之后，穆尔夫人也凭着对阿齐兹的了解，相信他是清白的。

当穆尔夫人的儿子罗尼知道了她和印度人接触后，对她大发雷霆。穆尔夫人丝毫没有动摇，依旧保持着对印度人"友好，友好，更友好"的态度，并致力于感化身边的人，使他们也能用平等的态度去对待印度人。当然，穆尔夫人与阿齐兹之间的友情，不仅仅是出于穆尔夫人对印度文化的尊重与理解，以及对印度人民平等而友好的态度，更多的是由于两人之间的相互信任。马拉巴山洞事件发生后，无辜的阿齐兹成为众矢之的，无数的英国人要惩治他，这极大地加深了两个国家、两个民族之间的矛盾。在英国驻印度的官员和家眷们当中，只有穆尔夫人和菲尔丁愿意相信他。菲尔丁坚持为他寻找证据，而穆尔夫人也坚守住了与阿齐兹的友情，誓死不作伪证。这种真诚的友谊令人动容，虽然最后穆尔夫人因为此事被儿子送回英国，但是她的大义与仁爱被很多人铭记于心，穆尔夫人也因此成了印度人的好朋友。小说中提到 "德博尔教授亲自站在爱神的位置来爱她，以穆尔大人的身份，他喊着'来吧，来吧，来吧'。"① 也许是爱的力量让欢腾的人群"洋溢着浓烈而真挚的感情。每个人都爱对方，本能地尽量避免一切可能发生的痛苦。"②。故事的最终，阿齐兹也被穆尔夫人"纯真的人性之爱"感化，不计前嫌，原谅了阿德拉小姐曾经对他的伤害，阿齐兹和菲尔丁也恢复了友情。

① E.M.Forster, *A Passage to India* [M], New York: Harcourt, Brace Jovanovich, 1984: 128.

② E.M.Forster, *A Passage to India* [M], New York: Harcourt, Brace Jovanovich, 1984: 131.

（二）好朋友菲尔丁

英国人菲尔丁是阿齐兹的另一个好朋友。菲尔丁是一个性格温和的中年男性，与大多数英国中产阶级的中年男性不同的是，他对印度人没有任何高高在上和冷傲的姿态，有的只是相互理解、平等对待。菲尔丁的内心坚持平等的原则，他愿意用平等的态度与每一个人交流，甚至坚信在不远的未来，世界上的所有人都会这样平等交流，人与人之间的关系会达到最理想的境界。阿齐兹也认为，虽然印度人当下处于被殖民的地位，但是他们也需要被友善对待，而英国驻印度的官员及家眷们缺乏这种友善。印度传统文化中的热情好客，被英国人看作是侵犯隐私的行为。每个民族可能都有自身的民族习惯，但是英国官员们没有将印度人当作平等的对象来对待，因此不屑于了解他们的文化。只有穆尔夫人和菲尔丁愿意用友好而平等的姿态与阿齐兹交往。

菲尔丁与阿齐兹一见面便坦诚相待。在相处过程中，他们抛弃了各自的民族立场，丢弃了客套的礼节。这也为他们的友谊奠定了坚实的基础。菲尔丁的信任固然难得，但阿齐兹的真诚也是这段友谊能够长久的关键。当菲尔丁衬衫上最后一颗扣子坏掉时，阿齐兹毫不犹豫地将自己衬衫上的金扣子送给他；两个人相处时，阿齐兹毫不避嫌地给菲尔丁看自己亡妻的照片；当阿齐兹被人诬告、在法庭上百口莫辩时，菲尔丁承受着英国其他中产阶级的一致谴责，坚持相信阿齐兹的清白。这些或许都是朋友之间的小事，但这些小事会让这段友情变得更加让人珍惜。

然而，不可避免的是，阿齐兹和菲尔丁的友情建立在不平等的阶级地位上。就像小说最后描写的，菲尔丁无比渴望与阿齐兹重建真诚的友谊，但是世间的一切好像有了意识一般，不让他如愿。这是在不平等的阶级地位上形成的友谊的必然结果。福斯特深切地希望阿齐兹与菲尔丁、穆尔夫人的友谊能够实现他对世界"联结"的期望，并建立属于自己的"梦幻乌托邦"。然而事与愿违，在多种文化无法完全融合的现实世界中，福斯特的梦幻注定破灭，阿齐兹与菲尔丁、穆尔夫人之间的友谊虽然真诚，但只能以失败告终。

四
去意大利旅行的人

作为爱德华时代的小说家，福斯特更关注敏感的个性对人身自由的种种限制。这种限制主要体现在他的两部意大利小说中。福斯特要表达的核心就是如何将意大利自由与英国限制做出对比。这些去意大利旅行的人，不满足当时英国社会的现状，想要寻求新的改变。他们努力挣脱了英国社会的世俗桎梏，勇敢地前往意大利，找到了真正属于自己的自由。

在《天使不敢涉足的地方》中，寡居的莉莉娅由于不堪忍受赫林顿家对她的种种束缚，最终在小姑子卡洛琳的建议下来到了意大利，独自开始了意大利之旅。来到意大利后的莉莉娅终于感受到了自由，遇到了自己的爱情。《看得见风景的房间》中与她有相似经历的露西，因为深受英国传统文化和道德伦理的影响，从没有感受到真正的自我。当她踏上意大利的土地时，她的自我意识才真正苏醒，心中的混沌得到消解，获得了重生和自我解放。如果说寡居的莉莉娅和单身待嫁的露西都是在意大利之旅追求到了真正的爱与自由，那么，《天使不敢涉足的地方》中的菲利普和卡洛琳前往意大利，则是为了寻求思想上的救赎。

卡洛琳可以说是菲利普在意大利"救赎"之旅的引导者。她坦率地说道:"你赞赏我们所有的人,看到我们所有人的长处,可是你始终是个死人,死人,死人!"文静的卡洛琳连用三个"死人"来直击菲利普的内心,试图将菲利普内心的自我意识激发出来。从菲利普的回答来看,卡洛琳的话显然起到了作用。菲利普开始了意大利旅途中的深刻思考。

(一)追求自由之旅

脱离英国社会桎梏的莉莉娅来到了向往已久的意大利。这里不但风景宜人,而且每个人都热情、率真。在遇到意大利青年吉诺后,她不顾婆婆赫林顿夫人的阻挠,与这个牙医的儿子结了婚。但由于英国和意大利两种文化的巨大差异和两个人性格的截然不同,她与吉诺的婚姻生活并不幸福。

莉莉娅虽然家境贫寒,但年轻漂亮。她的第一次婚姻是嫁到一个富有的英国中产阶级家庭。她的丈夫英年早逝,婆婆赫林顿夫人是一个刻薄、严厉的英国中产阶级女性。她敢于打破世俗的偏见和传统道德的束缚去追求自己的幸福,不过,她既不喜欢音乐也不喜欢文学,精神世界较为贫瘠。虽然是平民出身,但她有着典型的英国人的痼疾——被"日不落帝国"的骄傲冲昏了头脑。英国封建文化长期的桎梏,也使她的头脑中不可避免地存在着许多保守、落后的观念。诸如此类的原因使她无法真正摆脱英国传统思想意识形态的羁绊和束缚。

出生在意大利蒙特利亚诺的吉诺,是一个热情、率真的青年小伙，他的形象和性格与英国绅士的标准完全不同。比如，他思考问题过于简单，举止低俗，说话也大声大嚷。他与莉莉娅之间也许真的有爱情，但是由于彼此的性格相差过大，这场婚姻很难维持。因此，莉莉娅最终因难产而死，也具有一定的"合理性"。她与吉诺的孩子是英国与意大利混血，是福斯特笔下"联结"的成果。这个孩子的死亡，象征着莉莉娅"联结"的失败。

这样的结局是我们都不愿看到的，但莉莉娅的难产和孩子的死亡，从某种意义上讲是一种解脱。寡居在婆家的莉莉娅十分压抑，虽然后来来到意大利，但传统体制的影响使莉莉娅没有办法融入这个自由、热情的国度中。因此，莉莉娅才会悲愤成疾，最终难产而亡。

莉莉娅的性格中表现出来的无畏的反抗意识，有可能与她的社会阶层有关，毕竟她没有接受过正统的英国中产阶级的教育。这种反抗意识是她少女时代生活在下层阶级中逐渐培养的，也许一直以来就埋藏在莉莉娅的内心深处。莉莉娅无所畏惧，敢于突破传统道德和世俗偏见的束缚，因此，她总是觉得赫林顿一家的生活很压抑，而不是像露西一样，对当时的英国社会状况只是抱有怀疑。因此，这两位女士在意大利之旅中有着完全不同的表现。在莉莉娅身上，有着对生活最真实的热情和反抗意识，她来到意大利就是要寻求新的生活、新的开始。她看起来有孤注一掷的勇气，实际上她是因为没有退路，才会如此激情豪迈、不顾一切。不同的是，《看得见风景的房间》中的露西接受了良好的教育，也接受了英国中产阶级对于女性的种种要求。年少无知的她开始反思英国社会中男权至上的意识是否正确。相较于莉莉娅来说，露西的意大利之旅既是在寻找爱与自由，也是在寻找真正的自我。她是富裕的英国中产家庭小姐，不需要如莉莉娅那般孤注一掷，她到意大利只是进行一场旅行，最终她还是会回到英国去的。所以在小说开头，还没有来到意大利的露西对英国社会中男权至上的意识并不反感。那时的她只是一个典型的英国中产阶层小姐，虽然很聪颖但并不出色，正统礼仪培养下的她行为举止端庄、大方，但并没有自我意识。来到意大利后，她接触到了新颖的意大利文化和意大利的生活方式、生活景象。在遇到执着追爱的乔治后，露西的内心饱受煎熬，她开始怀疑传统的英国社会体制是否正确。与此同时，她开始对这个"大胆的"乔治芳心暗许，尽管露西清楚地知道，她和乔治根本没有结婚的可能。然而，乔治对她的追求和对她的爱很执着。最终，在乔治的坚持下，露西逐渐将自我意识释放出来，感受到了真正的爱与自由，成了一个真正的"人"。露西前期的心理，也是很多富裕的英国中产家庭小姐们所具有的。这些女孩儿在英国社会世俗和伦理的压迫下，也许一辈子都不可能获得自我意识的觉醒。因此，福斯特才要将露西从无意识的混沌状态到成为一个真正的"人"的过程从头至尾表现出来，以激发女性读者对自己的命运的深刻反思。

（二）寻求"救赎"之旅

《天使不敢涉足的地方》中菲利普的意大利的"救赎"之旅，开始于莉莉娅难产后。最初，菲利普只是奉母亲赫林顿夫人的命令，来意大利拆散莉莉娅的婚姻，后来又到意大利将莉莉娅产下的孩子带回英国。菲利普第一次来到意大利时，感受到了意大利的开放与热情，心灵受到了很大的震撼。作为英国改良派代表的菲利普，他记忆中的意大利是洋溢着激情的地域。在接受到母亲赫林顿夫人的命令时他内心十分"痛苦"。这源于菲利普喜爱意大利的文化和气氛，在他的脑海中，意大利一直是非常神圣的地方。他认为意大利的风俗习惯和文化中保留着文艺复兴时期的韵味，那里热情好客的人们和充满浓烈艺术气息的艺术殿堂，都是他向往已久的。但菲利普内心并不想与意大利产生什么联系，他讨厌吉诺，认为是吉诺毁了他心中理想意大利的形象。因此一开始他就试图拆散莉莉娅与吉诺的婚姻。但他第三次到达意大利时，与卡洛琳推心置腹地交谈后，意识到了在英国索斯顿时期的自己在情感上贫瘠得宛若一个"死人"。他通过自己的经历，最终感受到了意大利独有化，感受到了人与人之间真正的温暖和坦诚。

莉莉娅用自己的行动表达了对婆婆赫林顿夫人的不满情绪。虽然她在意大利之旅中感受到了自由与爱，但是这份得之不易的自由和爱没有陪伴她太长时间。虽然这与英国社会意识形态对她的压迫有很大关系，但莉莉娅的性格特点也注定了这个结局。与此相对应的是，赫林顿夫人的"使者"菲利普在第三次来到意大利后完成了自我救赎。菲利普的自我救赎并"没有歇斯底里的祈祷，也没有咚咚的鼓声"，而是他在一刹那的感动后完成的。

前两次意大利的"拯救"之旅打破了菲利普对意大利的幻

想，开始面对真正的意大利。在这个过程中，菲利普也重新认识了自己。当第三次来到意大利时，他的情感已经发生了偏移。起初他是奉母亲赫林顿夫人的命令将莉莉娅的孩子带回英国，但在意大利的这段时间让他改变了立场，以至于他最终被卡洛琳劝服，将孩子留在了意大利。菲利普认为这是为这个孩子做出的最好选择。虽然最后孩子惨遭车祸夭折，菲利普再次回到无聊的索斯顿，回到无聊的生活轨道，但是他对生活有了全新的认识。这对菲利普来说，也是一个比较好的结局。

相较于菲利普，卡洛琳的救赎是一个不断探索的过程。这也与她的性格有关。虽然卡洛琳看起来温和、文静，但她很有自己的主张。在感受到了意大利文化之后，她敢于打破自己一成不变的生活。在这一方面，她比菲利普更有见识，也更勇敢。面对莉莉娅难产后留下的孩子，卡洛琳决定收养他。她这是为自己曾对莉莉娅的劝解负责，更重要的是保护这个孩子。在再次前往意大利后，卡洛琳的思想发生了转变，她决定将孩子留在这里，让他成为一个真正的"人"，而不是成为心中没有爱、没有自由的人。这个行为表现了卡洛琳对意大利文化的全新认识。至此，在小说中扮演不同角色的卡洛琳，终于建立起了属于自己的角色：一个完整、独立，且富有理性的正直女人。

五
罗基的漫长心灵之旅

　　《最漫长的旅程》被称为福斯特的"英国小说"，是因为它的地理背景是英国，故事起源于英国文化背景，同时这部小说由于凸显了当时英国的一系列社会问题而被誉为一部典型的"英国状况小说"。通过对主人公罗基个人人生悲剧的书写，小说折射出当时英国社会中的诸多问题，显现出福斯特对爱德华时期社会的焦虑。在很多人看来，福斯特的小说《最漫长的旅程》中颇有一些自传成分。小说中的很多情景，如索斯顿学校，就有福斯特少年时就读的唐布利奇中学的影子。学校里"冷冰冰的，没有朋友"，学校里的哥特式建筑物上有"尖尖的塔尖"。罗基也如福斯特一般，在剑桥大学收获了满满的温暖和知识，"因为童年时期尘土飞扬的走廊把他带到了通往青年的宽敞大厅"①，这些似乎都论证了唐布利奇中学就是索斯顿学校的原型。

　　维多利亚时期的工业文明使英国社会的经济和科学技术迅速发展，被誉为"日不落帝国"。但原有的精神信仰、道德规

---

　　① E. M. Forster, *The Longest Journey* [M], London: Bantom Books, 1997: 32.

范和伦理标准受到挑战和冲击，导致一系列思想文化危机的爆发，引发了一个前所未有的物质繁荣和精神极度贫困并存的时代。

骆文琳曾以拉康的精神分析为基础，对罗基的处境作了详细的描述：在成长过程中，由于缺少父爱，他失去了自我，失去了独立行动的能力。由于对已故母亲的过分依恋，他无法实现自我认同，无法建立基本的人际关系。他把所有的人和物都变成了母亲的化身，最后通过自己的死亡实现了母亲生命的延续。这与福斯特的个人经历和心理历程有很大的相似度。

但男主人公罗基·艾略特与福斯特的不同在于，罗基的父亲不仅身体残疾还性情怪异，经常对罗基冷嘲热讽，他还背叛了他与罗基母亲的爱情，以至于他的母亲与丈夫不和，没有时间关心罗基。他父亲死后，罗基和母亲相互依赖。因此罗基的内心充满了孤独和恐惧。他害怕失去母亲的保护，尤其害怕外面的世界。他内心的脆弱与无助使他在面对母亲的离世时更加忐忑。就在这个时候，剑桥大学成了罗基的新避难所，但剑桥大学只是在一定程度上给罗基增加了稍许安全感，这并不能真正取代他母亲的保护。因此，极度缺乏安全感的罗基，选择了能够给他母亲般保护的阿格尼丝小姐。但是他未曾想到的是，他的这一举动将他一步步推向深渊，他眼中的母亲的化身，不过是一种假象，阿格尼丝不爱他，索斯顿公学也不能给他温暖，这让他非常痛苦。而在罗基的身边，学院院长佩姆布洛克野心勃勃地搞"组织"，最终将自己变成了一位冷漠的牧师；把逐利作为生活的唯一主题的彭布罗克先生，总是无尽地追求金钱，认为"钱的喊叫或者为钱而喊叫的声音，是永远听不见的"，人的一切情感都可以为金钱和权势让路。这些人让罗基对在校生活充满了悲观。好在安谢尔与斯蒂文都帮助过处于困境中的罗基，这些人对罗基心理的变化有很深的影响。因此，宣扬真诚的友谊一直是小说的主题。在小说结尾，福斯特还描述了史蒂芬父母之间的爱和幸福的婚姻生活。最终，罗基变成了友谊的象征："生命的灰色河畔，爱是唯一的花朵"，当罗基看到史蒂文醉酒躺在铁路上，他毫不犹豫地挽救了他的生命。从那以后，史蒂文一直对罗基充满感激之情，他认为是罗基拯救了自己的身体和心灵。

小说取名为《最漫长的旅程》，"旅程"二字并不简单地指向旅行，而是指主人公罗基的"人生历程"。通读小说，读者极易发现主人公罗基生活在一个人际关系冷漠、决绝的环境中，他的人生历程是一场孤寂、寒冷、漫长的旅程。纵观整篇小说，一直在寻找人生安全感的罗基始终未能如愿。 小说中不平衡的人际关系不仅体现在夫妻关系的疏离和不协调上，亲子关系更让人感到冷漠。罗基将所有的安全感都寄托在别人的身上。原来，父母与子女是所有关系中最原始、最本质的伦理关系。然而，罗基的父亲并没有给他任何温暖和关怀，而是冷淡地对待他，对他怀有敌意，甚至羞辱他。由于得不到父亲的爱，罗基把所有的依恋都寄托在母亲身上，总是担心失去母亲的保护。家庭氛围的缺失，让罗基从小就感到孤独和谨慎，这种灰色的童年经历让罗基感到孤独和焦虑。因此，无知孤独的罗基生活在一个自我建构的幻想世界里，常常沉迷于梦幻。在长大后选择婚姻伴侣时，他也要选择能够给予他一定安全感的阿格尼丝小姐。他将阿格尼丝视为"女神"和"天使"，在这种病态想象之下，阿格尼丝成了他心中最温暖的存在，然而罗基未曾想到的是，这一次的选择让他更加疲累、心伤。在女神的外表下，阿格尼斯势利、拜金、卑鄙、虚伪。她不仅不爱他，而且还嚣张跋扈，甚至嘲笑他，就连平时的谈话也都是盘问的语气。罗基的心理活动不难猜想：一个人自幼年起便没有得到过温暖，因此比常人更加渴望得到它。但罗基把希望都寄托在别人身上这一做法本身就不可取，他才寻求温暖和安全感，就越缺乏温暖和安全感。婚后,阿格妮丝就像希腊神话中的冷血女妖美杜莎，而洛奇则在她的注视下变成了一块石头。"石头"一词准确地揭示了罗基婚后精神麻木的状态。在阿格尼斯的怂恿下，洛奇彻底失去了自己的价值判断，仿佛生活在一个坟墓里。幸运的是，罗基最终醒悟了，他听从了内心深处的召唤，离开了阿格尼斯，接受了斯蒂芬，回到大自然的怀抱，找到了母亲的保护，获得了一直渴望的安全感。虽然洛奇是为了救他哥哥而牺牲的，但他却重生了，因为他的生命在哥哥身上得以延续。小说中主人公罗基的亲子关系以及夫妻关系都不尽如人意。福斯特通过勾勒罗基孤寂的人生旅程，对当时英国的人际关系失衡、情感疏离的社会状况表示担忧和怀疑。

　　罗基的人生旅程之所以孤独，是因为当时社会人际关系的不平衡。通过分析主人公的生活历程，读者可以更好地理解小说所传达的社会主题。有评论家指出，人们为了财富而争夺，功利主义和工业化城市中出现的种种丑恶现象，给这一时期的生活蒙上了肮脏的阴影，那些对道德标准敏感的人对此感到悲观和绝望。这部作品中，有些人物意外死亡，大量的猝死事故的出现甚至违背了福斯特以往的艺术标准，很多人对此深表困惑。这些死亡安排反映了福斯特对英国诸多社会问题的焦虑和无奈，例如人际失衡、道德失范、信仰危机、城市化扩张等内容。这正是《最漫长的旅程》一书所折射出的时代特征。

创作时的福斯特

第六章

国内外福斯特作品研究历史与现状阐述

一

国外：持久而深入的研究态势

（一）《小说面面观》：福斯特创作理论研究

福斯特生活在一个变革和创新的时代。虽然他的成就看起来没有弗吉尼亚·伍尔夫或詹姆斯·乔伊斯的那样突出，但人们越来越清晰地意识到福斯特在小说创作艺术方面的创新与魅力。福斯特之所以越来越受到人们的关注和尊重，不仅是因为他的小说艺术在许多方面突破了维多利亚时代英国小说的旧传统，而且还因为他成功地实践了他富有挑战性的艺术理论，如"圆形人物"和"扁平人物"，尤其是小说的节奏理论。

福斯特在理论界以其文艺批评作品《小说面面观》受到重视，他在 60 年代以前一直被视为 19 世纪英国现实主义传统的继承者、形式主义小说理论的创始人之一；60 年代以后，又被视为现代主义的重要代表。20 世纪 80 年代以后，随着评论界对英美小说理论的深入理解，福斯特的"圆形人物"和"扁平人物"理论再次被提及，可见这部作品的影响之深远。

在此之前，传统的西方文学大多是以叙事文学为主，其中很多的故事都来自古希腊罗马神话、圣经、史诗和传统戏剧。

由于时代的发展，人们对于文学、小说的需求量逐渐增大，因此文艺复兴以来，小说形式的文学作品受到了广大读者的欢迎。这一阶段文学领域的许多知名作家的突出成就，基本体现在小说创作上。虽然以人物作为叙事主体的理论形式由来已久，但是西方叙事理论的最终成熟是在20世纪。这期间英美文坛中相继出现了詹姆斯、卢伯克等诸多文学理论家，他们将叙事文学理论做了系统阐述，促进了西方的叙事理论的最终成熟。随后，现代主义和后现代主义思想的小说创作开始兴盛，使小说叙事理论呈现出繁盛之势。

20世纪的小说理论从形式层面总结了现代小说的创新。它不仅使小说形式本身得到前所未有的强调，而且使小说理论逐渐成为一门批评艺术。正是在这样一个时代，《小说面面观》应运而生。在创作过程中，福斯特逐渐感到传统的小说结构不再适用于他，他开始运用现代的语言技巧来对小说进行全新的架构。我们可以在福斯特的小说中找到英国传统风俗小说的特点，也可以找到具有现代文学色彩的核心，但福斯特似乎并不认同这一点。他曾强调自己并不传统。在后期，福斯特还用"图式"和"节奏"两个重要的文学概念来阐述他的小说理论。这两个概念是福斯特小说理论的重要内容，它涉及小说的写作技巧，也与读者在阅读小说时的心理息息相关。福斯特认为创作小说应该放弃对图式的追求。他的理由是，尽管图式可以产生审美效果，但它是从外部强加的。相反，他认为节奏是小说家从内心赋予的，可以起到缝合的作用，产生审美的效果。他将节奏分为简单节奏和复杂节奏两大类。同时似乎对复杂的节奏比简单的节奏更感兴趣。威尔弗莱德·斯通在其名作《洞穴与山：福斯特研究》中指出，福斯特对一种节奏非常感兴趣，那就是"有些人能认出这种节奏，但没有人能把它还原出来"。简单的节奏是构建作品的方式和采用的方法，而复杂的节奏是关于整体与部分之间关系的建构。福斯特认为，简单的节奏可以在一些小说中找到，但他在任何一部小说中都找不到音乐复杂的节奏，但他认为复杂的节奏"可能有"。事实上，福斯特的复杂节奏指的是小说中相应的节奏和小说的开放式结尾。它不仅有助于小说成为一个有机整体，而且具有预言功能。

福斯特对于文学艺术的理解是开放的，他认为从事文学艺术的学者要肩负起历史责任。他在《小说面面观》一书中强调，小说应扩展而不是完成。在社会、国家、人类处于危难和动荡的重要时刻，艺术家不应束手无策、与世隔绝。相反，他们应该用他们的批判智慧为艺术和人性而战。①福斯特以其《小说面面观》受到重视，他在 60 年代以前　直被视为 19 世纪英国现实主义传统的继承者、形式主义小说理论的创始人之一；60 年代以后，又被视为现代主义的重要代表。

20 世纪 80 年代以后，随着对英美小说理论认识和批判的不断深入，福斯特的"圆形"和"扁平"人物理论受到质疑，这导致了对福斯特小说理论的其他重要观点的忽视。随着现代叙事学的兴起，小说理论的分析重心已经完全转移到叙事话语

---

① E. M. Forster, *Aspect of the Novel* [M], London: Edward Arnold, 1974: 37.

层面，而福斯特所强调的"读者"又被忽视了。而对读者的高度重视，正是 20 世纪小说理论的重要特点。

《小说面面观》将小说主体分为七个部分：故事，人物，情节，幻想，预言，图式以及节奏，并将这七部分进行了仔细剖析。福斯特认为，一部小说最重要的是读者的感受，这在当时的英国文坛是一个十分新奇的观点，因为当时的人们往往不注重此类内容，但福斯特对以往的小说创作理论提出质疑，他认为小说技巧中最复杂的问题不是公式的建立，而是小说家的力量能打动读者，接受他所说的一切。①福斯特认为小说是人创造的，小说的核心意义是通过阅读活动传递给读者的。因此，技巧不是小说的目的，但其最终目的是触动人心。从形式技巧与读者关系的角度探讨小说美学，是他对现代小说理论的贡献。不同于以往的理论家，如詹姆斯和卢伯克等把小说艺术看作一个独立的封闭体，福斯特希望从相反的方向让小说面向读者。因此，福斯特反复强调：虽然小说有自己的结构，但小说的每一张"面孔"都向读者发出了不同的呼唤。例如，故事是出于好奇心，情节需要智慧。就图式而言，它是为了调动审美趣味，让读者把小说看成一个整体。

至于小说中的人物，在结构上必须与小说的其他方面，如情节、思想道德、人物及其关系、小说氛围等有所关联。

在《小说面面观》中，福斯特将小说中的人物形象分成两

---

① E. M. Forster, *Aspect of the Novel* [M], London: Edward Arnold, 1974: 15.

大类，这就是著名的"扁形人物"和"圆形人物"理论。福斯特的"扁形人物"和"圆形人物"论一开始就面对两种截然不同的待遇。该理论提出后不久，便遭到了叙事理论家里蒙·凯南的批评，主要是对人物类型的划分方式提出了质疑。对此，有学者做出了反驳：第一，之所以根据人物性格进行这种划分，主要是为了突出人物在小说结构中的重要性；第二，虽然福斯特把人物类型划分为两类，但他并不忽视人物类型的多样性，相反，他认为小说家必须善于塑造多种不同人物类型，必须注意将各种人物进行匹配。因此，福斯特的人物理论还是得到了当时大多数学者的支持。英国实用文艺批评家乔纳森·雷班曾经就在作品《现代小说写作技巧》中解读过福斯特的两种人物类型，并结合相关的文学作品进行剖析和评价。小说的图式和节奏主要来源于情节，但同时呈现的人物等因素也起着相关作用，因为图式属于小说的审美部分，审美与节奏有关。这表明，福斯特强调小说中各个方面的相互作用，以及这种相互作用对读者审美活动的巨大影响。换言之，福斯特不仅强调内部结构的有机统一，而且主张形式技巧与整体美感和读者的审美反应紧密结合。这种内外批评的结合使福斯特在20世纪初小说理论研究领域中独具特色，而这一点却被以往的批评家所忽视。韦勒克、沃伦共同编写的《文学理论》一书也在论及人物形象塑造时，采用了福斯特的"扁形人物"和"圆形人物"论："扁平"的人物塑造，即静态的刻画人物的方式，只表现出单一的性格，也就是说，它只显示人物被认为占主导地位或最明显的特征。这种方式可能塑造出漫画或抽象理想化的人物；"圆形"的人物塑造和动态的刻画方式一样，需要空间感，强调色彩，这种方法对于塑造代表小说观点和兴趣的人物形象有明显的帮助。因此，在使用这种方法时，也通常要结合"扁平"的方法来处理背景人物。由此可见，"扁形人物"和"圆形人物"论在当时传播极广，获得了很多学者和理论家的关注。伴随着大量的理论分析和实践，"扁形人物"和"圆形人物"论自诞生以来，一直保持着研究热度。

（二）福斯特作品研究历程

西方世界针对福斯特作品的早期研究始于 20 个世纪的三四十年代，这些关于福斯特文学作品的早期评论具有较高的历史参考价值，而评论家的主要代表是 F·R·利维斯（F. R .Leavis）、罗斯·麦考利（R ose Macaulay）以及莱昂内尔·特里林（Lione Trilling）等。其中，利维斯是与福斯特同时代的英国知名文学评论家，早在 1938 年便对福斯特的作品做出了相当有深度的评价。虽然福斯特在当时的文学界名气很大，但是利维斯的评价相当客观。尤其是他对福斯特的小说《霍华德庄园》做出的许多批评。当然，利维斯总体上还是肯定福斯特的才华的。他认为，《霍华德庄园》很像出自成熟老练的小说家之手，而当时的福斯特正值而立之年，是一位不折不扣的年轻作家。

这些文学评论家们透过福斯特的《小说面面观》，了解到了福斯特对于"图式"和"节奏"的个人看法，后来，亨利·

詹姆斯将绘画中的"图式"移植到小说评论中，而福斯特则从音乐中借来了"节奏"。福斯特认为，包括语言艺术在内的艺术作品是独立的实体，它有自己的创造者赋予的生命，有自己的内在秩序。他认为小说的秩序来自内在而非外在的强加秩序，这是一种内在的稳定和充满活力的和谐。这也许可以部分解释为什么福斯特不喜欢詹姆斯小说中微妙的图式，而更喜欢从内部"缝合"小说所有部分的节奏。福斯特认为节奏有助于获得小说所要达到的艺术美。只有成功运用节奏，作品才能从内部缝合起来，创造出一种审美秩序。

罗斯·麦考利也对福斯特的文学作品做出了高度评价。她指出，福斯特的作品深刻地揭示了英国人在行为方式和心灵上的缺陷，同时她认为在福斯特作品中，人物之间的关系和矛盾冲突远远比小说故事情节动人。更多的与福斯特同时代的小说家们的评价则十分中肯，如伍尔夫、劳伦斯等。他们都曾在其作品和书信中发表了对福斯特创作内容的一些自我思考。这些论述在一定程度上反映了当时社会的思想倾向，同时体现了这些作家的思想特点。由于思想观念的差异，这些论断的角度与方向各不相同，因此不仅在当时的英国文学界，即使在当下社会也有很高的研究价值。"布卢姆斯伯里团体"领导人之一弗吉尼亚·伍尔夫就曾提过：福斯特的作品中有某种令人迷惑的、躲闪的东西。这是对福斯特文学创作才能的肯定。 当然，福斯特作品中人人平等的观念不是所有人都持支持态度，好友D·H·劳伦斯就表达了相当多的不满，因为福斯特在《霍华德庄园》中对"生意人"威尔克科斯进行了让劳伦斯无法接受的美化描述。1944年，莱昂内尔·特里林发表的《E·M·福斯特》是最早研究福斯特的作品及个人经历等方面的专著。该书不仅详细记录了很多关于福斯特作品的创作始末，还对福斯特的思想意识等方面做出了客观评价，高度肯定了福斯特文学作品中的重要主题——英国中产阶级的"发育不良的心"。可以说，《E·M·福斯特》这部评论作品对于后世研究福斯特提供了相当大的帮助。这本书极受欢迎，引发了20世纪后期英美文学界对福斯特作品及思想的研究热潮。

20世纪60年代后期，随着后殖民主义理论的兴起，福斯特的作品再次成为批评家谈论的话题，其中《印度之行》无疑是众多研究者们争先恐后的研究对象。毕竟在殖民主义这一主题上，福斯特的《印度之行》是非常具有代表性的。尽管福斯特郑重提过《印度之行》不包含任何政治因素，但因为题材原因，世人难免会有所猜想。同时，由于前期研究成果比较丰富，也方便了研究者们在前人的研究基础上对福斯特文学作品及思想意识进行新的研究。1970年，福斯特与世长辞，对其作品的新一轮研究风潮重新开始。这一时期的文学评论家们创作了诸多介绍福斯特生平及创作等方面的专著，如比尔（J. B. Beer）的《E·M·福斯特的成就》、格兰兹登（K. W. Gransden）的《爱·摩·福斯特》等，这些介绍福斯特生平及创作的专著，以独特的视角描绘了福斯特的一生，也从很多方面突出了对福斯特思想的研究以及评论。例如，格兰兹登指出，福斯特一生中最重要的两件事就是对艺术美的研究和人际关系的培养，并赞扬福斯特对英国和中产阶级的社会生活的敏锐的观察力。①而人文主义学家F•C•克鲁斯（Frederick.C.Crews）则透过福斯特的诸多文学作品和评论文章，对福斯特的思想、意识来源进行了多角度的探究与思考。他认为福斯特人文主义思想的形成，得益于福斯特早年在剑桥大学求学时接受的先进思想。他的研究成果最终体现在《E•M•福斯特：人本主义的危险》一书中。另外，比较著名的研究作品还有马尔科姆•布拉伯里（Malcolm Bradbury）编撰的《福斯特》、汤普森（George H.Thomson）的专著《E.M.福斯特的小说》。英国批评家科尔默的《E•M•福斯特：个人的声音》剖析了福斯特作品中的现代性，并详细分析了作品的"无意识"特色。

1979年弗班克（R.N.Furbank）撰写了《E•M•福斯特的一生》，而克鲁斯结合福斯特的小说来研究其知识背景的长篇专著《E•M•福斯特：人本主义的危险》则从私人和公共生活关系角度出发，对福斯特作品进行了一番考证。1983年到1985年，伦敦陆续出版了《福斯特书信集》，这为人们研究福斯特的文学作品及思想意识提供了新的素材。早期对福斯特的研究主要集中在传统意义上的人文关怀和人文思想。例如，作为福斯特的研究专家，马尔科姆•布拉德伯里撰写了他的论文《通往印度的两条路：福斯特的维多利亚身份和现代性》。他在文中指出，"应当正确评价福斯特的维多利亚观念，使艺术成为美好道德的传播器以及他创作技巧中的现代特征，如象征意义"。后来

---

① K. W. Gransden. *E. M. Forster* [M]. Edinburgh: Oliver&Boyd, 1962: 55.

的奥利弗也非常喜欢福斯特的《印度之行》，并称《印度之行》是福斯特的"最佳小说"，这样的评价可以说是相当高了。福斯特也在此起彼伏的称赞声中被越来越多的人知晓。越来越多的评论家开始从不同的角度、不同的分析及研究方法入手，对其作品以及其中的思想意识进行鉴赏和批评。阿德凡尼曾对福斯特的世界观进行了深入的分析，并将其定义为"神秘的唯物主义"和"兼收并蓄的人文主义"，原因是福斯特的社会人生观和艺术观主要受到了穆勒、阿诺德、伯格森、弗洛伊德和荣格的影响，并且福斯特把新柏拉图主义的宇宙观移植到了自己的美学体系。福斯特认为，人们需要通过对艺术美的回应来表达和完善自己。换言之，艺术是实现精神价值的最佳手段，是人类心灵最壮丽的表现和延伸。

随后的几十年直至当代社会，相当多的文学家和文学评论家以及文学、哲学学者们都对福斯特的作品进行过研究。这些研究深度剖析了福斯特的文学创作思想。如米什拉·潘卡杰（Mishra Pankaj）认为，《霍华德庄园》充分展现了福斯特作品中的主题和思想，并且通过福斯特独特的叙述风格和人物关系设定，将整部文学作品赋予了新的、更为深刻的内涵。与以往的研究结论不同，他认为《印度之行》是福斯特众多文学作品中创作风格最为轻松的一部，并对小说中的自由人文主义思想进行了正面的阐释。福斯特作品研究方法的多样性主要体现在西方叙事学、象征意蕴主义、后殖民理论、女权主义等方面，这使得福斯特文学作品的内涵被不断扩大和延伸。特别是近年来，随着现代化和城市化的深入，越来越多的国内外学者关注福斯特小说中社会关系的建构理念和城市化进程中人际关系的基本意义，这似乎是福斯特研究的又一热潮。然而，人们更多关注的是福斯特小说中的实践层面，而忽视了他的哲学思想。

国外对于福斯特小说的研究历程呈现出一种不均衡的状态，主要表现在对作品的重复性研究。越来越多的研究者将研究方向锁定在《印度之行》与《霍华德庄园》两部作品上，对于这两部作品中的人文主义思想、"发育不良的心""联结"观等方面的研究成果多到无法累计。而对于《看得见风景的房间》《最漫长的旅程》等作品的关注度则相对较低。

这一方面缘于研究者自主选择的倾向，另一方面是由于前期的研究不足导致的。另外，国外对福斯特文学作品的研究主要集中在长篇小说上，而有关短篇小说的研究则呈现出零星状态，对他的幻想小说的研究更是乏善可陈。纵观国外关于福斯特文学作品研究的历史以及现状，我们可以发现，关于福斯特小说艺术层面的研究很少，更不用说对互文性和戏仿性等手法的研究。但总体来看，对于福斯特作品的研究，学术界还是保持着相当大的热度的。相信在不久的将来，这些薄弱的研究环节会随着成果积累而增强。

二

国内：风格多样的研究领域

　　我国对福斯特及其作品的研究，可以追溯到20世纪80年代。作为英国20世纪初最负盛名的小说家、文学评论家，福斯特虽然在英国的文学界很有名气，在之前国内的文学圈中也偶有被提及，但真正让国内的知识分子了解福斯特还是由于他的《小说面面观》。国内研究者最先了解的也是福斯特的《小说面面观》，正是通过这本著作才了解到了他独特的现代思想和别具一格的文学创作手法。当时的中国学者也对从中接触到的如"圆形人物"和"扁形人物"等简洁明快的文学概念进行分析与研究，并对其长篇小说中象征意蕴之下的思想内容进行了充分挖掘，因此使得福斯特的长篇小说得以在中国翻译、出版，并得到了中国读者的喜爱。

　　之后，福斯特的六部小说、散文集、《阿宾格收获集》、两本短篇小说集和两本传记陆陆续续被国内许多知识分子和普通读者知晓。由于福斯特身处的英国社会正处于社会变革阶段，因此，他的小说对国人了解英国社会提供了很大的帮助。通过福斯特的小说，国内读者对英国社会的现代思想有了更深层次的了解。作品中体现了英国当时在思想上以及文化上与中国的不一样的特点,对于当时的国民大众来说很有吸引力。福斯特不仅是英国 20 世纪赫赫有名的小说家,还是声誉斐然的文学艺术批评家。作为一名批评家,福斯特对文学艺术有着许多独特而深邃的见解。他认为,艺术是一个独立的实体,有自己的内在秩序,这是宇宙的最高秩序,具有连接不同或矛盾着的事物使之达到协调的功能;艺术世界是一个开放的世界,因为艺术源自人类灵魂最深处的真诚,能够启迪人类智慧;它可以引导人类走出"山洞",帮助人类不断完善自我,引领人类走向更高的精神境界,故而艺术是崇高的和永恒的。虽然我国对于福斯特的小说翻译得较晚,学术专著较少,但在近十几年内,研究福斯特小说的学者及知识分子的数量逐年增多,研究方向和研究主题也有着多方位的变化。这对外界了解福斯特的小说及个人思想观点都有很大的帮助。随着关于福斯特作品翻译、出版及研究工作的持续性展开,小说中所展现出来的社会风貌,不同的人物形象特点、人物心理特点,以及多种创作手法的娴熟应用都展现在了世人眼前。人们不仅了解到了福斯特先进的现代思想,也逐渐从他的文字中感受到了他的个人魅力以及人性的光辉。

(一) 多种创作手法的穿插应用

福斯特时代的英国社会不仅处在纷繁复杂的社会变革时期,也处在传统与现代激烈碰撞的时期。因此,福斯特的创作手法既包含英国传统风俗小说的艺术形式,也有新时代思想影响下产生的现代主义创作手法、象征主义创作手法等。尤其是象征主义手法的运用，将文化、信仰、心理活动等通过一些自然景物隐晦地表达出来，既有着象征意蕴，也对人性的美好和虚伪做了十足的对比，这使得整部小说的情节更加引人入胜，小说中人物关系的叠加也显得更有层次。国内的专家和学者对这些问题进行了细致的分类。如《印度之行》的书名的象征含义、人物名的象征作用、季节和情景等象征内容，都体现了福斯特对创作手法灵活自如地运用，体现了深刻而发人深省的内涵。《霍华德庄园》中与"水"有关的海、河、浪、潮的意象，在很大程度上体现了玛格丽特的心理状态和思想意识，以及对人和事的具体感受和理解。福斯特试图用这种自然景物，对小说中较为隐晦的事物加以描述，同时通过展示那些"看不见的"精神世界，使人们能够"看得见"。当然，象征手法的运用也穿插在小说的结构中，将作品的节奏与韵律勾连在一起。例如，水的意象和《看得见风景的房间》里的接吻场景构成了小说中典型的节奏，促进了小说的发展，强化了"发育不良的心"的主题和自由人文主义理论，使小说各方面高度统一，赋予了小说一种类似音乐的美感。当象征主义体现在简单的节奏和复杂的节奏中时，节奏感可以促进小说整体情节的发展，给读者带来感官震撼，引起读者在欣赏完作品后的反思和共鸣。

（二）象征主义视角下的"生态"意识

希腊神话、印第安文学、18 世纪的卢梭、19 世纪的华兹华斯和梭罗等,都对西方生态文学思想的形成和发展产生过影响。其中,北美印第安文学"生态和谐"的思想内涵十分丰富。18世纪,生态思想家卢梭就对自然观产生了浓厚的兴趣。他一生中多次前往康科德,观察印第安人的生活现状,研究其发展轨迹,探究印第安人与自然和谐相处的奥妙。生态思想家克里考特(J.Baird Callicott)也指出,在生态思想普及和环境危机意识觉醒的时代,美国印第安传统文化象征着我们已经失去但又没有忘记的传统的美国印第安人所体会的人与自然的和谐,这应该是当代欧美社会的理想。"学者们对自然的追求,体现在他们的研究著作和言论中,具有浪漫情怀的诗人通过诗歌表达对自然的热爱和回归自然的憧憬,以前瞻性的生态诗学的视角审视人类的生存空间。对未来人类诗意化的生存空间做出美好期盼。因而,福斯特的诸多作品中也存在着这种"生态诗学"的象征意蕴,用来表达文学中人与自然和谐共处的生态思想。

20世纪60年代,生态结构体系日渐成熟。许多新的生态思想被提出,如生态整体论、罗尔斯顿的生态整体主义、欲望动力论、生态正义论等,以及征服、统治自然观批判思想等,强调人类应当与自然和谐相处。《霍华德庄园》中的许多景象既是福斯特对童年时乡村美好生活的怀念,同时也通过对自然景物的描写表达了自己的生态观点,那就是在现代社会中寻求与自然和平相处的方式。虽然福斯特的作品没有提及对机械化城市生活的不满,但是福斯特和他的诸多好友在实际生活中有相当长的时间是在乡村中度过的,可以说他对于英国的乡村生活是相当依赖的。因此,《霍华德庄园》的大团圆结局,应该被看作福斯特对自己未来生活的一种向往。

《霍华德庄园》记录了现代文明的尴尬：物质生产与精神生活之间的矛盾，工商业文化与人文文化之间的冲突，不同社会阶层的摩擦，人与自然的疏远。作者主张建立真诚友好的人际关系，抵制工业社会日益明显的异化趋势，促进不同阶层、不同时代、不同性别的人与人之间的交流，加强人与自然的沟通，从而实现社会的终极和谐。

精神生活是人类社会发展的要素。没有经济基础的精神生活必然是不稳定的。施莱格尔姐妹之所以能成为文化和精神的化身，是因为有物质支持。如何实现人的精神生态与物质生态的和谐，是福斯特所关心的问题，他试图用传统的婚姻方式来解决社会经济与文化冲突所造成的畸形问题。在这部小说中，玛格丽特为实现精神文化与商业文明之间的联结做了不懈努力。在与亨利的交流中，玛格丽特开始意识到，之前完全沉浸在精神生活中是不可取的。随着交流的深入，玛格丽特对亨利也有了更深、更全面的了解。一方面，她意识到以亨利为代表的工商业文明对传统文化构成了威胁，因而抵触他；另一方面，她也认识到经济权力的重要和脱离这种权力后将面临何种困境。

《霍华德庄园》赞美自然，为作品注入新鲜的绿色，体现了作者的绿色思想。福斯特深刻地思考了人与自然的关系，表达了他融入自然、热爱自然、回归自然的诗意生存思想。对霍华德庄园的描写是作者对自然向往的象征性表达。这栋象征着福斯特童年时期生活地点的居所，充满了大自然的活力和气息，它代表了英国朴素的乡村生活，是自然的象征，充满了诗意和宁静。

作者对风景的描写和思考奏响了对英国自然的赞歌。人类不仅要回归、融入自然,更要开放一切感官去感受和体验大自然的无穷美,从而达到人与自然和谐相处的境界。福斯特的人与自然和谐相处的思想,不仅对当时的英国社会具有积极意义,而且对提倡走可持续发展绿色道路、树立科学发展观的今天,具有启示和借鉴意义。

生态批评通过探讨文学与生态的关系,研究了环境问题的本质以及解决环境问题的有效途径。生态批评研究者反对人的自我中心,批判人类对自然的无休止的掠夺,倡导人与自然和谐共处。陈家晃、高琳佳指出,福斯特向读者揭示了人类可以发展和改造自然,但也应尊重和理解自然。人与自然应该平等友好地相处,只有这样自然界才不会有生态危机,也不会有社会生态危机,更不会有人类精神生态的危机。王青青认为,人类应该摒弃旧的人类中心主义观念,倡导生态主义思想,考虑生态环境的整体,寻求人与自然的和谐发展,从而实现人类利益和生态保护的健康、科学、可持续发展。

从理论上讲,生态思想需要人与自然和谐共处。虽然是以人为本,但同时也要根据社会和自然的情况相互协调、共同发展。在福斯特的文学作品中,则是通过不同阶层、不同民族、不同文化之间的"联结",相互协调和了解,最终解决不同阶层、不同民族、不同文化之间的矛盾,同时更通过这样的"联结"形式,增进人与人之间的联系,打破英国中产阶级传统的人际交往模式,从而建立起充满人性光芒的现代社会。

（三）"女权主义"意识的崛起

女权主义，又称女权主义运动，是一种基于女性经验和动机的社会理论和政治运动。女权主义认为，人物对话经常出现双方不对称的权利关系。例如，一方将自己的意愿强加于另一方，或者一方控制着对话的方向。因此，分析对话中的权利关系，可以反映不同人物在社会生活中的地位和权利。胡振明指出，女性应该对传统的大男子主义有新的认识，解构长期以来男性压迫女性的社会规范和行为准则。只有这样，女性才能真正独立，用自己的话语喊出不同的口号和声音，构建女性话语权，实现自我重新定位。夏万碧认为，马拉巴洞事件发生后，阿德拉的身体、心理和精神虚弱，她的理性、思维和决策能力已经大打折扣。随着身体的恢复、心理的调整和精神上的解脱，阿德拉变得强壮起来，逐渐获得了自我力量，并宣布了自己的独立。一方面，她拯救了阿齐兹和她自己；另一方面，她避免陷入对男权的服从，从而成长为一个真正独立的人，实现了自己的价值。

总之，近十年来，国内对福斯特小说的研究视野进一步扩展，研究层面进一步加深，研究维度进一步扩充。这些成果对中国现代社会的发展毫无疑问地具有借鉴和指导意义。

老年时期的福斯特

结　语

　　生于世纪之交的福斯特，用他敏感、纤细的神经感受着当时的英国社会。他看到了英国中产阶级的冷漠与自私，也看到了当时英国人性格中的缺陷。童年到少年时期的波折生活，使他从小就对人与人之间的情感和人性的晦暗与圣洁有着十分深刻的体察，而在剑桥大学求学时对西方现代思想的研习，让他能用平等和宽容的态度对待不同性格、阶层、民族的人。福斯特的童年生活是充满压抑和波折的，这让他的内心充满痛苦，但他的青年时期过得相当充实，有更加开明的学习环境，有思想见地独特的知己好友，更有充满新鲜感的异域旅行，这让福斯特对整个世界有了更加积极的态度。对于福斯特来说，西方现代思想的汲取和友情的陪伴非常重要，而更为重要的是，他要把他的思想毫无保留地表达出来。现在看来，福斯特的很多思想意识都相当超前。比如，他曾经借《印度之行》中的阿齐兹预测了印度的独立，他所构想的人人平等的社会，也在一定范围内成为现实。

　　透过福斯特的作品，我们能够看到他对生活的憧憬，自然也就能够感受到他那颗因不甘于平凡、不屈于世俗而跳动的心。当时英国的工业革命将更多的工厂带到了乡村，乡村随之变成了冰冷的城市。虽然这是现代社会逐渐成形的体现，但福斯特意识到传统英国文化中的优良传统正在丧失，留下来的反而是英国中产阶级冷漠、无情的阶级意识和落后的封建思想。因此，他在社会中孤独而执着地反抗着陈旧的传统文化和落后的思想意识。正是在拯救英国中产阶级思想的过程当中，福斯特想到了通过与其他民族的文化进行"联结"来解救英国中产阶级那颗"发育不良的心"。对此他进行了多番尝试，尽管最后"联结"的结果喜忧参半。纵观福斯特的作品，我们能够感受到他的创作思想充满着现实的矛盾性，他既希望世界能够友爱、和谐地发展，同时清醒地意识到，他的这种想法在现实生活中是不可能实现的。因此，他才会在幻想世界中实现自己的愿望。

福斯特在他的小说中，用半幽默、半讥讽的语言，揭露了英国中产阶级空洞、虚无的精神世界，更嘲讽了他们思想意识中那百无一用的阶级意识。他站在自己的立场反思英国中产阶级症状形成的原因，并得出"发育不良的心"的结论。虽然在创作手法上福斯特很大程度地继承了英国传统风俗小说的写作模式，在很多情节的设计中也有现代主义等诸多现代写作技法的应用，但更多的是体现了一种新鲜思想的注入，在人物关系上和人物特点上摆脱了传统的影响。这不仅对读者来说是一种崭新的阅读体验，对整个文学史来说也是一个崭新的尝试。这种传统与现代的相互交融又相互对立的写作形式，为福斯特带来了很多欣赏与审视的目光，而他的细腻文笔也使他成为"小说家中的小说家"。

英国是受到基督教影响颇深的国家之一，但作为一个土生

土长的英国人，福斯特并不信仰基督教，或者可以说比起信仰
基督教他更信仰自由。他对于信仰的看法是随着年龄和阅历的
增长而改变的。最初福斯特与许多英国人一样，虔诚地信奉着
基督教，但是由于自身性格的原因，他开始质疑信仰的可信度，
并开始怀疑信仰的真实性，就如同他笔下众多敢于怀疑传统信
仰的人物一样。最终，福斯特在接触到许多西方现代思想后将
传统信仰彻底抛弃。而对于其他民族的传统信仰，他虽然也不
相信其真实性，但对这些信仰给予了充分的尊重和理解，并能
够感受到这些信仰中的善意。

　　对福斯特来说，基督教有仁爱的一面，也有虚伪的一面，
这种结论是出于他对基督教的足够了解。而对于伊斯兰教，他
只看到了光明的一面，这确实是时代背景下造就的认知不全。
因此，福斯特在作品中展现了信仰文化两种不同的特点：一是
象征性地表现出了人物虚伪、市侩、贪婪的性格，比如冷漠的
伊格副牧师和自私又丑陋的伯雷尼乌斯先生；另一点则是仁爱、
纯真、宽厚的性格特点，比如真诚、热情的"异教徒"艾默森
先生和温和的穆尔夫人。在福斯特笔下，即便是"神圣"的副
牧师、"高尚"的教区长，如果没有真正仁爱、宽厚的品格，
那就是对他们"高贵"身份的嘲讽。

　　在福斯特的思想中，人性中的温情比所谓的信仰更加崇高。
他从不看重这些看似"重要"实则毫无实际意义的身份、地位。
他所追求的是纯粹、充实的精神世界，他所敬仰和喜爱的也是
真正的"人"。他通过象征主义的手法，抨击和嘲讽那些虚伪、
市侩的英国中产阶级，也通过小说中的主人公对自身命运的抗

争，来表达那种被传统文化和封建思想桎梏的不满情绪。他将在旅行中感受到的异域文化与当时英国的社会文化进行"联结"，期待消除英国中产阶级对种族和阶级根深蒂固的偏见，英国赢得未来更加宽容的社会图景。

几千年来，英国人心中的传统乡村正逐步被瓦解，这样的社会现状让大多数英国人感到十分痛苦。哲学家海德格尔认为，现代性的最根本特征是无家可归，而且我们是双重的无家可归，也就是说，我们不仅早已与家疏离，我们甚至不知道我们与家疏离，这就是为何我们能容忍我们深深爱恋着的地方消失的原因。英国的文学家、思想家、哲学家们一直在思考，如何拯救英国经济发展滞缓的危机？如何挽救英国中产阶级逐渐丧失的信念和价值观？不可否认的是，工业革命助推英国资本主义的发展，创造出新兴的资产阶级贵族。维多利亚时代的英国在政治、经济、文化等方面，都是当之无愧的世界强国。强盛的英国成为拥有殖民地最多的国家。当时大多数英国人都认为维多利亚时代的盛世、"日不落帝国"的荣光会一直延续，但事实上，资本主义的大规模发展加大了贫富差距，也增加了不同阶层的矛盾。随着英女王的离世和一战的爆发，英国的经济骤然滞缓，英国的世界强国地位因此不可避免地逐渐衰退。

长久以来以文明自居的英国人，曾多次利用自身的强盛实力扩张疆土。他们毫无人性地挤压着殖民地人民的生活环境，压榨他们的劳动力，索取他们的劳动果实。这种不平等的状况导致英国无法和印度进行"联结"。英国世界强国地位的衰退，一方面是由于传统的阶级思维模式不再让人信服，不管是英国底层的民众，还是殖民地地区的民众，都因不公平的待遇而发起了反抗；另一方面则是由于西方先进思想的灌输，人们认识到了"人生而平等"这一概念，这是人权意识的觉醒，更是时代发展下人类社会的进步。

就在旧观念逐渐被人们摒弃、新观念逐渐被大众接受的社会背景下，越来越多的人向往着更加平等、自由的社会环境，并期望有一天能掌控自己的人生。不可否认的是，这些变化为艺术家和文学家们提供了许多创作灵感，很多人用非常激进的艺术手法，来抨击英国社会中虚伪、冷漠、市侩的社会现象。相比较而言，福斯特的表达更加温和。他用风趣、幽默的语言对英国社会现状进行揭露与反思。不管是未婚待嫁的少女，还是身陷英国公学制度桎梏的英国中产阶级男性，抑或是饱受猜忌与怀疑的异国青年，小说中的主人公们纷纷对个人需求进行思考。他们不满于现状，寻求着改变，最终做出适合自己的最佳选择。而对于小说中的"反面人物"，福斯特则极尽嘲讽。他们顺应了时代，但丢掉了自我，没有了"人"的情感，这使他们看起来有点可笑。在福斯特创作的众多人物形象中，很难说有相同或者类似的，每一个人都有自己的特点。他所喜爱的"自然的宠儿"往往是当时英国主流社会所排斥的，他们在现实生活中很难获得尊重，并且难以获得幸福。所以，福斯特用敏锐的"心灵双眼"窥探"怪诞"的人生境界，用天马行空的想象、古典神话的框架，在幻想世界中做回自己以获得幸福。而现实世界中的角色，则要经过不断地冲破重重阻碍，才有获得幸福、实现"联结"的可能。并且，小说往往通过现实生活中所不能完成的"奇想"来对现实世界进行"陌生化"处理，让读者心领神会，以重新审视现实生活。

　　世纪之交的英国人，经历了繁华，也走上了没落。而战争的洗礼让整个英国变得更加萧索。福斯特并不是一位善于用哲理来对话生活、展现伦理和社会问题的作家，但他善于观察人、愿意理解人。他认为人性的光辉远胜于这个世界上任何一种信仰，只有人与人之间真正的关怀、信任和理解，才能够推动历史的进步，才能够营造真正和谐友爱的社会环境，才能够实现福斯特心中的"联结"。

参考文献

著作

1.Adams, Carol.*Ecofeminism and the Sacred*.New York: Continuum,1993.

2.Armbruster, Karla.'*A Poststructuralist Approach to Ecofeminist Criticism*'.The Green Studies Reader: From Romanticism to Ecocriticism. London: Routledge, 2000.

3.Altick, Richard D. Victorian People and Ideas: *A Companion for the Modern Reader of Victorian Literature*. London: Routledge, 1998.

4.Advani, Rukun.*E. M. Forster As Critic*.London: Croom Helm Ltd.,1984.

5.Beauman, Nicola. *Morgan: Biography of E. M. Forster*. London: Hodder and Stoughton, 1993.

6.Batchelor, John.*The Edwardian Novelists*.London: Gerald Duckworth, 1982.

7.Bal, M.*Narratology*: Introduction to the Theory of Narrative. Toronto: University of Toronto Press, 1985.

8.Bateson, Gregory.*Steps to an Ecology of Mind*.Los Angeles: University of California, 1972.

9.Beer, John B.*The Achievement of E. M. Forster*. London: Chatto and Windus, 1962.

10.Bloom, Harold (ed.).*E. M. Forster*.New York: Chelsea House Publishers, 1987.

11.Bondar, Alanna.*Greening the Green Space: Exploring the Emergence of Canadian Ecological Literature Thought Ecofeminist and Ecocritical Perspectives.*Newfoundland: Memorial University of Newfoundland, 2003.

12.Bookchin, Murray.*'What is Social Ecology'. Environmental Philosophy: From Animal Rights to Radical Ecology.*Ed. Michael Zimmerman. New Jersey: Prentice Hall, 1993.

13.Bookchin, Murray. *The Philosophy of Social Ecology*: Essays on Dialectical Naturalism. New Jersey:Prentice Hall, 1993.

14.Bosselmann, Klaus. *When Two Worlds Collide: Society and Ecology*. Auckland, N.Z.: RSVP Pub. Co. Ltd., 1995.

15.Born, Daniel. *"Private Garden, Public Swamps: Howards End and the Revaluation of Liberal Guilt." The Birth of Liberal Guilt in the English Novel, Charles Dickens to H. G. Wells*. Chapel Hill: University of North Carolina Press, 1995.

16.Bradbury, Malcolm. (ed.) Forster: *A Collection of Critical Essays*. New Jersey: Prentice-Hall, Inc, 1966.

17. Bradbury, Malcolm. *Two Passages to India: Forster as Victorian and Modern in Aspects of E. M. Forster*, Ed. Oliver Stallybrass. London: Arnold, 1969.

18. Bradbury, Malcolm. *The Social Context of Modern English Literature*. New York: Schocken Books, 1971.

19. Bradbury, Malcolm. *Possibilities: Essays on the State of the Novel*. New York: Oxford UP, 1973.

20. Bradbury, Malcolm. *The Modern British Novel (1878—2001)*, Beijing: Foreign Language Teaching and Research Press, 2005.

21.Bradshaw, David. *The Cambridge Companion to E. M. Forster*. Cambridge: Cambridge University Press, 2007.

22.Brander, Laurence. *E. M. Forster: A Critical Study*. London: Rupert Hart-Davies, 1970.

23.Brown, E. K. *Rhythm In The Novel*. Toronto: University of Toronto Press, 1950.

24.Brown, Tony. *Edward Carpenter, Forster and the Evolution of A Room with a View*. English Literature in Transition, 1880—1920. Vol. 30. Issue 3 (1987).

25.Buell, Lawrence. *The Environmental Imagination: Thoreau, Nature Writing and the Formation of American Culture*. Cambridge: The Belknap Press of Harvard University Press, 1996.

26.Burra, Peter. *The Novels of E. M. Forster*. London: Macmillan,1934.

27.Campbell, Sally Howard. *Rousseau and the Paradox of Alienation*. New Tork: Lexington Books, 2012.

28.Carter, Ronald. *The Routledge History of Literature in English: Britain and Ireland*. London: Routledge, 2001.

29.Cavaliero, Glen. *A Reading of E. M. Forster*. London: Macmillan, 1979.

30.Cheryll, Glotfelty. *The Ecocrticism Reader: Landmarks in Literary Ecology*. Columbia: The University of Georgia Press, 1996.

31.Childs, Peter. *Postcolonial Theory and English Literature.* Scotland: Edinburgh University Press, 1999.

32.Chistian, Barbara. *Community and Nature: The Novels of Toni Morrison*. Philadelphia: Chelsea House Publishes, 2002.

33.Christie, Stuart. *Worlding Forster: The Passage from Pastoral.* New York: Routledge, 2005.

34.Collard, Andree. *Rape of the Wild*. Bloomington: Indiana University Press, 1989.

35.Commener, Barry. *The Closing Circle: Nature, Man and Technology*. New York: Bantam Books, 1971.

36.Colmer, John. *E. M. Forster: The Personal Voice.* London:Routledge and Kegan Paul, 1975.

37.Coates, J. *Women, Men and Language*. London: Longman, 1986.

38.Code, Lorraine. *Ecological Thinking*. New York: Oxford University Press, 2006.

39.Crews, Frederick. *C. E. M. Forster: the Perils of Humanism.* New Jersey: Princeton University Press, 1962.

40.Cucullu, Lois. *Expert Modernists, Matricide, and Modern Culture: Woolf, Forster, Joyce*. Houndmills: Palgrave Macmillan, 2004.

41.Das, G. K. *E. M. Forster's India*. London: Macmillan, 1977.

42.De Beauvoir, Simone. *The Second Sex*. New York: Vintage Books, 1973.

43.Dobson, Andrew. *Green Politcial Thought*. London: Routledge Books, 2007.

44.Dodd, Philip. *England, Englishness, and the Other in E. M. Forster in The Ends of the Earth: 1876—1918*. Ed. Simon Gatrell. London: Ashfield, 1992.

45.Donovan, Josephine & Adams, Carol. *Beyond Animal Rights*. New York: Continuum, 1996.

46.Duckworth , Alistair M . *Howards End: E.M. Forster's House of Fiction*. New York: Macmillan, 1992.

47.Eagletone, Robert. *Ethical Criticism: Reading after Levinas*. Edinburgh: Edinburgh University Press, 1997.

48.Edwards, Mike. *E.M.Forster:The Novels*. Hampshire: Palgrave, 2002.

49.Fitzgerald, F. Scott. *The Great Gatsby*. London: Penguin Books Ltd., 1998.

50.Foltz, Richard. C. *Worldviews, Religion, and the Environment: A Global Anthology*. Toronto: Thomson Learning, 2003.

51.Fordonski, Krzysztof. *The Shaping of the Double Vision*.Peter Lang Publishing Inc., 2005.

52. Fordonski, Krzysztof. *The Shaping of the Double Vision: The Symbolic Systems of the Italian Novels of Edward Morgan Forster*.

Frankfurt am Main: Lang, 2005.

53.Forster, E. M. *Abinger Harvest*. London:Edward Arnold,1936.

54. Forster, E. M. *Three Generations*. Cambridge: King's College,1939

55. Forster, E. M. *Two Cheers for Democracy*. London: Edward Arnold, 1951.

56. Forster, E. M. *Aspect of the Novel*, London: Edward Arnold,1974:35.

57. Forster, E. M. *The Hill of Devi and Other Writings*. ed.Elizabeth Heine. London: Edward Arnold (Publishers) Ltd.,1983.

58. Forster, E. M. *A Passage to India.* New York: Harcourt, Brace Jovanovich, Inc., 1984.

59. Forster, E. M. *A Room with a View*. New York: Random House, 1988.

60. Forster, E. M. *Howards End.* New York: Random House, 1989.

61. Forster, E. M. *The Longest Journey.* London: Bantom Books,1997.

62.Furbank, P.N. *E.M.Forster, A Life:Vol.1, The Growth of the Novelist(1879—1914)*, London: Secker and Warburg,1977.

63. Furbank, P.N. *E. M. Forster: A Life*. Oxford: Oxford UP, 1979.

64.Gartner, Carol B. *Rachel Carson*. New York: Frederick Unger Publishing, 1983.

65.Gilbert,S.M. *E.M.Forster's A Passage To India and Howards End*, Beijing: Foreign Language Teaching and Research Press,1996.

66.Graham, Kenneth. *Indirections of the Novel: James, Conrad, and Forster*. New York: Cambridge Up, 1988.

67.Greenslade, William. *Degeneration, Culture, and the Novel, 1880—1940*. Cambridge: Cambridge Up, 1994.

68.Greg, Garrard. *Ecocriticism*. London:Routledge Books, 2004.

69.Griffin, Susan. *Women and Nature: The Roaring inside Her.* San Francisco: Harper and Row Publishers, 1978.

70.Grover, Smith. *Letters of Aldous*. London: Chatto, 1969.

71.Harrison, Robert Pogue. *Gardens: An Essay on the Human Condition*. Chicago: University of Chicago Press, 2008.

72.Herz, Judith Scherez, and Robert K. Martin, ed. *E. M. Forster: Centenary Revaluations*. London: Macmillan, 1983.

73.Higdon,David Leon. *The Provocations of Lenina in Huxley's Brave New world*. New York: International Fiction Review, 2002.

74.Holmes, Catherine D. *'Jim Burden's Lost Worlds: Exile in My Antonia'*. Twentieth Century Literature. Vol. 27, No.4 (Fall, 1999).

75.Huxley, Aldous. *Brave New World.* New York: Harper &Row Publishers, 1969.

76. Huxley, Aldous. B*rave New World Revisited*. New York: Harper Collins Publishers, 1989.

77.Hynes,Samuel.*"E.M.Forster:The Last Englishman."* Introduction. *Howards End*. By E. M. Forster. NewYork: Bantam, 1985. i-viii.

78.Izzo, David Garrett. *Aldous Huxley: The Review of Contemporary Fiction.* Oxford: Oxford University Press, 2005.

79.Kershner, R. B. *The Twentieth-Century Novel: An Introduction.* Boston: Bedford Books, 1997.

80.Kheel, Marti. *Nature Ethics: An Ecofemlnist Perspective.* Lanham: Roman & Littlefield Publishers, Inc., 2008.

81.King, A.W. *Ecological Integrity and the Management of Ecosystems: Considerations of Scale and Hierarchy.* Washington, DC: Oak Ridge National Lab. TN, 1993.

82.King, Francis Henry. *E. M. Forster and His World.* London: Thames and Hudson, 1978.

83.King, Ynestra. *The Ecology of Feminism and the Feminism of Ecology.* Toronto: Thomson Learning, 2003.

84.Lago, Mary. *E. M. Forster: A Literary Life.* Houndmills: Macmillan, 1995.

85.Lauren, Lepow. *Paradise Lost and Found: Dualism and Edenic Myth in Toni Morrison's Tar Baby.* Bucharest: Contemporary Literature Press, 1987.

86.Lea, Baechler. *African American Writers.* New York: Charles Seribner's Sons, 1991.

87. Levenson, Michael. *'Liberalism and Symbolism in Howards End'.* Papers on Language and Literature. Vol.21, No.3 (Summer, 1985).

88.Lovelock, James E. *'Geophysiology: A New Look at Earth*

Science'. The Geophysiology of Amazonia: Vegetation and Climate Interactions. Ed. Dickinson, R.E. New York: Wiley, 1986.

89.Macaulay, Rose.*The Towers of Trebizond*, London: Farrar Straus Giroux, 2012.

90.MacDonogh, Caroline. *E. M. Forster: Howards End.* London: Longman, York Press, 1984.

91.Marcus, Sharon. *Apartment Stories: City and Home in Nineteenth-century Paris and London.* Berkeley: Univercity of California Press, 1999.

92.Marx, Carl. *The German Ideology.* Ed. Christopher John Arthur. London: International Publishers Co.,1970.

93.Masterman, C. F. G. *"The English City." England: A Nation.* Ed. Lucian Oldershaw. London: R. Brimley Johnson, 1904.

94. Masterman, C. F. G. *The Condition of England 1909.* Ed. J. T. Boulton. London: Methuen Co. Ltd., 1960.

95.Medalie, David. *E. M. Forster's Modernism.* Hampshire: Palgrave, 2002.

96.Mellor, Mary. *Feminism & Ecology.* New York: New York University Press, 1997.

97.Merchant, Carolyn. *The Death of Nature: Women, Ecology and the Scientific Revolution.* New York: Harper & Row, 1979.

98.Mills,S.*'Working with Sexism: What Can Feminist Text Analysis Do'. Twentieth Century Fiction: From Text to Context.* London: Routledge, 1995.

99.Miracky, James J. *Regenerating the Novel: Gender and Genre in Woolf, Forster, Sinclair, and Lawrence.* New York: Routledge, 2003.

100.Morrison, Toni. *Tar Baby.* New York: Vintage Books, 2004.

101.Murphy, Patrick D. *Literature, Nature and Other: Ecofeminist Critiques.* New York: State University of New York Press, 1995.

102.Murray, Bookchin. *The Ecology of Freedom:The Emergence and Dissolution of Hierarchy.* California: Palo Alto Press, 1982.

103.Naess, Arne. Self Realization: *An Ecological Approach to Being in the World.* Scotland: The Trumpeter Press, 1987.

104.Narayanan, Vasudha. *Religion and Ecology: Can the Climate Change?* Massachusetts: The MIT Press, 2001.

105.Norris, Christopher. *Truth and the Ethics of Criticism.* Manchester: Manchester University Press, 1994.

106.Nussbaum, M. C. *Love's Knowledge: Essays on Philosophy and Literature.* New York: Oxford University Press, 1990.

107.O'Day, Alan. *The Edwardian Age: Conflict and Stability 1900—1914.* London and Basingstoke: The Macmillan Press Ltd., 1979.

108.Page, Norman. *E. M. Forster.* Houndmills: Macmillan, 1987.

109. Page, Norman.*E. M. Forster*. London: The MacMillan Press Ltd., 1987.

110.Parker, David. *Ethics, Theory, and the Novel.* Cambridge: Cambridge University Press, 1994.

111.Plumwood, Val. *Feminism and the Mastery of Nature.* London: Routledge, 1993.

112.Powell, David. *The Edwardian Crisis: Britain 1901-14.* London: Macmillan, 1996.

113.Prasad, Yamuna. *E. M. Forster: the Theories and Practices of his Novels.* New Delhi: Classical Publishing Company, 1981.

114.Regan, Tom. *The Case for Animal Rights.* New Jersey: Prentice Hall, 1989.

115.Rimmon, Kenan S. *Narrative Fiction: Contemporary Poetics.* London: Metheum, 1983.

116.Rolston , Holmes . *Conserving Natural Value.* Columbia: Columbia University Press, 1994.

117.Rosenberg, John D., ed. *The Genius of John Ruskin: Selections from His Writings.* Boston: Routledge & Kegan Paul Ltd., 1980.

118.Ruskin, John. *Sesame and Lilies and The Political Economy of Art.* London: Collins' Clear-Type Press, n.d.,1978.

119.Said, Edward. *Orientalism.* New York: Vintage, 1979.

120.Sauer, Carl Ortwin. *The Geographical Review.* London: Cambridge University Press, 1976.

121.Schwarz, Daniel R. *The Humanistic Heritage.* London: The Macmillan Press Ltd., 1986.

122. Schwarz, Daniel R.*The Transformation of the English Novel, 1890—1930.* London: Th Mcmillan Press Ltd, 1986.

123.Sessions, George. *Ecology for the Twenty-First Century.* New

York: New York Press, 1995.

124.Shahane, Vasant A. *E. M. Forster: A Study in Double Vision*. New Delhi: Arnold-Heinemann Publishers, 1975.

125.Showalter, Elaine. *A literature of Their Own*. Princeton: Princeton University Press, 2004.

126.Siebers, Tobin. *The Ethics of Criticism*. Ithaca: Cornell University Press, 1998.

127.Silver, Brenda R. *Periphrasis, Powers and Rape in A Passage to India*. London: Macmillan, 1995.

128.Singer, Peter. *All Animals Are Equal*. New York: Avon Books, 1975.

129.Slovic,Scott.'*Ecocriticism: Containing Multitudes, Practising Doctrine*'. *The Green Studies Reader: From Romanticism to Ecocriticism*. Ed. Laurence Goupe. London: Routledge, 2000.

130.Stade, George (ed.). *Six Modern British Novelists*. New York: Columbia University Press, 1974.

131.Stallybrass, Oliver. *Editor's Introduction to Where Angles Fear to Tread*. London: Arnold, 1975.

132.Stape, John H., ed. *E. M. Forster: Critical Assessments*. 4 vols. London: Helm Information Ltd., 1997-98.

133.Stevenson, Lionel. *The History of the English Novel: Yesterday and After*. New York: Barnes & Nobel, 1967.

134.Stevenson,Randall. *The Last of England?* Beijing: Foreign Language Teaching and Research Press.2007.

135.Steward, J.H. *Theory of Culture Change: The Methodology of Multilinear Evolution*. Urbana: University of Illinoise Press, 1955.

136.Stone, Wilfred. *The Cave and the Mountain: A Study of E. M. Forster*. London: Oxford University Press, 1966.

137.Tambling, Jeremy. *E. M. Forster*. London: Macmillan, 1995.

138.Taylor, Paul. *Respect for Nature, a Theory of Environmental Ethics*. Princeton: Princeton University Press, 1986.

139.Thacker, Andrew. *Moving through Modernity: Space and Geography in Modernism*. Manchester: Manchester UP, 2003.

140.Thomson, George. H. *The Fiction of E. M. Forster*. New York: Wayne State University Press, 1967.

141.Trilling, Lionel. *E. M. Forster*. Norfolk , Connecticut, 1943.

142. Trilling, Lionel. *E. M. Forster*. London: The Hogarth Press, 1943.

143. Trilling, Lionel. *George Orwell and the Politics of Truth, in The Opposing Self: Nine Essays in Criticism*. London: Secker and Warburg, 1955.

144. Trilling, Lionel. *E. M. Forster*. 2nd ed. New York: New Directions, 1964.

145. Trilling, Lionel. *E. M. Forster*. Oxford: Oxford University Press, 1971.

146.Trodd, Anthea. *A Reader's Guide to Edwardian Literature*. Worcester. Harvester Wheatsheaf, 1991.

147.Trudier, Harris. *Fiction University of Tennessee and Folklore:*

The Novel of Toni Morrison. Tennessee: University of Tennessee Press, 1991.

148.Wainwright, Valerie. *Ethics and the English Novel from Austen to Forster.* England: Ashgate Publishing Company, 2007.

149.Walter, Allen. *The English Novel: a Short Critical History.* London: Penguin Books, 1978.

150.Warner, Rex. *E. M. Forster.* London: Longmans, Green&Co. Ltd., 1954.

151.Watson,Richard.'*A Critique of Anti Anthropocentric Ethics*', *Environmental Ethics: Readings in Theory and Application.* Ed. Pojman, Louis P. Belmont. CA:Thomson/Wadsworth, 2005.

152.Weber, Marx. *The Protestant Ethic and the Spirit of Capitalism.* Trans. Talcott Parsons. Shanghai: Shanghai Foreign Language Education Press, 2004.

153.Wendling, Amy E. *Karl Marx on Technology and Alienation.* London: Palgrave Macmillan, 2009.

154.Wilde, Alan. *Art and Order: A Study of E. M. Forster.* New York: New York University Press, 1964.

155. Wilde, *Alan.Critical Essays on E.M.Forster.*Boston: G.K.Hall&Co.,1985.

156.Williams, Raymond. *Culture and Society: 1780—1950.* Harmonsworth: Penguin, 1961.

157. Williams, Raymond. *The Long Revolution. Rev. ed.* New York: Harper Torchbooks, 1966.

158. Williams, Raymond. *The Country and the City*. New York: Oxford UP, 1973.

159. Williams, Raymond. *Marxism and Literature*. Oxford: Oxford UP, 1977.

160. Williams, Raymond. *Politics and Letters: Interviews with "New Left Review"*.London: Verso, 1979.

161. Williams, Raymond. *Writing in Society*. London: Verso, 1991.

162.Wolfreys, Julian, Ruth Robbins and Kenneth Womack. *Key Concepts in Literary Theory*. Qing Dao: China Ocean University Press, 2006.

163.Wolfreys, Julian, Ruth Robbins and Kenneth Womack.ed. *Modern British and Irish Criticism and Theory: A Critical Guide*. Qingdao: China Ocean Up, 2006.

164.Worster,Donald.*The Wealth of Nature: Environmental History and the Ecological Imagination*. New York: Oxford University Press, 1993.

165.Wright, Anne. *Literature of Crisis*. New York: St. Martin's Press, 1984.

166. Wright, Anne.*Literature of Crisis, 1910-22: Robbins, Ruth. Pater to Forster, 1873-1924*. New York: Palgrave Macmillan, 2003.

167.Zemgulys, Andrea. *Modernism and the Locations of Literary Heritage*. Cambridge: Cambridge Up, 2008.

168.Zwerdling, Alex. *The Novels of E. M. Forster*. New York:

Twentieth Century Literature, 1957.

杂志与报纸

1.Buck, R. A. *'Toward an Extended Theory of Face Action: Analyzing Dialogue in E. M. Forster's A Passage to India'.* Journal of Pragmatics, Vol. 25, No.2 (Summer, 1997).

2.Levenson, Michael. *"Liberalism and Symbolism in Howards End." Papers on Language and Literature.21.3 (Summer 1985): 295—316. Rpt. in Twentieth-Century Literary Criticism.* Ed. Janet Witalec. Vol. 125.

3.Middleton, Peter. *"Why Structure of Feeling?"* News from Nowhere 6 (1989): 50—57.

4.Miller, James E. Jr. *'My Antonia and the American Dream'.* Prairie Schooner. Vol. 23, No.2 (Summer 1974).

著作

1.【英】阿尼克斯:《英国文学史纲》,戴镏龄等译,北京: 人民文学出版社,1980 年。

2.【英】阿芮安娜·布鲁:《吻吻风情》,曾忆倩译,广州: 新世纪出版社,2004 年。

3.【英】爱德华·摩根·福斯特:《现代的挑战》,李向东译, 广州:花城出版社,1991 年。

4.【英】爱德华·摩根·福斯特:《福斯特散文选》,李辉译, 天津:百花文艺出版社,1994 年。

5.【英】爱德华·摩根·福斯特：《小说面面观》，朱乃长译，北京：中国对外翻译公司，2002年。

6.【英】爱德华·摩根·福斯特：《看得见风景的房间》，巫漪云译，上海：上海译文出版社，2005年。

7.【英】爱德华·摩根·福斯特：《印度之行》，杨自俭，邵翠英译，南京：译林出版社，2992008年。

8.【英】爱德华·摩根·福斯特：《福斯特短篇小说集》，谷启楠译，北京：人民文学出版社，2009年。

9.【德】奥托·F·贝斯特，沃尔夫冈·M·施莱德：《吻》，朱刘华译，上海：上海世纪出版集团译文出版社，2004年。

10.【英】巴克斯特·布赖恩：《生态主义导论》，曾建平译，重庆：重庆出版社，2007年。

11.【德】柏林：《反潮流：观念史论文集》，冯克利译，南京：译林出版社，2002年。

12.【英】查尔斯·金斯利：《水孩子》，张莉、王艳译，北京：中国国际广播出版社，2009年。

13. 陈德如：《建筑的七盏明灯——浅谈罗斯金的建筑思维》，台北：商务印书馆，2006年。

14. 程爱民：《20世纪英美文学论稿》，上海：上海外语教育出版社，2002年。

15. 程巍：《中产阶级的孩子们——60年代与文化领导权》，北京：三联书店，2006年。

16.【英】大卫·道林：《小说家论小说》，香港：香港三联书店，1983年。

17.【英】戴维·罗伯兹：《英国史》，鲁光桓译，广州：中山大学出版社，1990年。

18.【英】戴维·希克瑞：《拜读罗斯金》，李临艾、郑英锋译，载《史与论》，2001年第2期。

19. 董江阳：《现代基督教福音派思想研究》，北京：中国社会科学出版社，2016年。

20. 飞白（译）：《英国维多利亚时代诗选》，长沙：湖南人民出版社，1985年。

21.【英】弗吉尼亚·伍尔夫，《贝内特先生和勃朗太太》，李乃坤译，石家庄：河北教育出版社，1990年。

22.【德】弗里德里希·席勒：《审美教育书简》，冯至、范大灿译，北京：北京大学出版社，1985年。

23.【美】弗洛姆：《爱的艺术》，刘福堂译，桂林：广西师范大学出版社，2002年。

24.【奥】弗洛伊德：《自我和本我》，杨韶刚译，北京：华夏出版社，1989年。

25.【奥】弗洛伊德：《论潜意识》，《弗洛伊德文集》第二卷，车文博主编，长春：长春出版社，1998年。

26. 郭爱妹，《女性主义心理学》，上海：上海教育出版社，2007年。

27.【美】哈罗德·布鲁姆：《西方正典》，江宁康译，南京：译林出版社，2006年。

28. 韩敏中：《译本序》，见马修·阿诺德：《文化与无政府状态》，北京：三联书店，2002年。

29. 何仲生，余凤高：《弗洛伊德：文明的代价》，沈阳：辽海出版社，1999年。

30. 侯维瑞，李维屏：《现代英国小说史》，上海：上海外语教育出版社，1985年。

31. 侯维瑞，李维屏：《英国文学通史》，上海：上海教育出版社，2002年。

32. 胡强：《伦理秩序与道德责任：爱德华时代英国社会小说研究》，长沙：湖南人民出版社，2016年。

33. 胡潇：《意识的起源与结构》，北京：中国社会科学出版社，2004年。

34.【美】惠特曼：《草叶集》，楚图南、李野光译，北京：人民文学出版社，1994年。

35.【美】霍尔姆斯·罗尔斯顿：《哲学走向荒野》，刘耳、叶平译，长春：吉林人民出版社，2000年。

36.【英】J·恩菲尔德：《吻之书》，杨一平、常文棋译，北京：中国城市出版社，2004年。

37. 姜冬艳：《解析〈看得见风景的房间〉中节奏的运用》，《电影文学》，2010年第16期。

38. 蒋坚松，宁一中：《英美文学研究》，北京：中国社会科学出版社，2000年。

39. 金东雷：《英国文学史纲》，上海：上海书店，1991年。

40.【英】卡莱尔：《文明的忧思》，宁小银译，北京：中国档案出版社，1999年。

41.【美】卡伦·霍妮：《我们时代的神经症人格》，冯川译，贵阳：贵州人民出版社，2004 年。

42.【美】凯特·米利特：《性的政治》，钟良明译，北京：中国社会科学文献出版社，1999 年。

43. 兰久富：《社会转型时期的价值观念》，北京：北京师范大学出版社，1999 年。

44.【美】勒内·韦勒克，奥斯汀·沃伦：《文学理论》，刘象愚，邢培明，陈圣生，李哲明译，杭州：浙江人民出版社，2017 年。

45. 李辉：《走进福斯特的风景——兼谈巫译〈看得见风景的房间〉》，《书屋》，1997 年第 1 期。

46. 李银河：《女性权利的崛起》，北京：中国社会科学出版社，1997 年。

47. 鲁春芳：《现实语境：华兹华斯自然观》，《浙江师范大学学报》2005 年第 3 期。

48. 鲁枢元：《生态文艺学》，西安：陕西人民教育出版社，2000 年。

49. 鲁枢元：《猞猁言说：关于文学、精神、生态的思考》：北京：社会科学文献出版社，2001 年。

50. 鲁枢元：《生态批评的空间》，上海：华东师范大学出版社，2006 年。

51. 陆建德：《麻雀啁啾》，北京：生活·读书·新知三联书店，1996 年。

52. 陆扬、王毅：《文化研究导论》，上海：复旦大学出版社，2006 年。

53.【美】罗德·霍尔顿：《欧洲文学背景》，房炜等译，北京：人民文学出版社，1992年。

54.【美】罗兰·斯特龙伯格：《西方现代思想史》，刘北成，赵国新译，北京：中央编译出版社，2005年。

55.【美】罗杰·豪舍尔："序言"，载《反潮流：观念史论文集》，柏林著，冯克利译，南京：译林出版社，2002年。

56.【美】罗洛·梅：《人的自我寻求》，郭本禹，方红译，北京：中国人民大学出版社，2008年。

57.【美】马克·肖乐："技巧的探讨"，盛宁译《二十世纪文学评论》（下），戴维·洛奇编，上海：上海译文出版社，1993年。

58.【德】马克思、恩格斯：《德意志意识形态》，北京：人民出版社，1961年。

59. 马新国：《西方文论史》，北京：高等教育出版社，1998年。

60.【英】穆勒：《功利主义》，叶建新译，北京：九州出版社，2006年。

61.【德】尼采：《悲剧的诞生》，周国平译，北京：三联书店，1986年。

62. 聂珍钊，邹建军：《文学伦理学批评：文学研究方法新探讨》，武汉：华中师范大学出版社，2006年。

63. 聂珍钊等：《英国文学的伦理学批评》，武汉：华中师范大学出版社，2007年。

64. 钱乘旦，陈晓律：《英国文化模式溯源》，上海：上

海社会科学院出版社，2003年

65. 钱青：《英国19世纪文学史》，北京：外语教学与研究出版社，2006年。

66. 钱钟书：《钱钟书散文》，杭州：浙江文艺出版社，1997年。

67. 钱钟书：《中国固有的文学批评的一个特点》，载《钱钟书散文》，杭州：浙江文艺出版社，1997年。

68. 【美】乔纳森·卡勒：《论解构》，陆扬译，北京：中国社会科学文献出版社，1998年。

69. 【瑞典】荣格：《荣格文集》，冯川编译，北京：改革出版社，1997年。

70. 阮炜：《二十世纪英国小说评论》，北京：中国社会科学出版社，2001年。

71. 【瑞士】舍勒：《人在宇宙中的地位》，王维达编译，武汉：湖北人民出版社，1989年。

72. 【英】斯宾塞：《教育论》，载《外国教育论》，赵荣昌、张济正编，南京：江苏教育出版社，1990年。

73. 【美】斯特龙伯格：《西方现代思想史》，刘北成、赵国新译，北京：中央编译出版社，2005年。

74. 沈纯：《不可能的"联结"》［硕士学位论文］，重庆：重庆师范大学，2007年。

75. 申荷永：《心理分析——理解与体验》，北京：生活·读书·新知三联书店，2004年。

76. 【美】史蒂夫·布鲁斯：《社会学的意识》，蒋虹译，南京：译林出版社，2013 年。

77. 史怀泽：《敬畏生命》，上海：上海社会科学院出版社，1992 年。

78. 司马云杰：《文化社会学》，济南：山东人民出版社，1990 年。

79. 宋希仁：《西方伦理思想史》，北京：中国人民大学出版社，2003 年。

80.【美】苏珊·爱莉丝·瓦特金斯：《女性主义》，朱侃如译，广州：广州出版社，1998 年。

81. 唐孝威：《意识论——意识问题的自然科学研究》，北京：高等教育出版社，2004 年。

82. 陶家俊：《文化身份的嬗变——E.M. 福斯特小说和思想研究》，北京：中国社会科学出版社，2003 年。

83. 童明：《现代性赋格：19 世纪欧洲文学名著启示录》，南宁：广西师范大学出版社，2008 年。

84. 王家忠：《人性·社会·心灵——社会潜意识研究》，济南：山东人民出版社，2006 年。

85. 王诺：《欧美生态批评》，北京：学林出版社，2008 年。

86. 王佐良（译）：《英诗的境界》，北京：生活·读书·新知三联书店，1991 年。

87. 王佐良（译）：《英国散文的流变》，北京：商务印书馆，1994 年。

88.【英】威廉·莫里斯：《乌有乡消息》，黄嘉德译，北京：商务印书馆，1981 年。

89. 【英】威廉斯：《文化与社会》，吴松江、张文定译，北京：北京大学出版社，1991年。

90. 【美】沃弗雷：《当代北美批评和理论导读》，青岛：中国海洋大学出版社，2006年。

91. 吴宓：《吴宓诗集》，上海：中华书局，1935年。

92. 吴浩：《自由与传统：二十世纪英国文化》，北京：东方出版社，1999年。

93. 吴庆宏：《弗吉尼亚·伍尔夫与女权主义》，北京：中国社会科学出版社，2005年。

94. 【英】雪莱：《雪莱诗选》，江枫译，长沙：湖南人民出版社，2014年。

95. 【英】亚当·斯密：《国民财富的原因和性质的研究》，杨敬年译，西安：陕西人民出版社，2001年。

96. 严峰：《逼近世纪末评文丛：现代话语》，济南：山东友谊出版社，1997年。

97. 阎照祥：《英国贵族史》，北京：人民出版社，2000年。

98. 余开祥：《西欧各国经济》，上海：复旦大学出版社，1987年。

99. 【英】约翰·罗斯金：《拉斯金读书随笔》，王青松、匡咏梅、于志新译，上海：上海三联书店，2000年。

100. 叶君健：《一位长期盛名不衰的小说家》，外国文学，1989年。

101. 叶赛宁：《叶赛宁诗选》，顾蕴璞译，济南：山东大学出版社，1998年。

102. 叶文振：《女性学导论》，厦门：厦门大学出版社，2006 年。

103. 殷企平：《"文化辩护书"：19 世纪英国文化批评》，上海：上海外语教育出版社，2013 年。

104. 殷企平：《英国小说批评史》，上海：上海外语教育出版社，2001 年。

105.【英】约翰·高尔斯华绥：《有产业的人》，周煦良译，上海：上海译文出版社，1978 年。

106.【英】约翰·里克曼编：《弗洛伊德著作选》，贺明明译，成都：四川人民出版社，1986 年 。

107.【美】约翰·麦克里兰：《西方政治思想史》，彭淮栋译，北京：中信出版社，2015 年。

108. 张福勇：《E．M．福斯特的小说节奏理论新解》，英美文学研究论丛，上海：上海外语教育出版社，2009 年。

109. 张峰、吕霞：《英雄和英雄崇拜——卡莱尔讲演集》，上海：上海三联书店，1988 年。

110. 张首映：《 西方二十世纪文论史》，北京：北京大学出版社，1999 年。

111. 张英伦：《外国名作家传》,北京: 中国社会科学出版杜，1994 年。

112. 赵国新：《情感结构》，《外国文学》，2002 年第 5 期。

113. 赵汀阳：《一个或所有问题》，南昌：江西教育出版社，1998 年。

114. 赵一凡：《西方文论讲稿续编》，北京：生活·读书·

新知三联书店，2009 年。

115. 周冠生：《审美心理学》，上海：上海文艺出版社，2005 年。

116. 周乐诗：《女性学教程》，北京：时事出版社，2005 年。

杂志

1. 董洪川：《走出现代人困境："只有沟通"—— 试论福斯特小说创作中的人学蕴涵》，《重庆师院学报（哲学社会科学版）》，2001 年第 2 期。

2. 段峰松：《福斯特小说〈看得见风景的房间〉中的象征主义和节奏解读》[硕士学位论文]，无锡：江南大学，2010 年。

3. 高继海：《约翰·罗斯金的艺术批评》，《河南大学学报（社会科学版）》，1998 年第 1 期。

4. 黄卓越：《定义"文化"：前英国文化研究时期的表述》，《文化与诗学》，2009 年第 1 期，第 99—100 页。

5. 贾朝杰，张巍然：《从福斯特的小说看作者对母亲的态度》，《商丘职业技术学院学报》，2008 年第 8 期。

6. 姜礼福，石云龙：《霍华德庄园》生态批评视阈下的"和谐观"，《四川教育学院学报》，2006 年第 5 期。

7. 李建波：《跨文化障碍的系统研究：福斯特国际小说的文化解读》，《外国文学评论》，2000 年第 3 期。

8. 李建波：《信念与价值观危机：福斯特小说内外的英国"更年期"》：《外语研究》2012 第 3 期。

9. 李燕：《从分裂到融合》[硕士学位论文]，石家庄：

河北师范大学，2004 年。

10. 刘小妮：《幻灭的新世界——对〈美丽新世界〉的解读》：《沈阳农业大学学报（社会科学版）》，2004 年第 1 期。

11. 刘须明、凌继尧：《从约翰·罗斯金的一次演讲观其艺术思想的现代意义》，《东南大学学报》（哲学社会科学版），2005 年第 5 期。

12. 刘意青：《评阿诺德"去个人好恶"的文学批评原则》，《英美文学研究论丛》第 11 辑，2009 年。

13. 龙艳：《婚姻与〈霍华德别业〉的"联结"主题》，《湖南人文科技学院学报》，2009 年第 1 期。

14. 吕佩爱：《"信仰之海"潮退的哀歌——读马修·阿诺德的〈多佛海滩〉》，《江南大学学报》（人文社会科学版），2006 年第 2 期。

15. 鲁晓霞：《从福斯特的〈印度之行〉看隔阂与分离》，《唐都学刊》，2004 年第 6 期。

16. 罗玲娟：《从〈印度之行〉的人物关系看东西文化冲突》，《华东交通大学学报》，2005 年第 3 期。

17. 罗玲娟：《福斯特小说的文化解读》，《辽宁行政学院学报》，2006 年第 9 期。

18. 骆文琳：《福斯特小说中的婚姻与人际关系》，《重庆工商大学学报》，2003 年第 2 期。

19. 骆文琳：《漫长的旅程，注定的悲剧——以拉康的精神分析理论解读里基·艾略特的命运》，《中北大学学报（社会科学版）》，2008 年第 6 期。

20. 毛刚：《从审美到社会批评——罗斯金批评思想探论》，《兰州大学学报（社会科学版）》，2004 年第 2 期。

21. 穆静：《联结，冲突，融合》［硕士学位论文］，济南：山东师范大学，2009 年。

22. 浦立昕：《"诗歌是人生批评"——重修马修·阿诺德的〈多佛海滩〉》，《外国文学名作欣赏》，2009 年第 12 期。

23. 任绍曾：《语篇中语言型式化的意义》，《外语教学与研究》，2000 年第 2 期。

24. 谭黎：《浅谈〈印度之行〉的情节》，国外文学，1982 年第 4 期。

25. 王苗：《解读〈看得见风景的房间〉中露西文化身份的嬗变》［硕士学位论文］，保定：河北大学，2011 年。

26. 王玉德：《生态文化与文化生态辨析》，《生态文化》，2003 年第 1 期。

27. 岳峰：《冲突·融合·隔膜：〈霍华德庄园〉的"联结"主题解读》，《南昌大学学报》，2006 年第 1 期。

28. 岳峰：《永无止境的灵魂之旅——E.M. 福斯特小说的文化解读》［博士学位论文］，苏州：苏州大学，2004 年。

29. 邹建军：《文学伦理学批评的独立品质与兼容品格》，《外国文学研究》，2005 年第 6 期。

30. 朱静：《景中节奏——爱德华．摩根福斯特小说〈看得见风景的房间〉中节奏运用研究》［硕士学位论文］，保定：河北大学，2001 年。

后 记

从事福斯特研究多年，笔者一直有一个心愿，那就是将他的创作与生活做一次贯穿性的总结，让更多喜欢他的读者了解他的思想、他的作品和他致力于人类联结的伟大抱负。虽然笔者的能力与水准无法将这位大师的全貌描绘得尽善尽美，但无论如何，这本专著算是实现了笔者多年的愿望。本书中出现了大量的专业名词和学术用语，但笔者还是尽量采用简洁明了的语言进行阐述，目的就是让更多的读者能读得懂、读得通。在这里，也恳请各位专家和同行多提宝贵意见。

感谢梁海晶老师和石姝慧老师的合作，也谢谢我的学生马腾的后期校对。

（注：1. 本书中的部分章节取材于笔者的博士毕业论文《论福斯特小说中的文化与生态》2. 本书为 2020 年山东省社科规划项目外语专项《英语专业课程思政体系中的"立德树人"建设研究》（20CWZJ18）阶段性成果。）